婷婷陸彌（下）

林不答——著
虫羊氏——繪

高寶書版集團

目錄
CONTENTS

第十五章 北京的好天氣

第二週上課，陸彌準備了一份試卷。

推開門，卻看見學生們整整齊齊地穿著戲服拿著劇本，熱火朝天地排練著。雷帆還是那身黑貓戲服扒著窗，就連龍宇新也戴著警帽，正經地練臺詞。

這是集體跟她玩失憶？還是她錯過了什麼？

那一瞬間，陸彌幾乎要懷疑自己是不是精神錯亂了。

學生們一看見她，聲音頓時弱了一半。大部分人都愣了愣，或多或少露出心虛的表情，除了向小園和龍宇新。前者淡淡地看了她一眼，又專注地低下頭讀劇本；後者則假裝無事發生，背對著她站在教室後頭，旁若無人地大聲念著臺詞。

……中二病。

陸彌腹誹了句，也一副無事發生的樣子抱著卷子走上講臺，喊了聲：「上課。」

不給學生們反應時間，她看了向小園一眼，淡淡地說：「小園來幫我發一下試卷，限時三十分鐘。」

教室裡鴉雀無聲。

陸彌等了兩秒，抬頭催道：「小園？」

向小園欲言又止地 看著她。

準確地說，除了龍宇新之外的所有同學都欲言又止地看著她，用充滿期冀卻又不敢明說的眼神。

陸彌知道，這時候作為一個成熟的老師，應該主動和學生們溝通，聆聽他們真實的想法並儘量滿足他們的合理訴求。但很可惜，她還不是。她自己心裡還憋著一股委屈，沒辦法太寬宏大量地對待這群學生，尤其是最頑皮的那個還滿臉事不關己地坐著的時候。

她裝作什麼都沒看到，問：「不想做試卷？」

沒人回答她。

陸彌兀自點點頭，十分隨和地抱臂道：「隨便你們，那上自習吧。想看書的看書，想寫別的作業也行。」

說著，她把試卷放講臺上就要往外走。

「哎老師……」終於雷帆還是叫住了她。

陸彌回頭，揚了揚眉，「什麼事？」

雷帆撞上她的眼神就趕忙低頭，支吾地問：「我們……不排練了嗎……」

陸彌看著小孩們垂頭喪氣的樣子，一時有些心軟，但又看了趴在教室最後的龍宇新一眼，還是置氣地吐出一句：「不排了啊。上次不是說了，這個節目取消了。」

「啊……」教室傳來一陣嘆息。孩子們顯然沒想到陸彌是真的生氣到要取消節目。有幾個女生眼眶瞬間就紅了，向小園也微微擰眉看向陸彌。

雷帆愣了好幾秒，看著陸彌，覺得她好像是來真的，終於失落地點點頭說：「哦。」

那一瞬間，陸彌有點後悔。

但說出去的話就是潑出去的水，她不可能當場改主意，打自己的臉。

真正令她意外的是，雷帆沉吟一下，主動說：「那……那還是做卷子吧。」

陸彌驚訝地揚了揚眉，反應了兩秒。

向小園已經走上講臺，把試卷一列列地傳下去了，發完後問她：「現在開始計時嗎？」

陸彌回過神來，點點頭，「哦，現在開始吧。大家各寫各的，我就不監考了，半小時後我來收卷子。」

說完，她走出了教室。

她需要吹吹涼風冷靜一下。

不然，再看著雷帆和向小園無辜又平靜的表情，她會覺得自己是童話故事裡十惡不赦的黑心王后。

陸彌走後，教室裡很快響起沙沙的筆聲。

起先還有人嘀咕一兩句「怎麼說取消就取消了」、「為什麼要取消啊」，語氣裡有的帶著不解和委屈，有的帶著不滿和憤怒。

聽到龍宇新耳朵裡，這些不滿，就不知道是針對誰的了。

他在位子上如坐針氈，試卷上的字母都像長了腳似的會跑，勾了前兩題選擇題之後，他再也靜不下心來。凳子腿「吱呀呀」地在地上磨了好幾聲，被向小園警告地瞪了兩眼之後，龍宇新終於把筆一摔，委委屈屈地嘟囔了句「好麻煩」，起身大步流星地離開了教室。

找到陸彌並不難，她就站在走廊盡頭的陽臺發呆。

龍宇新深吸了兩口氣，做足心裡準備，走近她，先喊人：「……陸老師。」

陸彌一回頭，看見是他，明顯有些意外。失語兩秒，問：「有事？」

龍宇新目不轉睛地看著她，挺直腰板，直愣愣地鞠了個九十度的躬，然後說：「對不起！」

這一嗓子，把走廊裡的聲控燈都喊亮了。

陸彌被嚇了一跳，反應過來後定了定神，端起老師的架子換上高冷的表情，淡淡地問：「對不起什麼？」

龍宇新猶豫了一下，悶悶地說：「……我不是故意的。」

陸彌本來想趁機再教育他幾句的，但看他一臉「從容就義」的神情，心想做到這一步已經挺難為他的，就算了。畢竟，她再怎麼生氣，也不可能真的讓一個孩子下不來臺。

正要一笑泯恩仇，忽然又聽見龍宇新語焉不詳地嘀咕了一句：「……妳其實挺好的。」

陸彌有些沒聽清，便問：「什麼？」

龍宇新幽幽地看了她一眼，說：「妳不是請我喝了飲料、還送了我新的《黑貓》、還讓我演警察了。」

男孩子說話硬邦邦，吐豆子似的一個字一個字往外倒，聽起來彆彆扭扭的。

「妳不是爛老師……」龍宇新聲音漸漸變小，「我那是亂說的。」

陸彌聽清了，而且聽得很享受，心裡甚至忍不住有些飄忽。

她壓著嘴角，鄭重地點了個頭，「嗯，說得對。」

「……」

龍宇新抬頭，一言難盡地看著她。

師生兩個對視了一陣子，他硬著頭皮問：「那……我們能繼續排練了嗎？」

陸彌就知道他在這等著，「哼」了聲說：「看你表現吧。」

龍宇新皺著眉看了她一眼，不太情願地問：「什……什麼表現？」

陸彌手擱在陽臺上敲了兩下，思忖幾秒，說：「就看你這次考試成績把。」

龍宇新略顯嫌棄地「嘖」了聲，問題問得倒是爽快：「要考幾分？」

「八十五吧。滿分一百。」

「……」龍宇新不得不懷疑她是故意刁難。他的英語是弱科，因為在來北京讀書之前他根本就沒上過英語課。這幾年雖然有了明顯的進步，但也還在八十分的門檻上下掙扎，要是考了八十五，那是能拿著試卷去找 **Jennifer** 討賞的程度了。

他有些無語，但又不好意思討價還價，於是一時沒說話。

陸彌強調道：「這次卷子我出得很簡單的。」

龍宇新說：「但我答題時間變少了。」

陸彌反道：「不然怎麼叫做挑戰？」

龍宇新：「……」

陸彌說：「你要是覺得實在太難，我可以考慮……」

「不用！八十五就八十五！」龍宇新乾脆地打斷了她，然後轉身飛快地跑回了教室。

男孩子的背影像個小陀螺似的，一陣旋風就轉進了教室。

陸彌看著空蕩蕩的走廊中間，幾塊地板上映出教室傳來的溫暖燈光，輕輕地笑了。

那天的考試，龍宇新最終只拿了八十三分。他很硬氣地表示願賭服輸，話劇不排就不排了，被陸彌拿教案敲了下腦袋。

陸彌說一個班的事不能憑他一個人做主大手一揮恢復了排練，又和龍宇新做了新的約定——明年的足球校際賽拿冠軍。龍宇新爽快地答應，這件事就此翻篇。

元旦一天天臨近，陸彌整天比學生們還緊張，原版電影看了不下十遍，所有角色的臺詞也幾乎倒背如流。

離正式表演還有三天的時候，她忽然想到另一件事——是不是該為學生們準備些禮物？她記得以前念小學國中的時候，每年元旦聯歡會，除了大家湊錢買的零食，老師也會準備些文具書籍之類的當作禮物的。

她摸不準夢啟是什麼規矩，便習慣性地拿起手機問祁行止。

祁行止的大頭照和暱稱萬年不變，還是那張竹蜻蜓和一個「Q」。

陸彌的暱稱倒是換了好幾個，最早是個無厘頭的「陸路鹿」，後來又換成「Lu」，到現在就更簡單了，就剩一個字母——「L」。

陸彌這時才發現，她和祁行止的暱稱好像撞型了。

天地良心，她發誓這是個巧合。

陸彌被這個遲來的巧合和她自己的遲鈍驚得一口口水噎在嗓子眼，平復了一陣子，才若無其事地打字問道：『夢啟往年的元旦晚會老師會準備禮物嗎？』

幾秒後，祁行止回覆過來——

『有。通常是 Jennifer 統一買的。』

陸彌手指搭在手機邊沿思忖了一下，Jennifer 會統一買的話，她單獨再買，會不會不太好？萬一其他老師不高興怎麼辦？

神通廣大的Q同學這時傳來一則訊息——

Q：『妳如果想另外買也很好，可以作為話劇表演的獎品。』

L：『其他老師會不會有意見？』

Q：『不會。』

陸彌放下心來，決定明天就去書店看看有沒有適合的英語讀物，挑幾本當作新年禮物。想到這裡，忽然心下一動，看著平靜的聊天室猶豫了幾秒，輸入一則新的訊息。

L：『你明天有空嗎？我想去書店挑書，作為獎品。』

傳完，她心砰砰跳得飛快，祁行止一時沒有回覆，頂部的「對方正在輸入……」閃了好幾次，陸彌緊張得受不了，下意識地把手機往床上一扔，不再看了。

五分鐘後，陸彌把螢幕朝下丟在床上的手機往上一翻，一則新訊息——

Q：『好，我去接妳。』

陸彌一直覺得，北京只有兩種好天氣。

一種是秋高氣爽的時候，溫度適宜，清洌的秋風徐徐吹著，穿不厚不薄的風衣走在銀杏撲簌的地上，任誰都會有那麼一刻覺得自己就是 super model；還有一種就是冬日裡的晴天，氣溫低，人人都裹得厚厚的，但仰臉便能盛到和煦的陽光，暖融融的，那種舒適感，恐怕只有「蓋著棉被吹冷氣」可以比擬了。

比如現在，她穿著一件巨大的長到腳踝的羽絨服，兩手緊緊地揣在口袋裡，等待著去買咖啡的祁行止。

她跺了跺腳，抬起頭，感受溫和的陽光。溫和而不刺眼，是冬天的限定珍藏。

祁行止端著一杯熱可可走過來，遞給她，提醒道：「小心燙。」

陸彌見他手空了，問：「你不喝？」

祁行止搖頭：「我不喝咖啡。」

陸彌拿熱可可暖手，說：「哦，那你多喝熱水。好冷。」

說完她反應過來這好像是經典的渣男語錄，一時有些尷尬。

祁行止卻隨和地笑了笑，說：「好。」

祁行止不喝咖啡、不喝酒，沒有別的原因，單純是覺得咖啡苦、而酒又辣又澀。小時候奶奶說他是小孩子嘗不出味道，可他現在長大了，也算「經過事」了，還是沒品出這兩樣飲品的妙處，仍然敬而遠之。

他並不像奶奶說的那樣是小孩子品味，就愛吃甜的。事實上，祁行止從小口味就很淡，喝白開水，吃一切清淡的、原味的食物。如果說對什麼味道有偏愛的話，那麼苦和酸還算在他能接受的範圍內。

大學裡肖晉老是看見他喝苦蕎茶或蜂蜜檸檬水，不知吐槽了多少次他年事已高。

陸彌記得自己念大學的時候，北大、清華、成府路一直到五道口，小街巷裡臥虎藏龍，擠著許多隱祕的書店，品味出眾、館藏豐富。還有好幾家，能找到網路上都找不到的英文書刊，大多是老舊但珍貴的讀本。

今天興沖沖想來找，卻發現那些小門小戶的書店大多都消失了，咖啡廳、小型藝術館和精品書店取而代之。

陸彌不免有些失落，雖然她在北京待的時間不長，但那些書店在某種意義上是她學生時代的座標，也是她自救的浮木。

那年冬天匆匆忙忙回北京後，她有三個多月一直窩在這裡，在書店旁邊的飲料店站著打一整天工，在書店裡大量吞食情節刺激的懸疑小說。大多數時候並不充實，但足夠忙碌，忙碌得讓她無暇思考。她用這樣的方式獨自度過了最難熬的時光。

現在看著已經大變模樣的街道，陸彌一時有些迷茫。就像離家很久的人再次回來，興高采烈地想去老朋友家喝酒，卻發現大家都不在了。

對於這座城市，她已經很陌生了。

「跟我走吧。」陸彌拿出手機搜尋北京的獨立書店，祁行止忽然說。

「嗯？」

「我知道一家不錯的書店，應該有妳喜歡的書，而且能打折，」祁行止神祕地說：「不過有點遠，去不去？」

這種好地方，當然要去。陸彌毫不猶豫地點了頭。

祁行止今天沒有騎車，這讓本就漫長的路途顯得更長了。公車搖搖晃晃，從西開到東，晃過一大半北京。

她們在一所中學側門下了車，正是中午下課的時候，統一穿著紅白制服的學生們從門口湧出，原本寂靜的街道瞬間熱鬧起來。

陸彌一眼就看見街對面一家小小的店面，招牌也小小一塊，墨綠色的，粉筆字體寫著店名——「三一書店」。

「是那家？」陸彌手一指，問道。

祁行止說：「嗯。」

這時他才告訴她：「是老肖和林晚來開的。」

陸彌驚了：「他們？開了個書店？」

祁行止點點頭，笑說：「所以可以打折。」

陸彌的思緒在「他們真有錢」和「他們感情真好」之間反覆橫跳，最終打算表現得見過世面一點，淡淡地問：「為什麼叫三一書店？是《道德經》裡的……」

祁行止笑了聲，高深莫測地搖搖頭。

陸彌擰眉追問：「那是為什麼？」

祁行止說：「他們打遊戲，一個第一，一個第三。一三不太好聽，就叫三一了。」

陸彌：「……」

啊，這久違的無語感。

「淡定淡定資優生腦子都有病」。她很久沒這麼提醒自己了。

陸彌問：「哪裡的第一？區服？」

「不是。」祁行止忽然面露難色，頓了一下，吐出一長串限定詞，「清華兩年前校慶當晚，紫荊操場東北角二十餘人小戰隊裡的第一。」

「……」陸彌居然已經不覺得驚訝了，無比淡定地又問：「誰第一？」

「林晚來。」祁行止回憶著這事，仍然覺得好笑，主動補充道：「不過肖晉說他是故意讓著林晚來的。」

「嘁，鬼信。」陸彌不屑地搖搖頭，「讓著她他怎麼才第三？不該得第二？」

「咳……」祁行止忽然咳了聲，頓了下，「因為第二是我。」

「……」陸彌澈底無語了。

祁行止忽然害羞起來，沉痛道：「…是個意外。我當時不知道他們決定靠比賽名次決定書店的名字。」

陸彌：「……」

陸彌盯著馬路對面那家書店，小小的墨綠色的店面，忽然看出一些「遺世獨立」的意思。

這當然是好聽的說法。說的更直白點——神經病。

她幽幽地說：「我們能換家店嗎？」

祁行止：「……為什麼？」

「我覺得不適合我。我們八字不合。」

「……」

穿過馬路推門而入，書店裡的裝潢和陸彌想像的不太一樣。走進來以前，她一直覺得這會是個充滿精英氣質、裝潢簡約精緻、處處顯示著「花了錢的」的精品書店。

進來一看，與其說是個書店，這裡倒更像個閱覽室。書架就是最普通的胡桃木書架，整整齊齊地排列，進門左手邊另僻了一塊空間，是自習室的模樣。

像個公共圖書館。

祁行止又邪門地猜到了她在想什麼，輕聲解釋道：「他們前期租店面和找書花了太多錢，後來裝潢就沒錢了。」

陸彌：「……哦。」

好真實的理由。

收銀檯建得有些高，只看見一個女生的腦袋，伏案在做什麼。陸彌猜那就是林晚來。左邊自習室裡，肖晉獨自坐著，對著一臺電腦表情嚴肅，完全沒注意到有人進店。

「應該是在寫程式碼，不用和他打招呼了。」祁行止輕聲說。

陸彌點點頭。

那邊林晚來聽見動靜抬頭，也沒說話，淡淡地朝他們點了個頭，算是打過了招呼。

祁行止指了指最右邊那列書架，「那邊都是英文原版書。」

陸彌跟著走過去。

離收銀檯遠了，陸彌小聲感嘆了一句：「她好高冷。」

祁行止揚了揚眉，還沒來得及回應，就聽見她又說──

「我喜歡。」

她的聲音輕輕的，語氣也很隨意。但莫名其妙的，祁行止覺得臉上發燙。還好他走在前面，她不會看到。

整列書架看下來，陸彌完全理解了林晚來和肖晉為什麼會沒錢花在裝潢上。一本幾百的英文原版書放在中學小書店裡賣，根本就是沒打算回本。

陸彌不好意思問到底能打多少折，咬咬牙挑了十本原版名著。挑完之後厚厚一摞抱在懷裡，她生出一種莫名踏實和驕傲的感覺。

祁行止一直靜靜地等著，她沒有主動詢問，他也不就選書發表意見。

陸彌抱著書一回頭，便看見他立在書架前，靜靜地翻著一本書。

那書的封面陸彌再熟悉不過，還是辛波絲卡。

這畫面說不出的熟悉，好像祁行止還是五年前那個中學生一樣。

她不知想到什麼，輕輕笑了聲。

祁行止轉頭問：「怎麼了？」

陸彌忽然有一瞬的心虛，心裡猶豫了一下，也就說了：「想到之前買生日禮物給你的事了。」

祁行止怔住了，他沒想到陸彌會這麼直接提到當年的事。

那是他高一的生日，陸彌在北京，也是像今天這樣，乘著公車晃了大半個北京，才在犄角旮旯的小書店裡找到一本幾十年前的辛波絲卡詩集。

而她當年那麼用心地準備禮物，除了祁行止是她的第一個學生、是她少有的朋友之外，還有一個很重要的原因——那時祁行止正在和她生氣。

陸彌回憶起這件事便沒好氣，翻了個白眼道：「還不是你叛逆期到了挑剔得很，累得我跑遍了北京就為了找本書。」

「……不是叛逆期。」祁行止無奈地再次澄清，苦笑道：「但我那時候確實生氣。」

他說完，輕輕看了陸彌一眼，目光捉住她玩笑的眼神，說：「但妳說我沒有生氣的資格。」

陸彌愣了一下，旋即反擊道：「……本來就是。你一個小孩子，不好好讀書，天天那麼大氣性。」

「那現在呢？」祁行止緊接著追問。

陸彌聲音一顫：「……嗯？」

「陸老師，現在我不是小孩了。」

祁行止再不顧忌地向前走了兩步，離她極近，兩人之間，只隔著那厚厚的十本書。

陸彌的手指無意識地在書封上劃了一下，抬頭看他。

她這才發覺，祁行止今天戴了眼鏡，看起來和五年前幾乎毫無差別。

第十六章　「……我以為我們是朋友。」

二〇一三年，春。

祁行止再一次見到陸彌，是在連假的第一天。

他原本以為陸彌再也不會回南城的，他已經在心裡計算過很多遍假期時間和火車票錢的組合，試圖得出一個可以讓他去北京的結果。卻沒想到，會在奧林匹克比賽集訓期間，經過南大籃球場的時候，看見陸彌。

她和蔣寒征在一起。

很奇怪，在此之前他只遠遠地見過蔣寒征一面，可在夾著書本疾步走過籃球場時，第一個認出的卻是他。

然後才是坐在球場旁，笑著看向他的陸彌。

她染了頭髮，很淡的粉色，好像還帶著一些金色的光澤。祁行止不知道這樣的髮色準確來說應該叫什麼，只是覺得挺好看的。

她穿著寬鬆的白色T恤，一件牛仔短褲，一條腿支起，腦袋擱在膝蓋上，時而滑一下手機，時而抬起頭看球賽，笑一笑。粉色的頭髮鋪在她半邊肩膀上，在傍晚的霞光下，像一片傾瀉而下的藤蘿瀑布。

祁行止霎時停住了腳步。

集訓營裡時間是按秒來計算的。從教學大樓到食堂是六分鐘腳程，從食堂到宿舍是九分半，思考一題難度中等的平面幾何題一般耗費一個小時二十分鐘，解完每天課後的思考題需要三個半小時。

微風徐徐，帶著孟夏的些微熱浪，祁行止駐足在籃球場旁的小徑上。

在陸彌回頭以前，那真是漫長的四十秒。

他以為陸彌看見他至少會有一些錯愕，或是乍然重逢的不自在，畢竟他對她來說也是糟糕回憶裡的一部分。但都沒有。相反，陸彌看見他之後只驚訝地揚了一揚眉，旋即便燦爛地笑起來，揮了揮手之後起身朝他跑過來。

哪怕是在上個夏天，兩人成為朋友的時候，祁行止也鮮少看見陸彌這樣燦爛的大笑。

「你怎麼在這？」陸彌跑到他面前，輕微地喘著氣問。

「訓練營。」祁行止說。

「哦哦，」陸彌點點頭，豎起大拇指，「不愧是你。」

祁行止問：「妳在這裡做什麼？」

陸彌笑著回身指了指球場中最高的那人，「陪蔣寒征打球。」

祁行止發現，她現在總是笑，而且笑容弧度很大，眼睛也瞇成一條縫。

他沒來得及應答，球場那邊傳來歡呼：「我靠這個空心！」

「征哥強啊！」

「哎征哥你這體格確實有點欺負人了！」

有個男生朝他們這邊喊：「嫂子！征哥這球帥啊！妳看到沒！」

陸彌笑著朝他們招了招手。

「嫂子」。

這下好了，祁行止不用費心思考怎樣委婉地去問她是不是和蔣寒征在一起了——雖然他已經猜到。

他嗓子裡忽然堵了什麼東西似的，咽不下去吐不出來，連要說的話也一併堵住了。他很想用力地摳自己的胸口，把那些齷齪的、不得體的、不講道理的情緒全部摳出來。

可他不能，他只能愈發緊地夾著手裡的幾本薄薄的習題冊。

他調整了幾秒，問：「妳和蔣寒征……」

他原本是想清晰、完整地說出問句的，可言語和思考在同一瞬間當機，話只問了一半。

陸彌點點頭：「嗯。」

她這時卻沒笑了，語氣輕輕的，表情也很淡。

祁行止又沉默了幾秒，然後才想好語言，問：「妳之前……不是很討厭他嗎？」

「也不是討厭……就是有點煩，」陸彌簡略地解釋了一下，「但現在不煩了。」

祁行止脫口便問：「為什麼不煩了？」

他很想知道，三個月說長不長，說短不短，為什麼陸彌就和蔣寒征在一起了？他曾經以為他很瞭解陸彌，可現在卻看不明白。

難道，只是因為蔣寒征救了她嗎？

可她之前明明對他避之不及……

陸彌擰了擰眉，心裡有些不悅。三個月不見，祁行止突然變得很多話。

恰恰她現在最抗拒的，就是別人連環的問題。

在學校裡她已經被問過很多次了——為什麼提前返校？為什麼拖了這學期的學分費？為什麼還沒和天天跟妳打電話的那個人在一起？

她不想再回答「為什麼」了。

她自己也有很多「為什麼」想問，可沒有人能回答她。

陸彌扯扯嘴角說：「不煩就是不煩了唄。」

祁行止垂下眼簾，悶悶地說：「……沒聽妳提過。」

他知道說這話實屬自作多情，就算上個暑假他和陸彌算是朋友，現在他們已經三個多月沒有聯絡了，陸彌談戀愛憑什麼要告訴他？

可他就是這麼說了，下意識的，甚至連語氣裡都帶著自作多情的不滿和委屈。

陸彌笑笑，給了他個臺階下，說：「也沒多久，上週剛在一起的。」

大年初二的早晨蔣寒征寸步不離地把陸彌送回了北京，他原本想打報告再請幾天假的，被陸彌拒絕了。

那時陸彌坐在宿舍樓下的長椅上，情緒已經平復大半，她很理智地告訴蔣寒征：「我沒事，你快回去吧。機票錢我會儘快還給你。」

蔣寒征不答應，「我不放心。」

陸彌面無表情地說：「我沒事。你在這裡，也幫不上我的。」

蔣寒征的表情一瞬間就僵了，他習慣陸彌拒他於千里之外，可這一次，哪怕是在遭遇了這麼可怕的事情之後，陸彌也還是說——「我不需要你」。那一刻，他委屈得鼻子發酸，險些紅了眼眶。

可陸彌又輕輕地開口了，她說：「真的謝謝你……蔣寒征。」

她抬頭看他，嘴唇蒼白，「你能不能讓我想一想？我想好了，再給你答覆……行不行？」

蔣寒征怔了一陣子才明白她說的是什麼，忙不迭點頭，「行！我不著急，妳先好好的，什麼時候答覆我都行！」

陸彌輕輕地咧嘴笑，露出嘴唇上短短的乾涸的裂縫。

後來的三個多月，蔣寒征在部隊裡一拿到手機就打電話給她，問她生活中最平淡的瑣事，吃了什麼、上了幾堂課、有沒有考試。

黃金週假期前，他抽空借戰友的手機傳來簡訊：『我買機票去北京看妳，好不好？』

陸彌看著那個「好不好？」的問句愣了好久，不知在想什麼，又好像什麼也沒想，腦子是空的。回過神之後，她回了簡訊——

『不用了，我回南城看你吧。』

蔣寒征又一次在南城火車站接到了陸彌。

這一次，她在人聲嘈雜中抱住他，手掌輕輕地搭在他背上，生疏地撫了撫。那就是她的答覆。

球場上又一次傳來歡呼，男生們又叫了好幾聲「嫂子」。

「嫂子，快來看球啊！」

「嫂子幹嘛呢，和小孩子磨蹭什麼這麼久！」

「我們征哥都快渴死啦！」

「……」

陸彌想要回去，看了看祁行止夾著的書，委婉地說：「你要去上課吧？快點去吧，別耽誤時間了。」

祁行止原本暗流湧動的情緒不知為什麼忽然就被點著了，他陰鷙地低頭看了她一眼，冷冷道：「妳不喜歡他。」

陸彌剛要往外邁的腳步頓住了，有些不敢置信地看著祁行止。她被他方才的眼神嚇了一跳。

祁行止知道這話很冒犯，也不討陸彌喜歡，可他就是說了。

因為他知道，陸彌不喜歡蔣寒征。他就是知道。

他甚至昏了頭又補了一句：「妳幹嘛跟不喜歡的人在一起？」

祁行止僅存的理智讓他沒有說出後面半句——難道就因為他救了妳？

無論他如何覺得現在這個情況不敢置信不可理喻，他都沒有資格質疑蔣寒征。因為在他束手無策的時候，是蔣寒征救了陸彌。

陸彌臉上多雲轉陰，表情陰沉得像暴雨將至。

她有一肚子嘲諷痛罵的話想往祁行止臉上砸，可忍了一下，她忽然又不想發脾氣了。

「你幹嘛，叛逆期到了啊？」她輕輕地笑出了聲，斜眼看了祁行止一眼，「還管起老師的事來了？」

「你怎麼知道我不喜歡？」陸彌下巴朝他手裡的書包努了努，「靠數學公式計算啊，哪個數字表示我不喜歡蔣寒征啊？」

「再說了，誰說不喜歡就不能在一起了？」打趣完，她又笑嘻嘻地說：「成年人談戀愛嘛，開心就好。等你長大了就懂了。」

祁行止看著她一副「過來人」的樣子給他「授業解惑」，原本想反駁的話忽然就說不出口了。

他想說，數學裡沒有哪個數字或符號代表愛或不愛、喜歡或不喜歡，可數學和愛情有時候是一樣的。數學家們窮其一生都是在尋找一個問題的唯一解，愛情也一樣，兩個人的一生，也是在論證一種唯一。

可他的這套反駁在她面前顯得太孱弱了。

因為她說「開心就好」。

——原來她是開心的。

於是他頓了頓，最終低聲吐出一句：「……我以為我們是朋友。」

陸獮啞然。

祁行止緊了緊手裡夾著的書冊，看了眼時間，他已經遲到了。

他說：「我要去上課了。」

然後沒有等她的回答，也沒有道別，轉身沿著來時的路，回到教室。

他走得很快，但脊背仍然挺拔，像一棵年輕昂揚的小樹。

陸獮看著這棵小樹融入濃墨重彩的傍晚天空裡，再不見了。

從籃球場外走回場內，短短的距離，氣溫卻好像升高了許多。球場內的熱氣聚在一起，散不開，悶得陸獮心煩氣躁。

眼前忽然出現一瓶汽水，還裹著水珠，看起來就清涼。抬頭，蔣寒征滿頭大汗地咧嘴朝她笑。

「你怎麼自己去買水？」陸獮接過，汽水蓋子已經被擰鬆了，很容易打開。

蔣寒征一撇嘴，可憐兮兮地控訴道：「因為女朋友不買給我。」

陸彌笑了聲，理直氣壯道：「碰到學生，多聊兩句不行？」

「行行行，」蔣寒征好言好語地笑著，又在她身邊坐下，支吾了幾秒後說：「我明天⋯⋯就要歸隊了。臨時通知的。」

陸彌並不意外，點點頭道：「哦，那我也去看看票，明天回去吧。」

蔣寒征急道：「別啊，好不容易放假，妳就在我家住著，多待幾天唄。」

陸彌聞言，臉上閃過一絲不自然的神色，沒再說話。

蔣寒征租了間房子，離他們高中很近，就在學校側門對面的家屬大樓。陸彌回南城，原本是打算住幾天飯店的，卻被蔣寒征直接從火車站接回他的出租屋。

蔣寒征輕輕鬆鬆地拎著她的行李箱，一邊抱歉地說著老式樓房沒電梯，一邊怪她浪費錢，幹嘛要訂飯店。

打開房門，陸彌看見屋裡的陳設簡單得過分，一張茶几兩個沙發就是小客廳裡全部的家具了。走到臥室門口，卻看見床上鋪了粉色方格的床單，被子疊成豆腐塊放在床腳，一塵不染，明顯是新換的。

蔣寒征從沙發後面拖出一張行軍床，邊打開邊說：「我住客廳，妳住房間，裡面有浴室，妳鎖好門。」

陸彌看他把行軍床擺在客廳裡，丟上一張舊毯子，推辭的話忽然就說不出口了。

她頓了頓，兩手抱臂倚在臥室門框上，笑著問：「你特地買了粉色床單？」

「嗯……嗯啊。」蔣寒征有些害羞，不看她，「妳是女的嘛。」

陸彌說：「可我不喜歡粉色。」

「……是嗎。」蔣寒征一驚，緊張地抬頭，又露出疑惑的神色，指著她的頭髮問：「可妳頭髮不就是粉的嗎。」

「……」

陸彌笑出聲來，安撫他似地道：「好吧，我喜歡。」

在蔣寒征家住著沒有陸彌想像中那麼尷尬，如果她想，她甚至可以一整天都待在房間裡不出來，蔣寒征連打遊戲都不發出聲音。大多數時候，他們會一起看個劇，或者做些東西吃。陸彌做了一大份涼拌香菜早上配粥吃，每次看見蔣寒征捏著鼻子咽下去，都忍不住想笑。

她知道蔣寒征用盡全力逗她開心，她也在努力適應這段關係。

她想，這樣也挺好的。對吧。

直到昨天，蔣寒征出門晨跑順便買早餐，忘了帶垃圾，陸彌想著白住在人家家裡還是要勤快點多幹活，於是穿著拖鞋拎著垃圾袋下了樓。

結果剛出社區大門就看見她高中的班導師在小花園裡晨練。

老師一眼就看見她，笑咪咪道：「倒垃圾啊？」

陸彌有些愣，她住在這沒有任何人知道，怎麼老師看起來一點都不驚訝？還一副和她話家常的樣子。她把袋子丟進垃圾桶裡走上前去，微微鞠了個躬，「老師好。」

老師笑得意味深長：「剛看到小蔣出去了，是幫妳買早飯吧？」

陸彌一怔，微微點頭，「嗯。」

老師的笑容越來越八卦，滿臉寫著「老師都懂」，嘖嘖嘆道：「高中的時候我就看出來了，你們呀，早晚會在一起！」

陸彌扯扯嘴角笑笑，沒有說話。

老師又說了幾句「你們年輕人感情就是好」、「小蔣一看就是個踏實的人」之類的，說著說著又開始緬懷青春，講起帶過的班裡有多少學生是她早就看出了苗頭然後走到一起的。

陸彌終於忍不住，問了句：「老師，您……是怎麼知道的？」

老師詫異道：「妳還不知道啊？」

問完又自顧自點頭道：「哦，也是，妳不在群組裡，小蔣肯定是怕妳害羞沒跟妳說。」

陸彌越發疑惑：「什麼？」

「小蔣他們那屆，我也是科任老師嘛，他們有個群組啦。」老師笑道：「小蔣那天不曉得有多開心，好大方地發了好幾個大紅包！」

陸彌一時怔住，原來是這樣。

蔣寒征一個字都沒和她說，不過仔細想想，這倒是很符合他的性格。蔣寒征一直都是眾星捧月的，朋友也多，戀愛了迫不及待地和大家公布，是他會做的事情。

老師繼續侃侃而談，陸彌靜靜地聽著。約莫幾分鐘後，蔣寒征拎著好幾袋早餐回來了。他一看見陸彌和老師在聊天，便迎上來，手輕輕搭在陸彌肩上，笑嘻嘻朝老師喊了聲：「老師好！」

老師看了他的手一眼，笑得慈祥極了。

陸彌問：「怎麼買那麼多？」

蔣寒征說：「都是不一樣的，都嘗點唄。」

只是普通的對話，卻因為有第三人的旁觀而顯得十分曖昧。老師輕輕咳了兩聲，眼神裡盡是調笑，陸彌越發不自在起來。

蔣寒征卻如魚得水，問道：「老師，您吃過早飯沒？」

老師撇撇嘴，「早吃啦！老人家起得早。」

蔣寒征嘻嘻笑道：「哦哦，那我們就上樓吃飯去啦？」

老師擺擺手趕人，「去吧去吧！」

陸彌微微傾身說了句「老師再見」，轉身上樓了。

蔣寒征一手拿著早餐一手攬著她肩膀，陸彌伸手想幫他分擔一點，卻被他一把抓住了手。

「就這點東西還要妳拿？我可是男人！」他斜眼笑道。

陸彌失笑，不再和他爭。

兩人越走越擠，總是肩膀撞肩膀，陸彌不動聲色地挪開一點，輕輕問：「蔣寒征，你在群組裡發紅包了？」

蔣寒征身子頓時一僵，心虛地笑道：「妳……妳知道啦？」

陸彌見他表情緊張，好笑道：「你害怕什麼？」

蔣寒征說：「怕妳不高興。」

陸彌靜靜地等著他的後文。

「我知道妳不喜歡熱鬧，也不喜歡別人關注妳的生活。」蔣寒征聲音變小了，「但我……就是高興，而且只告訴了同班同學！他們都和我玩得很好的！」

「哦不只同學，還有我隊友他們……」蔣寒征說完，又小聲補充。

陸彌聽完，有些不知道該說什麼。

她生氣了嗎？好像沒有那麼嚴重。

她只是有些意外、有些不適應，還有一點點措手不及，但這應該才是正常人的生活？她想。

於是她笑了下，捏了捏蔣寒征的手，說道：「我又沒生氣，你解釋那麼多幹嘛？」

蔣寒征的眼神由緊張轉為驚訝，最後變成巨大的喜悅。他幾乎要喊出聲，自己傻笑了半天，忽然傾身過來，在她唇上留下蜻蜓點水的一吻。

陸彌錯愕地僵在原地。這個吻太輕了，除了唇上還留著一點炙熱的溫度，幾乎沒有別的感覺。

蔣寒征親完就跑，一步三個臺階地跑上了樓。

「快點！我買了妳最喜歡吃的糖三角！」

他厚重的聲音將陸彌從混亂難明的情緒中扯回來，她又恢復了慣有的淡淡的表情，彷彿無事發生過，慢慢地跟著上了樓。

訓練營四月中就開始了，為期三週，到黃金週假期已經是尾聲。

和陸彌不歡而散後，祁行止的第一個反常標誌是——他熬夜了。以往他有嚴格的作息表，每天晚上十二點三十分完成所有的題目後，他會準時上床睡覺，以保證六個小時的睡眠。

這一天，他卻反常的一直坐到了凌晨四點，一口氣把今天課上的思考題各想了兩種解法。

第二個反常標誌接踵而來——他感冒了。

祁行止作息規律飲食健康，雖然看起來瘦，但身體一向很好。上一次生病是什麼時候，他自己都不記得了。

可這次第二天早上一起來，他就感覺不太好。頭昏腦脹，天花板上的燈出現四五個重影，連從上鋪爬下床都花了好幾分鐘。

他按照小時候的經驗，下床泡了一包板藍根，然後倒了滿杯熱水坐在書桌前，一邊小口地喝著一邊回神。

緩了十幾分鐘，頭不那麼暈了。正好到了出門時間，室友們喊他一起去晨跑。訓練營有個非官方的習俗，據說是好幾屆之前的某位學神傳下來的，男生們每天早上會一起在操場上跑幾圈。

「你應該是昨天熬太晚睡少了，出去跑一跑發發汗就好了。」一個室友說。

「沒錯，我上次也是頭暈，出去風一吹立刻超清醒！」另一個室友附和道。

祁行止心裡非常清楚這些都是歪理邪說，但鬼使神差的，他不僅沒有出聲反駁，還撐著書桌起了身，點頭道：「走吧。」

他的確需要清醒一下。

然後第三個反常標誌就出現了——跑到第二圈，祁行止摔倒了。

他腳下發軟，摔得並不重，手上身上連處擦傷都沒有。但是右腳落地時沒力氣，腳背一歪，腳踝落地，扭到了。

他一直跑在隊伍最後，摔倒的動靜不大，男生們沒有發現，繼續往前跑著。直到段采薏不知從哪裡跑出來，扶住他手臂緊張道：「怎麼了？有沒有事？」

男生們這才跑回來，見段采薏扶著他格外關心，便圍在外圈，一時不好意思上前詢問。

祁行止眼冒金星，緩了好久才看清眼前是誰。他支起沒受傷的左腿，手肘撐在膝蓋上，揉了揉腦袋緩過神，問：「妳怎麼在這？」

段采薏沒有回答，繼續關心道：「你怎麼樣？」

祁行止搖頭，「沒事。」然後輕輕推開了她，抬頭對室友說：「你扶我去趟福利社？買個冰棒敷一下就好了。」

兩個室友連忙蹲下身來一人一邊將他架起。

段采薏急道：「……哎祁行止！我還是陪你去醫院看看吧？」

祁行止忽然覺得煩躁，他懶得再說話，搖搖頭，左腿用力，搭著兩個室友的肩，以詭異的姿勢快速跳遠了。

腳踝扭傷處理得及時，冰敷後已經消腫了大半，不算特別嚴重。接下來的兩天，室友們輪流騎共享單車載他往返於食堂、宿舍和教學大樓。

比起腳傷，反倒是那病去如抽絲的感冒更麻煩一點。他已經喝了兩天板藍根了，好心的舍監阿姨還煮過薑湯給他，見效甚微。

第三天，祁行止已經可以自己慢慢走路了，雖然時不時右腳沒力還是需要單腿跳，姿勢不太美觀。但集訓時間緊張，誰都爭分奪秒，祁行止也不好意思再耽誤室友們的時間了。

下午下課，祁行止在教室裡多留了一下，說要再想個題目，讓室友們先走。

他多待了約莫十分鐘，才收拾書包離開。剛撐著桌子站起來，身後忽然窸窸窣窣一陣，回頭一看，段采薏動作俐落地背上書包，說：「一起走吧！」

祁行止本以為教室裡早就沒人了，有些意外地問：「妳怎麼還沒走？」

段采薏的臉紅撲撲的，「我……寫題目耽誤了點時間！」說著，她上前扶住他的手臂，「我扶你吧，你室友怎麼先走了呀？」

「謝謝。」祁行止僵著半邊身子說。

僵了兩秒，他還是抬了抬手臂輕輕把女孩的手拂掉了，「我沒事，自己走就行了。他們下課就先走了，時間寶貴。」

段采薏兩隻小手在祁行止手臂邊彷徨了好一陣，還是不敢再扶上去。

她撇撇嘴，似是不滿，小聲道：「……那也不能讓你一個人走呀。」

祁行止沒接話，兩人無聲地走了一小段，他能感覺到段采薏為了遷就他的速度而緩慢地拖著腳步。

他出聲道：「……那天我摔倒是不是妳在？謝謝了。」

段采薏有些意外地抬頭看了他一眼，然後很快低下頭去，囁嚅道：「小事……沒關係的。」

祁行止猶豫了一下，又說：「時間寶貴，妳有事就先回去吧。我很慢的。」

段采薏搖頭如撥浪鼓，「不用，我沒事！我陪你回去吧！」

祁行止悶了一下，吐出一句：「……謝謝。」

然後儘量加快了腳步。

祁行止艱難地走下樓梯，出了教學大樓，見段采薏仍舊小心翼翼地跟在他身旁，有些心累，還是想讓她先回去。

正要開口，眼神鬼使神差地往旁邊一瞥，忽然看見熟悉的身影。是陸彌。

她站在路邊左顧右盼，像是在找什麼。

看見陸彌，祁行止疲憊的大腦裡一瞬間湧進許多問題。

她為什麼在這裡？還是來陪蔣寒征打球的嗎？她在找什麼？

而他迫切想要得出答案的一個問題是——我是該叫住她，還是略過不見。

但他的大腦無法給出答案。理智告訴他他沒有任何立場和理由生陸彌的氣，可情感上，他現在就是不想見陸彌——因為她也不會是來見他的。

可他沒來得及掉頭走開，就被叫住了。

「祁行止！」陸彌的聲音清脆，而後是一陣腳步聲。

「跑什麼。」陸彌繞到他面前。

祁行止沒回答，反問：「妳來陪蔣寒征打球？」

「我來找你。」陸彌說。

祁行止愣了一下，然後終於把眼神落在她身上。

她今天穿了一件白色的吊帶裙，長度剛過膝蓋。瀑布般的粉色長髮披落在肩頭，顯得她的皮膚好像也透著粉色。

祁行止發現她左肩上有一顆痣，也是褐色的，和她的瞳色一樣。

他很快把眼神挪開。

陸彌上下打量他，發現往上看這人一臉病懨懨的憔悴樣，往下看還瘸了一條腿。她一時有些不能接受，怎麼兩天沒見就這樣了？

她擰眉問：「這是怎麼了？」

祁行止抿抿嘴，回答得很簡單：「摔了一跤。」

陸彌一聽就知道他這是避重就輕，直接問：「摔一跤臉都摔白了？」

祁行止：「……」

一旁的段采薏終於忍不住問：「祁行止，這位是……」

陸彌自己答了，「哦，我是他老師。」順便上前一步扶住他手臂，對段采薏道：「同學妳要是忙的話就先回去吧，我來照顧他。謝謝妳哦。」

段采薏見她十分年輕，打扮也不像老師，狐疑著，沒有離開。

祁行止見這狀況，頓了頓，轉頭對段采薏說：「她是我去年暑假的家教老師。妳先回去吧。」

段采薏看了兩人一眼，遲疑地點了點頭，「那你注意休息哦。」

祁行止頷首：「謝謝。」

陸彌目送段采薏離開，心道祁行止果然招漂亮女生喜歡，可惜她現在沒那個心情去八卦祁行止的青春戀情。

「去醫院了沒？」她皺著眉把他上下打量一番，越看越覺得他弱不禁風，比林妹妹還林妹妹。

祁行止頓了一下，說：「去了。」

他實在不擅長撒謊，陸彌一眼便看穿，哼了聲問：「開了什麼藥。」

「……」祁行止悶聲道：「……板藍根。」

陸彌頭頂黑線：「祁行止，你覺得我是智障嗎？」

祁行止：「……」

他覺得他自己是智障。

兩人僵持了一下，祁行止還是忍不住問：「妳來找我？」

陸彌點頭：「嗯。」

祁行止問：「找我幹嘛？」

陸彌沒好氣：「關愛叛逆期青少年。」

「……」祁行止心頭一凜，甩開她的手，「我不叛逆。」

說著，他自顧自一瘸一拐地往前走。

陸彌也不是脾氣好的人，看他這副軟硬不吃的樣子，她心裡竄火。她原本是打算今天回北京的，可一想到祁行止那天莫名其妙的火氣和敵意，她就不太放心。

好好一個三好少年，怎麼忽然不講道理了？

她自己分析了半天，最終把原因總結為——她的確沒有盡到老師和朋友的責任。祁行止性格本就孤僻，連跟家人都不親近，陸彌這個老師或許是他唯一的朋友也說不定。唯一的朋友三個月沒有聯絡，也不怪他心裡不爽。

當然，還有更糟糕的猜測——祁行止家裡出了什麼事，或者和家人鬧彆扭了。但陸彌覺得這種可能性不大，也不敢往這方面想。

分析完，陸彌決定還是來安撫一下他，至少跟他道個歉。

結果，一來就看見兩天前還挺拔如小樹的少年變成了小白菜，枯了。

陸彌呼吸吐納三次，提醒自己「耐心冷靜」，然後大跨步上前。

她怕用力大了再把他撞倒，所以伸手的動作很輕，本想抓住他手臂，卻順著衣料一滑，最終只揪住了他的衣袖。

祁行止滯住了。她的動作太輕，那一瞬的觸感在他手臂上，就像被什麼蟲子咬了一口。

陸彌見他停住腳步，有點寬慰，心道小祁畢竟還是懂事的，不像其他中二少年脾氣發起來沒輕沒重。

於是她也笑得溫柔了些，說：「我帶你去醫院。」

祁行止面色平靜，聲音肯定：「不去。」

陸彌的火又「噌」地竄上來了，擰眉不滿道：「你怎麼氣性那麼大？」

祁行止看了她一眼，聲音愈發平靜：「我沒生氣，也不是叛逆期。」

陸彌冷笑：「哪個身心健康的青少年腳瘸了還還不聽老師話？」

「……」

她這是偷換概念，祁行止一時啞口無言。

陸彌也不跟他廢話了，直接說：「我騎了電動車來，你在這裡等一下，我來接你。」

祁行止問：「妳哪來的電動車？」

「跟朋友借的。」

哪個朋友？自不必說。

祁行止冷臉：「我不坐。」

陸彌擰眉，她是真的看不懂祁行止這通火到底是怎麼回事了。如果說生病了不想去看醫生還能勉強解釋的話，瘸著一隻腿還不肯坐車的行為實在不符合小祁同學的智商。

祁行止在陸彌疑惑的眼神中面不改色，說：「小門就有個診所，離這裡不到六百公尺。走著去就可以。」

陸彌考量了幾秒，最終還是妥協了，「行，走。」

她說著要把祁行止的手臂抬起來搭在自己肩上，祁行止彷彿受驚的兔子一般，靠著一條腿足足跳出了兩步遠。

「你幹嘛？」

「妳幹嘛！」

兩人異口同聲，大眼瞪小眼，都覺得對方有病。

陸彌心累道：「我扶你啊！你都瘸了！」

祁行止說：「……沒那麼嚴重，慢點自己能走。」

陸彌覺得祁行止病成了智障，不再和他爭，兩手一叉抱著臂道：「行，你走。身殘志堅，不愧是你。」

「……」

身殘志堅的祁行止在她混雜著嘲諷和擔憂的眼神中，一瘸一拐地帶著路往診所走。

他不僅獨立走到了診所，還獨立掛了號、陳述了病情、領了藥，最後從容不迫地坐在注射室裡吊好了點滴閉目養神。

這讓一直跟在他身後半步的陸彌覺得自己十分多餘。

她看了祁行止手上拿的各種單據一眼，其中有一張診療單和一張開藥的收據，忙道：

「我先去幫你繳費吧。」

她彎腰正要把兩張單子抽出來，祁行止手往回一收。

他仍閉著眼，低聲道：「妳很有錢？」

「……」陸彌覺得自己受到了侮辱，雖然她確實沒錢——她剛存夠下一年的學分費。

「我等等自己就能交了，很方便。」祁行止又說。

陸彌一屁股在他旁邊坐下，伸出手指往他手背上戳了戳。

剛剛護士幫他進針，是個新手，第一次沒找到靜脈，又重新戳了第二次，導致他手上青了一塊。

陸彌故意盯準了那一塊青色的邊緣戳了一下。

祁行止微微吃痛，輕「嘶」了聲睜開眼：「妳幹嘛？」

陸彌反問：「你幹嘛？到底在彆扭什麼？」

祁行止又閉上眼，轉回頭，不說話。

陸彌越來越疑惑，開始無方向亂猜：「競賽壓力太大了？」

祁行止：「沒有。」

陸彌再猜：「家裡出事了？」

祁行止：「沒。」

陸彌問：「又被小太妹騷擾了？」

祁行止：「……」

他把腦袋往後一仰，擱在椅背上，一副拒絕溝通的模樣。

太幼稚了，太完蛋了。祁行止心裡想。可他已經控制不了自己的行為了。

他不得不失望地承認，他就是這樣低俗、愚蠢、惡趣味的人。他心裡藏著一個無望的祕密，無法啟齒、無法言說，卻也無法完全忍耐，只能用小孩子撒潑打滾的方式來求得一點關注。

多哄哄我吧，哪怕妳永遠不會知道我的祕密。

多和我說幾句話吧，即使妳很快就會離開。

陸彌被他這樣幼稚的反應驚呆了，她簡直要懷疑祁行止是不是被人掉了包，現在在她面前的到底是什麼東西？

緩了足有半分鐘，她終於沉沉嘆了口氣：「……對不起。」

祁行止睜開眼。

「我知道，我這朋友確實做得不太夠格……」陸彌繼續說著，聲音不急不緩的，也不管祁行止有沒有在聽，「但我之前確實遇到點事，挺難熬的……不過現在都好啦。」

祁行止聞言苦笑。

她果然還以為自己什麼都不知道。在他面前提起，居然還要故作輕描淡寫地用「遇到點事」帶過。

「但我談戀愛沒有主動跟好朋友講，確實不夠意思；作為老師這幾個月沒關心你的課業，也很不負責任。我保證，以後我不管是升官發財還是結婚離婚生孩子養孫子，我都第一時間通知你，行不行？」陸彌很誠懇地說。

祁行止笑了聲，沒說話。

陸彌有些緊張地等著他的反應，目不轉睛地盯著他的眼睛。也是到這一刻她才發現，祁行止對於她來說，是個非常非常重要的朋友，是不可取代、不想有誤會的朋友。

也不知過了多久，祁行止終於直起身來，看了看她，笑說：「是朋友嗎。」

「當然。」陸彌真誠地說：「能跟天才做朋友，我很榮幸的好嗎！」

祁行止扯扯嘴角道：「是朋友就好。」

陸彌終於鬆了一口氣。

雖然祁行止的表情仍然不太好，但他已經說了「是朋友」，那就說明他不會再生氣了。陸彌比誰都更相信祁行止是個君子。君子一言，駟馬難追，祁行止永遠說話算話。

陸彌終於笑顏舒展，攤出一隻手掌，眨眨眼問：「單子能給我了嗎？我去繳費。」

祁行止無語地看著她，終於笑著把兩張單據交到她手上，「……妳好熱愛交錢。」

「消費的快感不是蓋的好嗎！」陸彌玩笑道：「不過錢你等等還是要轉給我啊，我最近真的挺窮。」

祁行止失笑：「……好。」

祁行打完點滴換完藥走出診所，早已錯過了晚自習的討論時間。但他不疾不徐，仍和陸彌慢吞吞地走在校園小徑上。

陸彌見他一瘸一拐走得艱難，還是忍不住想讓他把手臂搭在自己肩膀上以借借力，但每每打算這樣做，祁行止就反應激烈，跳得更遠。

陸彌無奈道：「你剛換藥，走兩步腳又腫了怎麼辦？」

「沒事。不會。」祁行止嚴詞拒絕。

陸彌搞不懂他為什麼這麼倔強，只好扶著他手臂，分擔一點力量。

正值孟夏，微熱的晚風輕輕拂過，陸彌的長髮被吹起，露出光潔瘦削的肩膀，還有背後半邊裸露的蝴蝶骨。

祁行止目不轉睛地看著前方的路，喉嚨卻仍然覺得癢癢的。

他走得很慢，比一個腳傷病人的速度還慢。他很希望這條路能長一點，再長一點，可很快，他還是看見路的盡頭了。

第十七章　祁行止做了一個夢

這天晚上，祁行止做了一個夢。

他從小到大很少做夢，大部分時間會一夜安睡到天明。只有小學父親剛去世的那段時間，他總是做噩夢，夢見爸爸媽媽被各種壞人抓走，關進監獄裡、吊在天橋下、淹在海水裡……而他很沒用，想不到辦法把爸爸媽媽救出來，只會哭。哭得撕心裂肺、驚天動地，壞人就看著他笑，而他看著爸爸媽媽的頭顱沒進海水裡。

還有就是林茂發的事之後，他有幾次夢到陸彌。他夢到再次見到陸彌時的很多種情形，有的是在北京，有的是在南城；有的就在最近，有的已經是很多年後。在每一個夢裡，陸彌都不想見他，並告訴他：「我再也不會回去了。」

但這一晚的這個夢很不一樣，甚至讓他羞於回憶和啟齒。

夢的開始稀鬆經常，不過是一個蟬鳴陣陣的普通夏日，大概是暑假，他和往常一樣坐在說桌前刨著他的小木塊。可不知怎麼的他忽然想睡，連著打了好幾個哈欠之後終於繳械投降，走到床前倒下睡了。

他忘記把電風扇換個方向，所以睡著睡著便熱起來，額頭上和後腦勺都汗涔涔的，翻來覆去，浸濕了半邊枕頭。

他想起身去把電風扇挪過來，但太睏了不想動；又想就這麼睡過去，但太熱了睡不踏實。

半夢半醒間，房間的門「吱呀」一聲開了，他窄窄一條縫的模糊視線中，一個女人走了進來。

而他不知為什麼沒有動，仍舊懶懶地躺著。女人走進來，先把電風扇換了個方向，涼風對著他吹來，混著女人清新的髮香。祁行止舒服地哼了一聲，順勢牽住她的手。

她沿著他的手臂攀上他肩膀，柔軟的身體順勢貼緊過來，伏在他身上。

「啪」的一聲，女人腳上勾著的拖鞋掉在地板上。感受到她小腿和裙擺柔軟衣料一起蹭在他腿間的那一瞬間，祁行止忽然一個翻身壓在她身上，甚至還沒有看清她長髮下的臉，便已經本能地在她香甜的頸間啃咬起來。

窗外的蟬鳴一聲比一聲更長，老式電風扇「吱呀吱呀」地轉著，夏日嘈雜的聲音，掩映著這一室之內的吟哦和喘息……

祁行止驚醒，已經天光大亮。他感受到腿間的濡濕，猛地想起昨晚的夢，一個個旖旎的畫面在腦海裡重播，他一動不動地坐在床上，最終驚恐而羞愧地把腦袋埋進雙臂之間。

雖然他沒有看清那女人的臉，但她的聲音，她的皮膚，她肩頭那顆褐色的痣……

不可能是別人。不會有別人了。

「老祁，還不起？」床簾外忽然響起室友的聲音。

祁行止回神，答應道：「……起了。」

「稀奇，你居然會睡懶覺。」室友嘟囔了句。

祁行止這才想起看時間一眼，居然已經七點十五分，室友們肯定跑完步回來了。

他帶著一股強烈的羞愧在被窩裡把褲子脫了換上新的，絕望地搓了把臉，強行恢復鎮定，拉開床簾往下爬。

「你怎麼了？」室友看見他，擰著眉問。

祁行止滯住，以為自己身上還有什麼痕跡，強裝鎮定道：「……怎麼了？」

室友直接把手背貼在他額頭上，感受了一下，擔憂道：「靠，你不會又燒起來了吧？臉也這麼紅！」

另一個室友聽見，也關心地看過來，旋即震驚道：「我靠，你背上怎麼出這麼多汗！」

祁行止一瞬間臉便燒起來。他心裡的羞恥和愧疚感愈發深重，艱難地開口道：「……沒事，我去沖個澡。」

說著，他直接往洗手間裡走。

「欸這個時間沒熱水！」室友忙叫住他。

「就是，你不是還病著嘛洗什麼冷水澡！」

祁行止匆匆拿了毛巾，撂下句「沒事」，「嘭」地關上了洗手間的門。

浴室裡水聲想起，兩個室友大眼瞪小眼，好像明白了什麼。

「哈哈哈哈哈哈哈！」兩人捧腹大笑起來，「老祁，你也有今天啊！我還以為你要當和尚一輩子吃齋念佛呢！」

還有個室友肆無忌憚地去拍了拍洗手間的門，善解人意地說：「沒事老祁，別急！我們等你降了旗再走啊！」

「哈哈哈哈哈哈哈！」

室友們爽朗而放肆的笑聲響在門外，祁行止心煩意燥，冷水開到最大直往頭頂澆。他被凍得一激靈，打了好幾個冷顫，才堪堪冷靜下來。

濕著頭髮走出洗手間，祁行止在室友們充滿深意的笑容中木著臉背起包，回頭面無表情道：「不走？」

「走走走！」室友們連忙跟上。

其中一個一把勾住他肩膀，小聲道：「哥們，別害羞，這是正常的事！」

祁行止：「……」

另一個霸占住他另一半肩膀，附和道：「就是，多稀罕。」

祁行止：「……」

「欸，晚上要是題目簡單，時間有多的話，我們……一起看個片吧？我……偷偷帶了兩部來。」

什麼片？誰都知道。

「好啊好啊！」另一個室友歡呼應和，又看了祁行止一眼，笑道：「我跟你說啊，他很會搞這些，都是極品！以前我們一起看過，就是不敢叫你……」

祁行止嘆了聲，從胸口吐出一口濁氣，不耐地道：「……你們能不能走快點？」

室友正興奮著呢，懵懂道：「啊？」

祁行止說：「你們走得比我這個瘸子還慢。」

「……」

兩個室友明白他意思了，連忙停住話題，一人一邊拄著祁行止走了。

一上午的課，祁行止都無法完全集中精力。

他第一次發現自己的專注力是如此脆弱，在集訓營這樣高度緊張的課堂上，他居然分神了。

熬過一上午，中午下課，祁行止照例讓室友們先走。

這一次，他還特地確認了一下，段采薏也離開了，才收拾書包下樓。

還沒出教學大樓，就看見陸彌撐著傘站在門外。

她穿了件牛仔背帶短褲，內搭黃色襯衫，頭髮綁了個高高的馬尾。看起來青春洋溢，像個高中生似的。

祁行止腳步霎時便頓住了。他無法控制地又想起那個夢，女生的身體和聲音說不清哪個更軟，軟得像一灘水，而他……他不知道該怎麼面對陸彌了。

陸彌見他止步不前，狐疑地上前道：「怎麼了？」

祁行止極力恢復淡定，說：「沒什麼。妳怎麼來了？」

「來接你這個瘸子啊。」陸彌白眼一翻，「你那些室友都怎麼回事，有個傷患也不知道多照顧點？」

「我讓他們先走的。」祁行止解釋了一句，又偏過頭催道：「……那快走吧。」

陸彌其實是來盯著祁行止去診所的。昨天醫生說了，最好來打三天針，陸彌怕他不自覺。又怕他是真的學業緊張，所以大中午的來堵人，想著利用午休時間去趟診所應該不會耽誤正事。

可現在看著獨自走在傘外曬著大太陽，瘸著一條腿還妄想健步如飛的祁行止，她覺得這孩子的問題可能不是感冒發燒，是腦子壞了。

她上前抓住他的手腕，「你不撐傘？」

說著，她舉高了手臂把太陽傘分一半給他。

五月雖然還不算太熱，但大中午太陽也是毒辣得很，腦子有病的人才這麼曬著。

祁行止卻腦袋一歪，又往外走遠一步，「不用。」

「……」陸彌無語了，「祁行止，你是學數學學傻了嗎？」

祁行止眼神躲閃，不看她。

陸彌心道見了鬼了，昨天還好好的，怎麼今天又有新的問題？她不耐煩地又走近一步，再次伸高手臂把傘舉過他的頭頂。

「你拿著。」她沒好氣地說。

祁行止一時沒動作。

「我手很痠！」陸彌火了。

祁行止被她一嗓門吼得身形一頓，默默接過了傘，撐在兩人頭頂，大部分還是偏向她。

陸彌看著自己腳下大片的陰影，心裡還是軟了一下，嘆道；「你們數學好的天才是不是老是這樣？」

祁行止沒反應過來，「……什麼？」

「電影裡老這麼演，」陸彌說：「學數學學傻了，生活上就腦殘了。」

「……」祁行止無奈地頓了一下，否認道：「沒有。」

陸彌撇撇嘴，「反正你多長點心吧。」

這次回南城，她其實是很害怕的，害怕碰到林立巧，害怕回到育幼院，害怕想起那個可怕的除夕夜。

沒想到，這些人都沒碰上，倒是那個向來最讓人放心的祁行止出了問題。

邪門了，陸彌心道。

點滴室裡，祁行止又閉著眼睛靠著椅背。

其實他根本睡不著，甚至連假裝睡著保持呼吸均勻平穩都很難做到。但他怕陸彌再同他說話，也怕自己羞於面對她。

陸彌好像看出他沒睡著，輕聲道：「我後天回北京，這兩天都會來盯著你，你別想逃打針。」

祁行止：「……」

他不想逃打針，他比較想逃離她。

不對，陸彌又沒有做錯什麼，說到底是他自己心思齷齪，祁行止有些絕望地意識到自己的劣根性。

「下午我也會來接你。」陸彌說：「還是那個教學大樓吧？」

祁行止睜開眼，「為什麼？」

陸彌臉色很不好：「因為你是個沒有生活自理能力的瘸子。」

祁行止無話可說了，活到十七歲，第一次有人說他沒有生活自理能力。

他無奈地嘆了口氣，輕聲道：「謝謝。」

陸彌見他現在這樣才算恢復正常，也就沒再說什麼，收回眼神靠在椅背上玩手機。

祁行止這時候才偷偷地轉頭看了她一眼。

他克制自己什麼都不要想，只是認真地看她一眼，然後在心裡鄭重地對她說了一句「對不起」。

他沒有辦法告訴她他做了什麼樣的夢，只能透過這樣的方式向她道歉。

儘管說到底，這道歉也是為了他自己。

祁行止看著陸彌因為專注而微微嘟起的嘴唇，在心猿意馬之前，慌忙挪開了目光。

祁行止打完點滴後，兩人一起去食堂吃了個飯。

天氣太熱，陸彌沒什麼胃口，祁行止也一直悶悶的，兩人對坐無言，匆匆吃完了一頓飯。祁行止要繼續上課，陸彌把他扶回教學大樓就走了。

到教室一坐下，兩個室友便八卦兮兮地湊過來，「喂祁哥，剛剛送你來的是誰啊？這裡的學姐？」

祁行止不答，反而奇怪地問：「學姐？」

在他看來今天的陸彌看起來像個高中生，和他們完全沒有年齡差。

室友大喇喇道：「那麼漂亮，肯定是學姐啊！」

祁行止擰了擰眉，他不太理解這個邏輯。

正巧段采薏背著書包走進教室，她從小練芭蕾，體態輕盈，氣質優雅。

祁行止目光在她身上停留兩秒，淡淡地道：「段采薏也很漂亮。」

他的語調上揚，語氣裡帶著詢問，言下之意是——難道漂亮的都是學姐？

室友哈哈笑起來，「老祁你腦子真的跟正常人不一樣！」

祁行止頭頂黑線，但也謙虛地頷首道：「悉聽尊教。」

室友卻「嘖」一聲，犯起難來，「怎麼說呢……就，段采薏也漂亮，但她和學姐的漂亮不一樣，你懂嗎？」

另一個室友也來幫忙，解釋得卻相當抽象：「就是……學姐是漂亮，段采薏是好看，明白嗎？這兩個不一樣！學姐那種，一看就是姐姐嘛！」

兩個男生一番理論輸出，祁行止隱約摸到了邊，好像又沒完全明白。

他們還要再解釋，祁行止卻聽累了，又覺得私下議論女生容貌不太好，便擺擺手，打住了兩人的激情發言。

室友興致正好被截斷，只好繼續問：「那真是你學姐啊？」

「可以啊老祁，這麼快就認識學姐了！」

祁行止擰擰眉，否認道：「不是學姐。」

室友更好奇了：「那是誰？」

祁行止說：「我老師。」

室友嗤聲表示不信：「屁吧！那麼年輕的老師？」

不知怎麼，祁行止不太想解釋這事，正好老師抱著卷子走上講臺，對話也就不了了之。

他集中精神望向講臺，卻沒有看見，後兩排的座位上，段采薏收回了第無數次向他打探的目光，費了好大的力氣，才壓住偷偷上揚的嘴角。

下午隨堂測驗，難度極大，所有人做完都頭昏眼花，還有幾個按捺不住的，照例來找祁行止對答案。

「祁哥，你這次寫了幾題啊？」

「這還用問，祁哥肯定全寫完了啊。」

每次來對答案，他們都會先這樣恭維一番，再自嘲自己是個垃圾。

很遺憾，按這個標準，祁行止這次也是個垃圾。

他淡淡地說：「我沒寫完。」

眾人驚了，一時說不出話來。

祁行止有些疲憊，抬頭問：「還對嗎？」

他的話其實沒帶情緒，但他這人沒表情的時候冷得可怕，大家見他臭臉，誰還敢再纏著他對答案？連忙搖頭。

祁行止點點頭，收拾好桌上東西，獨自走了。

他本想回寢室睡覺，哪知一出門，又看見了陸彌。

她仍是上午那套青春洋溢的衣服，卻坐在一輛電動車上。見他來，隨意地招了招手。

祁行止走過去，在電動車前停下，問：「妳怎麼來了？」

陸彌好笑道：「你每次都要問這個問題？你說我怎麼來了？」

祁行止抿抿唇，問：「妳不用談戀愛嗎？」

「……你一個小孩管這事幹嘛，」陸彌忽然覺得不自在，嘟囔了句，「蔣寒征歸隊了，沒空陪我玩。」

祁行止不說話了。

「上車吧。」陸彌瀟灑地做了個往後的手勢，示意他上車。

祁行止態度明確：「不上。」

陸彌澈底無語了，之前他不坐就算了，現在她車都騎到他面前了，他還是不坐？這車是哪裡惹著他了？

她擰眉盯著他問：「為什麼不坐？」

祁行止說：「不想坐。」

陸彌低頭往他腳上看了一眼，他今天已經換上帆布鞋了，之前都穿拖鞋。「你腳不要了？」她略帶怒氣地問。

祁行止說：「快好了。」

「……」陸彌被他折騰得沒脾氣了，就想知道他到底怎麼這麼仇視這車，於是好笑地問：「我這車是撞過你還是上輩子當坐騎把你摔了啊你這麼恨它？跟老師借部車多不容易啊你說不坐就不坐？」

祁行止愣了一下，捕捉到關鍵字，「老師？」

「是啊！社區裡的老師，我當年的班導師呢。」陸彌說。

「……」祁行止一時語塞，暗罵自己蠢。

陸彌見他還是一張木頭臉，實在沒脾氣了，道：「算了算了不坐就不坐，我扶你走回去行了吧！」

說著，她下了車扶著龍頭打算把車停路邊。

祁行止忽然伸手過來攔住她。

「又怎麼了？」陸彌終於還是不耐煩了。

祁行止說：「坐吧。」

「……」陸彌滿臉黑線，「祁行止，你是不是有病？」

祁行止自動忽略她的問題，穩穩地扶住龍頭，上前一步，問：「我來騎行嗎？」

陸彌睨他一眼：「你倒也不必身殘志堅到這個地步，我又不發感動全國獎章給你。」

「……」

「上車！」陸彌不再和他拖拖拉拉。

祁行止猶豫了一下，最終還是妥協了，手撐在車座邊緣借了下力，長腿一跨上了車。

陸彌騎車還挺穩的，載著他一個快七十公斤的大男生也不搖晃。

祁行止兩手撐在車座邊緣，出神地望著他身前小小的人。

風吹起來，她的T恤便往後鼓，又因為背帶的間隔，形成一個個胖胖的氣包，使她看起來像卡通人物似的。

祁行止覺得可愛，不禁想笑。然而盯著她肩頭看久了，不知怎麼就心猿意馬，想到那裡有一顆痣……褐色的，小小的，在她白皙的皮膚上，像牛奶泡沫上的一粒餅乾屑。

祁行止臉「唰」地就紅了。

他強制自己移開目光，輕輕咳了聲，再也不看了。

第二天中午，陸瀰按照約定騎著小電車等在教學大樓下。有兩個男生先走出來，垂頭喪氣地嘟囔著什麼。

「這次題目也太變態了……」

「就是，都要結束了還這麼為難我們。」

「……」

陸瀰聽了兩耳朵，立刻關注起來。

等到祁行止走出教學大樓，她開門見山地問：「考試了？」

祁行止愣了一下，納悶她怎麼消息這麼靈通，然後點點頭道：「嗯，昨天的隨堂測試。」

「考得怎麼樣？」陸瀰眼睛亮晶晶的，「第一嗎？」

她渾然不覺，作為一個師範生，她精準地踩在了「不要以過高的期待給學生過分的壓力」的雷點上。

在她的潛意識裡，祁行止無所不能，永遠不會讓人失望。

可惜祁行止眼神黯了黯，說：「不太好。」

他一向心態平穩，一次發揮失誤本不足以讓他放在心上。然而這時看見陸彌期待的眼神，卻破天荒地覺得有些遺憾了。

陸彌愣了一下，這實在是意料之外的答案。

她甚至不知道該怎麼回應了，以至於暴露了真實反應——微張著嘴，眼神驚訝：「啊？」

祁行止苦笑：「沒考好。」

原因他是不會說的。

陸彌整理了一下語言，笑道：「……哦，沒事……勝敗乃兵家常事嘛。」

祁行止沒說話。

「再說了，你這……這生著病，沒有發揮出正常水準，也可以理解。」陸彌在課上學了很多種疏導學生的方法，到祁行止這裡，卻不管用了。

這時她才發現，與其說祁行止是她的學生，不如說他是她職業夢想中的一輪月亮——就像藝術家的繆斯一樣。

他的存在讓陸彌對老師這個職業充滿信心與憧憬，她期待未來會遇到更多學生，她能成為他們的朋友，和他們共同成長。

祁行止原本心情有些灰暗，聽她這麼無措地試圖安慰他，反而寬了心，忍了好久才帶著笑意打斷道：「陸老師。」

陸彌搜腸刮肚地想著安慰的話，猛然被打斷，懵懂道：「……啊？」

祁行止說：「我還是第一。」

「……」

陸彌反應了足足三秒，破口怒道：「……你有病啊！」

祁行止終於忍不住，笑開了。

「但確實考得不好。」他笑得肚子疼，好不容易才止住了，正色道。

陸彌滿臉寫著「你在說什麼屁話」。

她臭臉的樣子也很可愛，祁行止想。這麼想著，忽然福至心靈，不過腦子地道：「所以……可以要獎勵嗎？」

陸彌想也沒想便道：「不可以。」這種級別的資優生還缺她一份獎勵？想都別想。

「……」

陸彌面無表情地坐回電動車上，催他道：「上車。」

祁行止心裡有點失望，但也沒說什麼，長腿一跨上了車。

到宿舍樓下，祁行止同陸彌告了別，正要上樓，忽然被叫住。

「你想要什麼？」陸彌沒好氣地問。

祁行止眼睛一亮，「妳要給我獎勵？」

「不是獎勵。」陸瓕淡淡地說：「你生日不是在下個月？」

祁行止更驚喜了，「妳怎麼知道？」

問完他便想起來，以前他提到過，是在暑期家教期間，兩人閒聊時提的。

陸瓕卻說：「你生日在夏天。我最討厭夏天，好記。」

「……」祁行止才不會把她隨口說的氣話當真，「隨便送什麼。」

陸瓕：「……」

「隨便送」的禮物，往往是最難送的。祁行止可真是吹毛求疵難伺候。但她也沒再多問，點點頭說：「那你別指望太貴的。」

祁行止笑道：「我知道。」

「回去吧。」陸瓕扭著車把掉了個頭，沒等他上樓就先騎遠了。

祁行止站在宿舍樓下看了好久，直到陸瓕的身影越來越小，消失在他的視野。

頭頂有夏蟬不休地鳴叫著，不遠處的池塘裡蛙聲一片。陸瓕剛剛駛過的小路盡頭，陽光從樹葉縫隙中樓下，像波光粼粼般閃耀。

這個夏天也沒有那麼糟，他想。

以及，陸瓕一定不討厭夏天，他又在心裡篤定道。

第十八章　印第安的夏天

祁行止的生日在六月的第一天。

很小的時候他是有慶祝生日的習慣的，那時候父親還在，學校也會放半天假，父親會帶他去水族館或博物館一類的地方玩一下午，晚上再去餐廳吃飯。

後來父親離開了，半天假期沒有了。他長大了，再也不過生日了。

這一年卻很不一樣。

晚自習前他接到一個快遞電話，飯還沒吃完就急匆匆地從食堂跑到學校門口。他幾乎是狂奔的，像一陣疾風似的颳到收發室，把保全大爺嚇了一跳。

大爺怪道：「跑這麼急幹什麼？嚇死人。」

他手撐著膝蓋喘氣，平復了幾秒才道：「是不是……有我的快遞。剛到的。」

大爺起身戴上眼鏡，不緊不慢地問：「叫什麼名字？」

「祁行止。」說完，他又著急，嫌大爺動作慢，上前自己找。

陸彌寄了一個很大的包裹給他，形狀像是一疊書，他一眼就看到了。

「來，簽個名。」大爺遞給他一張表。

祁行止龍飛鳳舞地簽了個潦草的名，差點想在收發室就直接把快遞拆了，看了保全大爺一眼，還是恢復理智，扛著包裹回了宿舍。

下午下課到晚自習的這段時間比較短，大多數人不會回宿舍，寢室裡空無一人。

祁行止拿剪刀三下五除二地把包裹拆了，首先看到的是一本《金考卷四十五》，理科數學。

祁行止擰起眉，掀開第二本，《金考卷四十五》，理科綜合。

第三本，《小題狂練》，高中國文。

第四本，《數學題型全歸納》，衝刺版。

第五本，《託福詞彙》，亂序版。

祁行止難以置信地把這些書一本一本地拿開，眉毛已經擰成了麻花，連自己都沒發現自己的臉色陰沉得可怕。

終於，看到了最底下的一本。

這是這摞書裡最破舊的一本，泛黃、捲邊，書封上還有幾處來源不詳的污漬，隱隱還能聞到積年久遠的霉味。但它讓祁行止的眉毛瞬間舒展開來，嘴角也不自覺地漾起笑意。

這是一本原版的辛波絲卡詩集，祁行止小心翼翼地翻動書頁，看到了出版年份——一九七三年。

他翻了幾頁，小聲地讀了幾句，心滿意足地將書頁合上，放進抽屜裡。

那幾本很遭他嫌棄的題庫還散落在地上，他拿起手機。

和陸彌的聊天還停留在那個除夕夜。

他斂起笑意，斟酌著要傳給陸彌的話。短短幾行字，寫了又刪，刪了又寫，總是不滿意。

他罕見地煩躁起來，終於在不知道刪了多少遍的時候，眼一閉心一橫，衝動使然直接點開了視訊通話。

陸彌的接通速度沒有給他反悔的機會。

『收到禮物了？』視訊裡陸彌紮著馬尾，頭上戴了一個髮帶，像是準備洗漱的樣子。

祁行止愣了一下，「……嗯。」

『怎麼樣，驚不驚喜，意不意外？』陸彌笑得狡黠。

祁行止有些無奈，「幹嘛送我那麼多試卷？我都做過。」

陸彌驚呆了，『都？你全都做完過？』

「嗯，差不多，」祁行止淡淡地點頭，「沒做過也看過，題型大同小異。」

『你哪來的時間做那麼多題目？』陸彌下巴快掉到地上了，『我以為你這種資優生都不用做題目，光聽課就滿分呢！』

祁行止失笑：「那不是資優生，是神仙。」

陸彌撇撇嘴。

對話一時安靜下來，祁行止也不知道該說什麼。

正想閒聊兩句，陸彌忽然說：『沒什麼事我就先去洗臉啦，生日快樂小祁同學！』

祁行止低聲說：「嗯，謝謝妳，陸老師。」

『不謝不謝！』

陸彌在鏡頭裡揮了揮手，掛斷了電話。

視訊定格在陸彌揮手道別的動作上，剛好抓到她閉眼的一瞬間，看起來有些傻氣。祁行止眼疾手快地將這個畫面截下來，又欣賞了幾遍，笑了笑。

祁行止閒適地嘆了口氣，斂著笑意蹲下身把那幾本書整理好，一本一本整齊放進書架裡。

他的書架上幾乎全是比賽相關的講義，雜有一兩本建築類雜誌。這幾本題庫放進去，看起來有些格格不入。

但祁行止居然越看越滿意，滿意到他忍不住拿起手機拍了幾張照片，還講究地調整了一下構圖和光影。

照片拍好後，他傳了兩張給陸彌，又加了一句話——

『夏天快樂。陸老師。』

陸彌沒有回覆，大概是洗臉去了。祁行止也不著急，他看著他和陸彌的聊天畫面，這兩張照片和一句話已經把他們幾個月前的聊天記錄頂上前，看不見了。

這是一個新的開始。就像這個溫暖和煦的夏天，他想。

很久之後，他讀到一篇文章，才知道了有一種被叫作「Indian Summer」的天氣現象。加拿大和美國的交界處，魁北克和安大略南邊，在冬天來臨之前的深秋時節會出現忽然回暖的天氣，宛若回到了溫暖的夏天。當地人把它稱作 Indian Summer。

印第安的夏天，是在漫長冰冷前短暫的溫暖，在漫長的悲傷前短暫的幸福。

就像那個夏天之後，祁行止開始的漫長的等待。

二〇一八年，冬。

書店裡燈光明亮，陸彌卻覺得眼前有些灰暗，像蒙著一層霧，因為祁行止高大的身影壓過來，帶著男性清冽的氣息。

「陸老師，我不是小孩子了。」祁行止聲音低而沉。

陸彌的呼吸變得急促而紊亂，她無意識地抱緊了懷裡厚厚的一摞書，指甲在最後一本書的封底上慌亂地摩挲，發出「沙沙」的聲音，令她頭皮發麻。

祁行止又靠近了一小步，腳尖抵住她的腳尖。

陸彌下意識後退，下一秒卻渾身僵住了，因為祁行止忽的傾身過來，氣息幾乎已經近在她的鼻尖。

「陸彌。」他輕輕地喊她。

陸彌聲音微顫：「……嗯？」

「我喜歡妳。」他說。

陸彌呼吸一滯。

祁行止卻輕輕笑了笑，「妳早就知道，我好像也已經說過。但就是想再說一遍，怎麼辦？」

他又靠得更近，高挺的鼻子輕輕碰著她的鼻尖，氣息在她嘴唇邊遊走。

「我喜歡妳，陸彌。」

說完，祁行止直起身，離遠了一點。

陸彌緊繃的神經卻並沒有放鬆，因為她情不自禁地抬起了頭，和祁行止四目相對。

她不知道自己是怎樣的神情，只能看見祁行止濕漉漉的眼睛裡閃過一絲懊惱，他羞赧地說：「……我是不是又著急了？」

祁行止又退了一小步，和陸彌之間的距離澈底隔開。

他氣息遠離的那一瞬間，陸彌腦子裡忽然一空，不知在想什麼，下意識慌張地往前跟了一步。

「不是！」她小聲而急促地否認道。

她的動作太急，懷裡重重的書往旁邊一歪，就要掉落。

祁行止眼疾手快地替她托住，將一摞書和她的手一併托在自己的大手裡。

手掌交疊，才發覺對方手心裡也全是汗。並不舒服的姿勢，但誰都沒有放開。

「妳……剛剛說什麼？」祁行止問，開口聲音有些啞。

陸彌看著他，臉頰發燙，沒有回答。

祁行止把書穩住，抽出一隻手，輕輕地、緩慢地抬起，觸到她的耳垂。

陸彌渾身觸電一般地顫抖了一下，而後什麼也不說，只目不轉睛地回應著他的目光，帶著矛盾的不安和期待，等待著他下一步的動作。

「陸彌，」祁行止的聲音愈發艱澀，他的指尖碰到陸彌的耳垂，然後是手指，然後是整個手掌，撫摸她小小的白淨的臉頰。

另一隻手也下意識地扶住她的肩膀，將她半攬進懷裡。

「妳剛剛說……妳的意思是……」

祁行止微微低頭，話還沒說完便緩緩閉上眼睛，憑藉感覺去尋找她的嘴唇。

陸彌盯著他長長的睫毛和俊挺的鼻子，盯著他微微顫抖的眼皮，也輕輕地閉上了眼睛。

就在兩人呼吸交錯的那一剎那，身側的書架忽然被人拍了一下，發出一聲響。

肖晉探出頭來：「人呢？吃飯去嗎——」

陸彌一個激靈，慌忙從祁行止的懷中跳出來。

懷裡的書終究還是「嘩啦啦」全落在地上，陸彌連忙蹲下身去撿。她低著頭，耳垂紅得滴血。

肖晉目瞪口呆地看著這場景，小聲道：「我……是不是來得不是時候？」

祁行止的臉色很不好看。

他回頭看了陸彌一眼，蹲下身想幫她撿書，卻被她一巴掌打在手背上，惱道：「你先出去！」

祁行止無奈，只好揪著肖晉把人一起帶了出去。

肖晉興奮地問他：「成了？」

祁行止生無可戀地瞪他一眼。

「……」肖晉悻悻道：「我哪知道你們在那個，我還沒說你呢，書店這麼神聖的地方，你只想著泡姐姐？」

「……」祁行止忍無可忍，一腳踹在他小腿上，「滾。」

肖晉放肆地大笑起來。

「今天你請客啊！」

陸彌抱著書從書架後面出來，臉色已經恢復正常，只有眼神的不自然透露出她的慌亂。

祁行止的目光始終關切地追隨著她，肖晉也看著她笑得深意十足，陸彌忽略這兩個人，極力表現得平常，把書放在收銀檯上，對林晚來說：「麻煩結帳。」

祁行止手肘捅了捅肖晉的手臂，說：「打折。」

肖晉見他一臉理直氣壯，無奈認栽，點頭道：「打打打，友情價七折！」

祁行止說：「五折。」

「……」肖晉瞪圓了眼，「骨折啊？」

祁行止面不改色：「我請你吃飯，你給我打折，很公平。」

「這是同個價嗎……」

肖晉還要據理力爭，陸彌卻不好意思了，抽出信用卡道：「不用了，這些書都挺珍貴的，就按正常的價格吧。」

林晚來卻笑著搖了搖頭，「沒事，這書妳不買我也賣不出去。」

說著，她按五折刷了卡。

陸彌實在不好意思，連連道謝，「那中午……我來請客吧。」

林晚來莞爾，笑而不語。

肖晉卻大喇喇道：「你們兩口子，誰請不是一樣？」

陸彌：「……」

祁行止上前接過她手裡的兩個書袋，沒說什麼，勾著肖晉的肩膀把他攆走了。

四人最終選擇在附近商場裡的一家港式餐廳吃飯，全程肖晉和祁行止聊著寒假實驗室的安排，林晚來也時不時和陸彌聊幾句。

陸彌偶爾忍不住瞟祁行止幾眼，在被他發現之前又慌忙收回眼神。

可兩秒後，她的餐盤裡出現一塊沾滿蛋奶液的西多士。

再抬頭一看，祁行止仍舊神色如常，淡淡地和肖晉聊著天，彷彿什麼都沒做。

怎麼能做到這麼淡定的……

她一面克制著胸腔裡飛快跳動的那顆心，一面有些惱火地想。

一頓飯吃完，肖晉牽著林晚來的手溜得飛快，祁行止目送他們走遠，回頭問陸彌道：

「我們直接回去嗎？」

陸彌點點頭。

「坐公車嗎？還是叫車？」祁行止又問。

陸彌想了想，說：「公車吧。」

公車慢一點。

從走去公車站的路上，到在站牌旁等車時，一直到坐上車，祁行止始終在她身側半步，拎著兩袋重重的書，一言不發。

可真是道貌岸然啊！

陸彌心裡忿忿道。

午間的公車上沒有人，車開得也慢，搖搖晃晃的。陸彌心裡氣著氣著，漸漸睏意襲來。

「陸彌。」祁行止卻忽然叫她。

陸彌渙散的意識緊急集合，「……嗯？」

「剛剛我說的話，妳聽清了嗎？」祁行止輕聲問。

陸彌臉「唰」地又紅起來，卻明知故問：「什麼話？」

「……」祁行止忽然覺得喉嚨澀澀的。

真是奇怪，他願意說一輩子、說無數遍的這句話，當下卻忽然有些說不出口了。

但他還是說了，像之前在心裡說過無數遍的那樣鄭重：「我喜歡妳。」

陸彌的心又漏跳一拍，然後她潦草地點了個頭，「嗯」了聲，「聽清了。」

「但妳說的話，我沒聽清。」祁行止說。

語氣輕輕的，聲音小小的，像考試拿了一百分的小孩子，委屈兮兮地說——我表現得很好，但是妳沒有表揚我。

陸彌心裡軟得一塌糊塗，救命，祁行止怎麼這麼會撒嬌？

她輕輕咳了聲，做足了心理準備，轉過頭去看他。

四目相對，她認真地、心無旁騖地回應他的目光。

「我喜歡你……」

話音未落，她的嘴唇便被輕輕啄了一下。

陸彌愣了一瞬，再睜開眼，祁行止勾著唇朝她笑。

剛剛臉上還又是不安又是羞赧的男生，現在眸子亮晶晶的，寫滿毫不遮掩的坦蕩愛意，凝視著她。

陸彌呆愣半秒，忽然笑了。

她說：「我以前覺得，在公共場所放閃的情侶都特別沒品。」

祁行止笑意一瞬便消失了，忙解釋道：「我……」

陸彌卻打斷他，笑道：「但現在車上沒人。」

「而我剛好，特別喜歡你。」

說完，她再不猶豫，伸手摟住他的脖子，微微仰起臉，深吻上去。

對於接吻這件事，陸彌雖然算不上經驗豐富，但自信比祁行止還是有些技巧的。可當她輕輕含住祁行止的嘴唇，溫柔地吮吸，沒過多久，卻發現主動權已經不知不覺地落在祁行止手中。

祁行止掌住她的後腦勺，含著她的下唇，不輕不重地吮咬，吻得細密綿長。

就在陸彌情不自禁地發出了「嗚嗚」兩聲時，他又很克制地停下了。

雖然沒人，但畢竟是公共場合。

陸彌被他吻得發傻，懵懂地望著他，眼裡水濛濛的。她微微擰著眉，似乎不滿他為什麼淺嘗輒止。

祁行止笑了，又低頭輕輕地在她額上印下一吻。

「陸老師，公共場合。」他輕笑著提醒道。

陸彌臉上發燒，別過腦袋去不想看他。

祁行止伸手一撈，又把人撈回自己懷上靠著。

陸彌懶懶地靠在他肩上，忽然笑著說了句：「扯平了。」

祁行止不解：「什麼扯平了？」

陸彌壞笑道：「『我喜歡你』，你說了兩次，我剛剛也說了兩次。我們扯平了！」

祁行止聞言笑開，嘆道：「這可扯不平的。」

陸彌問：「為什麼？」

祁行止說：「我說過很多次。」

陸彌撇嘴，表示不信，嗤一聲道：「別想訛我！」

祁行止笑得無奈，也不多作解釋。

他的確說過很多遍的。

那個暑假和她一起上課時，她來集訓營接他時，蔣寒征意外離世後她決絕地要出國時；還是小孩的時候，成為大人之後；沒有資格說「喜歡」的時候，和有能力去喜歡一個人的時候……

他都在心裡說過無數遍，「我喜歡妳。」

那時候她都聽不到。

現在好了，以後還有很多很多的日子，他還可以說很多很多遍。

陸彌靠在祁行止肩上睡了長長的一覺，醒來之後愣愣的，卻還沒忘記放開祁行止的手，和他分開些距離走著。

祁行止也不生氣，只是好笑地看著她。

陸彌覺得有些抱歉，但還是提議道：「我們在一起的事，能不能先……」

她剛和學生們建立起一些默契，不想因為其他的事讓孩子們對她產生其他的印象，無論是好是壞。她希望在這些學生們的心中，她首先是一個值得信賴的老師。

這想法有些自私，陸彌說的時候也難免心虛，支支吾吾的。可話還沒說完，祁行止已經替她補齊了——

「先別告訴其他人。」

陸彌驚訝地看著他。

「好。」祁行止又笑著點頭。

陸彌更驚訝了，驚訝之餘又覺得有些歉疚，祁行止總是能猜到她在想什麼，然後毫無保留地遷就她。

可這次，祁行止說的是：「我也需要時間習慣一下。」

陸彌愣了，幾秒後才反應過來，侷促地點了個頭，「……行。」

祁行止壞笑著，欣賞她的侷促和羞赧。

天地良心，陸彌是他的女朋友了，全世界最需要習慣這件事的不正是他本人？但很快祁行止就發現陸彌並沒有給他太多習慣新身分的機會，元旦將至，她一心撲在《黑貓》的排練上，根本想不起來她還有個新交的男朋友這件事。

祁行止最近在準備寒假的實踐專題，時間也不算自由。每次抽時間去了夢啟，陸彌不是在順劇本準備背景音樂，就是在幫學生順臺詞做道具。

有時候祁行止在她身邊一坐就是一個小時，她也不為所動。

這天下午，學校裡的事終於告一段落，祁行止得到了寶貴的整個下午，去夢啟找陸彌，發現她還是在多媒體教室裡挑背景音樂。

設備條件有限，真正演出時只能由陸彌手動播放背景音樂，她生怕出錯，所以就著臺詞節奏一遍又一遍地聽。聽到最後，本來挺恐怖的音樂，在她耳裡也毫無殺傷力了。因此，她又覺得音樂效果不夠好，於是考慮尋找新的配樂。

一首又一首配樂，沒有一個音符像是來自陽間的東西，聽得祁行止毛骨悚然。可陸彌還面無表情地坐在多媒體設備前，甚至還意猶未盡地進行各種倒放、重複和切換聲道的操作。

這畫面實在太詭異了。

祁行止終於坐不住，輕輕「咳」了聲，問：「妳調好了嗎？」

他已經在這裡坐了一個多小時了。

陸彌這才反應過來教室裡還坐著另外一個人，抬起頭應了句：「哦，快了。」

然後她又低下頭去調音樂，不滿地嘖聲道：「……總是感覺不夠。」

祁行止：「……」

他都聽得頭皮發麻了，還感覺不夠呢。

他又低下頭去看雜誌，可書頁上的字長了腳，一個個歡脫跳躍著又把他的目光引到陸彌身上去了。

祁行止從來不知道自己是這樣一個毛躁又缺乏耐心的人。

陸彌站在電腦前，滑鼠不中斷點擊切換著音樂，發出「嗒嗒」的響聲，嘴巴因為專注和不滿意而微微嘟起著。

祁行止忽然覺得很渴，「騰」地站起了身。

陸彌還沒有注意到他的動靜，他已經走到她身邊。

「陸老師。」他叫她一句。

陸彌這才抬起頭看見他，「嗯？」

聲音被掐滅在喉尖。

祁行止傾身過去封住她的嘴唇，手後一步才伸出去輕輕捧著她的臉。

這個吻同第一次的不一樣，多了些霸道和強勢的意味，吮咬著，舌尖輕輕撬開她的牙關。他的手也微微用力，掐著她的下巴。

離開的時候，他故意咬了下她的下唇。

陸彌吃痛地叫了聲，瞪了他一眼。

祁行止非但不抱歉，還有些得意似的，毫不躲閃地迎著她的目光，欣賞她亮晶晶的嘴唇。

陸彌臉燒得通紅，又想到這是在教室裡，氣不過地打了他一下，嘟囔道：「上次是書店，這次是教室，你怎麼……」

她說不下去了。

祁行止經她這麼一說，也覺得這似乎不太好。

可他沒來得及道歉，嘴巴比腦子更快地說：「我也可以帶妳去我家。」

這話一出，兩人都愣住了。

祁行止的臉一瞬間便燒起來，陸彌也呆滯的不知該作何回應。

兩人僵了一下，最終陸彌又氣鼓鼓地打了一下他的肩膀，轉移了話題。

她擰著眉道：「這些都不太行，找個合適的ＢＧＭ怎麼這麼難……」

祁行止咳了聲，建議道：「第二首可以。」

「〈Sentinels of Stone〉？」陸彌找到歌單第而首，點擊播放。

「嗯，」祁行止摸了摸鼻子，小聲道：「挺恐怖的。」

陸彌聽了一小段，點點頭道：「是還行。」

祁行止又說：「第六首好像也不錯。」

陸彌又依言點開第六首，聽了半分鐘，不得不承認，確實還不錯。

她怪異地看了他一眼，嘟囔道：「……聽得還挺認真。」

祁行止心虛地咳了聲，沒作回應。

他聽得不算認真。

第七首之後的曲子，他一句也沒聽進去。

陸彌把選出來的音樂下載到隨身碟裡，如釋重負地關了設備。

「就這樣吧！」她說。

祁行止有些驚訝，問道：「不選了？」

「嗯，不選了。」陸彌說：「再選下去就更選不出來了。」

祁行止認可地點了個頭。

「去吃飯嗎，男朋友？」陸彌笑咪咪地問他。

祁行止被她叫得有些愣，這是她第一次喊他「男朋友」。

陸彌難得見他一副呆樣，玩心大發，湊上前在他臉上啄了一下。

離開後看見他微紅了臉，又捨不得，忍不住再次湊上去，嘴唇覆上他的，也輕輕啄了一口。

「走了，去吃飯！」

她不再等他，先一步溜出了教室。

跨年這天晚上，夢啟一年一度的元旦晚會如期舉行。

陸彌一邊緊張著自己負責的「壓軸大戲」，一邊連連被孩子們的創造力和表現力驚豔。這些孩子來自清貧乃至窘迫的家庭，可他們眼裡閃著無畏的、大方的、充滿好奇心與探索欲的光彩。

他們有的能彈吉他，有的會跳街舞，有的瞭解最先進的航太知識，驕傲而熱忱地介紹著自己做的的飛機模型……

還有的，譬如現在亭亭於舞臺中央的向小園，她已經能說一口漂亮的英語。

時隔一個學期，陸彌不得不承認，無論是出於習慣或是傲慢的常識，初來夢啟的她，對他們的確帶有偏見。她以為由於天生環境的侷限，就算這些孩子們的天賦再高，總會有這樣那樣的不足；就算成績再好，在眼界和綜合能力方面也很難追上大城市的孩子們。

現在事實證明，她的想法是錯誤的。

愛和關懷能彌合心理上的自卑，而天賦和勤奮的組合能跨越一切天塹。

向小園的英文詩朗誦完畢，鞠躬下臺的時候，偷偷朝陸彌眨了眨眼睛。

陸彌會心一笑，眼眶不由自主地熱起來了。

最後一個節目是國中班的孩子們集體表演的《黑貓》。

陸彌播放了音樂之後，貓腰躲在多媒體講臺後面，帶著九分的期待和一分的不安靜靜觀看著。

伴隨著靜靜的音樂，向小園冷靜的旁白聲緩緩插入，而雷帆扮演的黑貓更是活靈活現，一個從桌上半蹲著躍下的動作，和那溜溜轉悠的小眼神，便逗得大家哄笑起來。

笑過之後，故事漸漸深入，所有人都屏息關注著情節的發展。

陸彌甚至需要提醒自己不要太投入，否則錯過了切換音樂的時間點就尷尬了。

切換第二首音樂前半分鐘，她手裡的手機震動了一下。

降低螢幕亮度滑開一看，是祁行止。

Q：『別太入迷，該換音樂了陸老師。』

陸彌抿嘴一笑，探出半個腦袋一看，祁行止果然在看著她。

她悄悄比了個「ＯＫ」的手勢，完美換上了第二首背景音樂。

半小時後，《黑貓》表演結束，教室裡掌聲雷動。

陸彌正貓在角落裡鼓掌呢，忽然被那隻最搞怪的黑貓拉到了舞臺中央，和他們一起接受大家的掌聲。

龍宇新警官站在她身邊，偷偷地說了句：「陸老師，我帥吧？」

陸彌笑道：「當然，阿 Sir！」

龍宇新笑得顴骨上天，讚賞道：「我覺得妳也很不錯！」

陸彌笑著拍了拍男孩的腦袋。

晚會結束，大家把沒吃完的零食瓜分一空，又被梁大爺和梁大媽催著回宿舍睡覺。

陸彌在向小園的提醒下才想起來還有件大事，連忙叫住他們：「欸欸等一下！老師還有獎勵沒發呢！」

小孩們一個個又歡喜地蹦回來，你一言我一語地催問著「什麼禮物什麼禮物」。

陸彌從座位底下拿出準備好的書，還有四十二個小紅包，數額隨機，但都不大，五塊到十塊不等。

十本書，她琢磨了好幾天，最終想了好幾個獎項，並規定所有書在獲獎者讀完之後可以免費借給其他同學看。

「吶，第一個獎，給我們最動聽的聲音——」她把一套兩本的《傲慢與偏見》遞給向小園，又湊在她耳邊偷偷道：「妳要是不喜歡達西先生我可跟妳翻臉。」

向小園保持高冷，說她「幼稚」，但書照收不誤。

第二個獎給了演技絕佳的「我」，也就是故事裡的男主人公。

第三個獎是最佳創意獎，頒給了演貓一絕的雷帆。

最後一個獎是最佳扮相獎，陸彌拿出一本錢德勒的《漫長的道別》，笑道：「這個獎當然要頒給我們最最帥氣的警官先生啦。」

龍宇新有些茫然，他沒期待自己能得獎。

畢竟，他可是差點害得全班人無法上臺的罪魁禍首。

他愣了愣，在陸彌的催促下伸手接過書，那一刻居然鼻子一酸，有點想哭。再抬頭看著陸彌的時候，淚水已經在眼眶裡打轉了。

陸彌安慰地撫了撫他的背，然後催促大家都回宿舍休息。

「好啦，太晚了，大家快回去吧！」她的心情前所未有的鬆快，連帶著聲音也雀躍起來，「早點休息，新年快樂！」

祁行止不知什麼時候走到她身側，和她一起催學生們回宿舍，接受孩子們每一句「新年快樂」。

段采薏離開的時候，在他們面前停了停。

陸彌這才注意到她，今晚實在是太忙了。她穿著一身駝色大衣，與那對暗金色貝殼耳環交相輝映。

她仍然美麗。

段采薏忽然的停頓讓陸彌有些慌，但兩秒後，她只是笑了笑，說：「戲排得很好。」

陸彌笑道：「謝謝。」

段采薏看也沒看祁行止，只對她說：「新年快樂。」然後便離開了。

她姿態高傲，高跟靴子在走廊上踩出「噠噠」的響聲。

陸彌失笑，望著她的背影回了句「新年快樂」，又喃喃道：「她好酷。」

祁行止「嗯」了聲。

陸彌：「我喜歡。」

祁行止：「……」

她怎麼每個女的都喜歡？真是頭疼。

教室裡安靜下來，只剩陸彌和祁行止兩個人。陸彌收拾一下桌上的東西，累得整個人往靠牆的凳子上一癱。

「回去休息？我來收拾。」祁行止說。

陸彌搖頭，「休息一下，好累。」

「……」祁行止走到她身前蹲下，「背妳。」

陸彌害怕出門被其他人撞見，仍然搖頭，「不想動。」

祁行止無奈，又站起身面對著她，躬身要抱，「那抱妳。」

陸彌連忙把腳一縮，公主抱著出去被看見了更不得了。

「那還是背吧。」她說著便勾住他脖子。

「……」祁行止無奈地低笑一聲，握住她的膝彎，將人穩穩地背起來。

走廊上靜悄悄的，只聽得見祁行止輕輕的腳步聲。

「我明天就出發去做實地研究了，大概年前回來。」祁行止說。

這事他和陸彌提過，但陸彌沒想到會這麼快，愣了一下，「……哦。」

她又問：「去哪裡？」

祁行止說：「大部分時間在重慶。」

陸彌默了兩秒，說：「……好地方。」

祁行止笑出聲來。

「陸彌，我們什麼時候一起去重慶吧？」祁行止忽然又說。

「不是已經去過了？」陸彌故意問。

「那不算。」

陸彌笑了，兩手把他的脖子勾得更緊，腦袋擱在他肩上，「好哦。」

「新年快樂哦，小祁同學。」

她說話時呼出的氣暖呼呼的，窩在祁行止的頸間。

祁行止腳步頓了頓，同樣回答她——

「妳也新年快樂，小陸老師。」

第十九章　南城

十三號線永遠人滿為患。陸彌半坐在祁行止的行李箱上，背後是車廂牆壁，身側是座位隔板，她仰起臉，發現祁行止同樣低頭看著她。

沒由來的，陸彌就是想笑。

「笑什麼？」祁行止問她。明明他自己也彎起眉眼。

陸彌反問：「你笑什麼？」

祁行止說：「我笑妳。」他這兩天有些感冒的症狀，因此戴著黑色的口罩，只露出一對細長而銳利的眼睛

陸彌有樣學樣：「那我也笑你。」

祁行止又問：「妳笑我什麼？」

陸彌：「……」

他們這樣對話好像沒有盡頭。

陸彌忍不住了，自嘲地笑道：「我們好像傻子。」

車廂廣播響起，掩蓋住她的聲音，祁行止沒聽清後半句，微微俯身問：「妳說什麼？」

陸彌湊到他耳邊說：「我說你是傻子！」

祁行止愣了下，微微擰眉，旋即無奈地笑起來。

他笑的時候，本就細長的眉眼彎出好看的弧度，長而柔軟的睫毛壓在自己的眼下，看起來溫柔極了。

陸彌最愛他這樣無奈笑著的樣子。每次他這樣笑的時候，她都覺得，她擁有一切，她做什麼都是對的。

祁行止低低的笑聲就在耳邊，陸彌一時心癢，伸手抓住他的腰，仰臉湊上前啄了下他的嘴唇。

隔著薄薄的口罩布料，她仍然感覺到他嘴唇的柔軟。

祁行止明顯一怔，反應過來後立刻撫住她的臉俯身要回吻，然而就在陸彌已經閉上眼準備享受他的回報的時候，他停在他們呼吸相聞的距離。

第一秒，他想起他還沒摘口罩。

第二秒，他偏了下腦袋，湊在她耳邊說：「陸老師，公共場合。」

陸彌如夢方醒地睜開眼，這才恍然想起來，這是在地鐵上。

公共場合，又是這該死的公共場合。

陸彌瞪了他一眼，低頭拿出手機和耳機不看他。

祁行止笑著揉了揉她的腦袋，然而毫不見外地分走她一邊耳機。

祁行止故意挑選地鐵出行，一個半小時後，才到達機場。

陸彌全程一言不發，陪他領完登機證、拿好行李，送他到安檢入口，不鹹不淡地擺了擺手就說要走了。

祁行止忍不住笑，這脾氣鬧得也太明顯了。

他拽住她的手不讓她走，卻在她彆扭地等了半分鐘之後才淡淡地說一句：「叫車，別坐地鐵了。」

陸彌恨得牙癢癢，知道他是故意的，卻又憋著一口氣不肯承認，也淡淡地回一句「知道了」。

陸彌轉身，走出了好幾步。

第一步，祁行止沒有叫住她。

第二步，還是沒有。

第三步，陸彌真的有些生氣了。

第四步，她心道她要是回頭就是狗！

第五步，身後傳來腳步聲，然後手腕被攥住，陸彌被拉著轉了個圈，男生的氣息鋪天蓋地而來。

祁行止不知什麼時候摘了口罩，捧著她的臉深深地吻她。

濕潤而綿長的吻，溫柔的唇舌交纏，陸彌舌根甚至隱隱發痛。

祁行止終於放開她，然後說：「嗯，討回來了。」

陸彌不想承認，她就這麼輕易地被哄好了，於是紅著一張臉不爽道：「這就不是公共場合了？」

祁行止低聲笑了，說：「陸老師，這裡是機場。」

在機場，你可以正大光明地親吻你愛的人。

它包容所有的不捨與愛意綿綿。

失去才會懂得珍惜，陸彌深刻地體會到了這個道理。

祁行止大部分時候都在沒有訊號的深山老林裡，常常好幾天都不見人影，她連訊息、視訊的機會都少得可憐。

陸彌忽然有點後悔，之前怎麼光顧著元旦排練的事情，沒多和他待在一起。

恰恰這段時間她又清閒得過分，孩子們進入了期末考試期，夢啟的課都停了，她唯一的工作就是幫孩子們查漏補缺，針對他們即將到來的期末考試進行輔導和答疑。

這就導致她幾乎每一個工作日的白天都沒事可做，連帶著起床時間都推遲了兩個多小時。

這天早上，陸彌又窩在被子裡懶得起，無意識地滑著和祁行止的聊天室。

祁行止現實生活中的語言風格完美地傳承到了網路世界——凝練。但陸彌從來不覺得被忽視或者被敷衍，因為祁行止的風格很明確，他只是言簡意賅、廢話不多，但有求必應、有事必報。

陸彌一路看下去，發現她傳的內容大多沒有什麼營養，比如幾點才起床、中午吃什麼、不上課很無聊之類的。

但她的每一則訊息，祁行止都會及時回覆。

陸彌說她十點多才起床，他就傳來一幅備忘錄裡隨手勾的簡筆小豬圖，並此地無銀三百兩地配上一句——『這不是妳。』

陸彌說她中午吃了炸醬麵，他看到後，傳來前一天風雨大作時躲在山洞拍的兩碗泡麵，說：『我吃老壇風雨牛肉麵。』

陸彌說沒課上很無聊，他剛好有訊號，立刻拍了腳下的一堆石頭傳過來，配文：『要不要來教石頭說英語？』

陸彌看這些聊天記錄看得津津有味，從祁行止回覆她的內容，到他主動傳的那些內容，比如新學了重慶哪個山頭的方言，比如今天的天氣有多詭異，還有調查研究工作中一切新奇的事情，只要不涉及機密，他全都告訴她。

陸彌看著看著，忽然想到從前和蔣寒征在一起時，也像現在這樣，戀人之間的聊天記錄總是滿滿的，有說不完的話。

但不一樣的是，戀愛後，蔣寒征對她幾乎是「只問不說」。因為異地，蔣寒征對她有無限的掛念和關心，恨不得把她每天從起床後的吃喝拉撒睡都問得清清楚楚。但他卻很少講他自己，也許是因為工作性質特殊，也可能是因為他害怕陸彌擔心。

總之，陸彌每天都需要回答很多問題，卻鮮少知道蔣寒征在做什麼。起先她也會問，蔣寒征總是輕描淡寫地說在訓練或者在休息。漸漸的，陸彌也就不問了。

陸彌繼續翻著和祁行止的聊天記錄，時不時咧著嘴笑起來。

她甚至沒有發現，她已經可以這樣淡然地、正常地想起蔣寒征了——作為前男友的蔣寒征，她曾依戀過的蔣寒征。

陸彌一直在床上磨蹭到中午，才洗漱完畢穿好衣服去食堂吃午餐。

她正好碰見向小園放學回來，背著書包在食堂打飯。

陸彌端著餐盤走過去，兩人坐在一起吃。

陸彌習慣性地把自己的排骨夾兩塊給她，「妳多吃點，那麼瘦還長不高。」

「……」向小園看著自己盤裡的小山，無語道：「妳也很瘦。」

「我又不用長高。」陸彌語氣輕快地回道。

向小園看了看她，又收回目光，一邊剔著魚骨，一邊輕描淡寫地說：「妳和小祁哥哥談戀愛了。」

又是肯定得不能再肯定的肯定句。

「咳咳咳咳咳……」

一石驚起千層浪，陸彌咳嗽起來。

向小園也不著急，等她緩過來，一臉淡定地看著她。

「妳怎麼知道？」陸彌驚道。

向小園：「因為我很聰明。」

陸彌：「……」

這熟悉的對話。

她不再做無謂的掙扎，只叮囑道：「記得保密。」

「我保密沒用。」向小園聳聳肩，「大家應該都知道。」

陸彌又受一驚，瞪圓了眼問：「什麼？」

向小園說：「因為小祁哥哥的眼睛會說話。」

「……」

陸彌，卒。

「那妳是不是要和小祁哥哥一起過年？」向小園忽然又問。

「當然不！」陸彌下意識否認，哪有剛在一起的情侶就跟著回家過年的？更何況，祁行止肯定要回南城，而她……

短時間內，她不想再回到那個地方。

她猛然想到，夏羽湖的郵件已經很久沒有寄來了。陸彌心裡一沉。

「啊？」向小園似乎有些遺憾地嘆了聲，嘟囔道：「小祁哥哥又要一個人過年……好可憐。」

陸彌不解：「一個人過年？」

向小園天真地看著她，「小祁哥哥每年都一個人過年，他說他替我們守家。」

陸彌絞起眉毛，「他……不回南城？」

向小園搖搖頭，「沒有啊，他每年都留在這裡。」

陸彌皺著眉，心裡忽然有種不祥的預感。

整個下午，她都惴惴不安地拿著手機在房間裡來回踱步，糾結著要不要直接問祁行止為什麼不回家過年。

可還沒等她想好，一個陌生的電話先打了進來。

『陸彌小姐嗎？』電話那頭空蕩蕩的，一個冷靜幹練的女聲傳來，還有隱約的回聲。

陸彌忽然有些害怕，猶豫著答應道：「……我是。」

『這裡是南城市人民醫院，林立巧女士在我們這裡住院。』女人的語速很快，語氣中似乎帶著埋怨，『她的朋友給了我們妳的電話，希望妳能來看她一趟。』

並不陌生的名字時隔多年再聽到，陸彌一時間愣住了，喪失了語言系統一般，不知道該說什麼了。

『陸小姐？』電話那邊的人不耐煩地催問道。

「……在。」陸彌回過神，「她……生了什麼病？」

『胃癌。』女人的聲音愈發冰冷，『剩下的時間不多了。我勸你們做兒女的早點來看看，人要對得起自己的良心！』

那位醫生或護士小姐義憤填膺地掛了電話，大概是看多了這樣喪盡天良的兒女，連教訓的話都懶得多說幾句。

陸彌聽著電話裡的忙音發呆，良久才把手機放下。

她的手機桌布還是元旦那天祁行止幫她和學生們拍的合照，小孩們笑得燦爛極了，她也眉眼彎彎。溫柔地注視著鏡頭。

陸彌盯著那照片一直看，直到手機螢幕暗下去。

她又點亮，然後點進訂票ＡＰＰ，買了一張三個小時後飛往南城的機票。

南方冬天獨有的濕冷往骨頭裡鑽，陸彌不禁打了個寒顫，這無比熟悉的感覺才讓她確定，她又回到南城了。

這是她第二次來到南城機場。

上一次，是那個可怕的除夕夜。

陸彌強迫自己不去回憶，走出到達大廳，伸手招了輛計程車，直奔南城市人民醫院。

這是一家歷史悠久、聲望極高，然而設備和裝潢已經多年沒有沒有翻新過的醫院。地磚仍是老舊的深灰色花崗岩樣式，打掃阿姨用拖把賣力地拖著，長布條所過之地留下條狀的水漬，消毒水的味道混雜著一股廁所裡難言的霉臭味，從地面緩緩升起，侵入人的口鼻。

陸彌第一次來這裡。小時候育幼院的孩子們生了病，大多會在社區的診所裡打點滴解決；更嚴重一點的，會去縣兒童醫院，沒有機會來到市中心。

陸彌仰頭看著大廳裡的指示牌，她不知道胃癌病人應該住在哪個科室的病房。胃腸科、消化外科，或是腫瘤科？醫院總是讓人暈頭轉向，未知感將恐懼和憂愁牢牢地鎖在人們心裡，無法釋放。

看了半天科室名詞後小字的解釋，陸彌仍沒看出個名堂來。

身後醫護、病患、家屬都急匆匆地經過，要麼抱著文件、要麼揣著病歷，或者拎著飯菜水果，每個人看起來都忙碌，甚至狼狽。

只有陸彌，簡練妥帖的一襲黑色大衣，兩手抱臂站在醫院大廳裡，悠閒得體，格格不入。

她忽然發現自己兩手空空，什麼都沒帶。作為一個來探病的人，這似乎不太合適。

於是她又往外走，一出醫院大門，對面一條街的小店裡，花籃、果籃、盒飯，乃至花圈壽衣，一應俱全。

陸彌穿過馬路，走進最近的那家小店。

柳丁、蘋果、香蕉、火龍果，最常見的幾樣水果堆在一起，包個花籃，便可以大搖大擺地在價格後面多加一個零。

儘管知道這些水果的品質都不會好到哪裡去，陸彌還是自欺欺人地挑了外表看起來最漂亮的那個，暗自祈禱貼在蘋果上的那個標籤下面不會有一個蟲眼。

付款後，她才猛然想起來，那個護士說林立巧得的是胃癌。胃癌，會不會不能吃水果？

她擰眉思忖了一下。

水果店老闆問她：「還有什麼事嗎？」

店面本就狹小，他嫌她停在中間占了位置。

陸彌皺眉問道：「胃癌，能吃水果嗎？」

老闆臉色驟然變了，不回答她的問題，凶巴巴道：「賣出去了不退的！」

「……」陸彌轉身走了。

拎著果籃再次走進醫院，陸彌才覺得自在了一些。她攔住一個護士問胃癌病人住在哪一層，循著她的指示去乘坐電梯。

與大廳裡人來人往的嘈雜不同，住院樓層裡靜悄悄的，走廊也空蕩，就像沒有人一樣。

陸彌不自覺地放輕了腳步，走到護士站問：「您好，請問林立巧女士住在哪個病房？」

正是晚飯時間，只有三個護士在值班。

被她詢問的那個護士很瘦，個子小小的，頭髮整齊地盤在腦後，露出光潔的額頭。看起來，年紀還不一定比她大。

陸彌微微笑了一下，等待著回答。

那護士一抬頭，目光裡卻盡是不滿乃至厭惡，開口很嗆，冷冷問道：「妳是陸彌？」

這聲音陸彌無比熟悉，就是下午和她打電話的那個人，居然是這麼年輕的護士。

陸彌愣了一下，點頭道：「……我是。」

「來的倒是快，」護士冷冷地哼了聲，一邊把手裡的資料夾合上丟進抽屜裡，一邊罵道：「我還以為這家的人都死了呢。」

「……」

陸彌後背一涼，心道這護士這麼講話不知會碰到多少醫鬧。

但她居然不怎麼生氣，心裡平靜無波的，只是斂了笑意，跟在那護士身後往病房裡走。

從護士站出來右轉，一直走到走廊盡頭，最後一間病房。

護士推開房門，聲音來了一百八十度急轉彎，親切地對著病房裡的人道：「林老師，您女兒來看您啦。」

這語氣反轉太大，聽得陸彌愣了一下。

然後她才將目光右移，先是看見兩張空空的病床，然後才是靠窗的那一張，一個面色蠟黃、身形枯瘦的老婦半臥在床上。

從陸彌出現在門口起，她的視線便牢牢地釘在她身上。

陸彌花了足足兩分鐘才確認，這個人是林立巧。

護士揪了一下她的小臂，把她推到林立巧病床邊。然後又笑著哄了句：「林老師，妳們母女倆聊哦，我先去忙啦。」

林立巧笑起來，臉上溝壑縱橫，皺紋堆在一處，看起來有點恐怖。她開口聲音很小，而且沙啞，讓人立刻聯想到一條血淋淋的聲帶。

「妳忙、妳忙……謝謝哦。」

護士輕輕帶上門，離開了。

陸彌在林立巧床尾站了一下，見她一直欲言又止，眼眶通紅，也不說什麼，默默地把果籃放到床頭櫃上，拿出一個蘋果，在她床邊的椅子上坐下。

她不太會用小刀削蘋果，只能用那種專門的削皮刀。

剛劃了第一下，蘋果露出微黃的果肉，並不飽滿，看起來很不新鮮。她才想起來問：「妳能不能吃蘋果？」

林立巧搖頭，臉上堆出討好的笑，「吃不動了。」

陸彌動作滯了一秒，把蘋果放回果籃之前，她揭開標籤看了一眼。

果然，一個巨大的蟲眼。

陸彌不耐煩地「嘖」了聲，把蘋果直接丟進垃圾桶裡。

林立巧似乎有些被她的動作嚇到，一雙蒼老的眼睛不安地觀察著，不敢開口說話。

陸彌卻神情自然，收回目光看向她，淡淡地問了句：「什麼時候病的？」

林立巧囁嚅道：「有幾年了……」

她似乎還想說什麼，但陸彌打斷她，繼續問第二個問題：「有錢治嗎？」

林立巧愣了一下，聲音更小了：「……有。」

「哪來的錢？」陸彌緊接著問。

她所瞭解的林立巧，是絕不會留錢給自己的。要麼是用在學生身上，要麼就是被她那個吸血鬼的弟弟拿了個乾淨。後者的可能性更大一些。

林立巧說：「我有醫療保險，學生還在網路上幫我弄了個捐款，有很多好心人……」

「哪個學生？」陸彌又打斷她。

林立巧看了她一眼，小聲道：「傅蓉蓉，比妳小一歲的。」

陸彌的記憶單薄，只有個模糊的印象，想不太起來了。她沒有太多的耐心，拿出手機點出撥號畫面遞到林立巧面前，說：「名字、電話。妳記得吧？」

林立巧手上還插著留置針，腫痛難忍，她不想把手伸出來，只好道：「傅蓉蓉，一三七……」

她說出一串數字，陸彌依言記下。

儲存電話號碼後，她說：「行，我等等跟她要個帳號，匯兩萬塊錢給妳。」

林立巧忙道：「不用……」

陸彌輕笑一聲：「要的。養育之恩，總要還。我手上閒錢不多，先匯兩萬，其他的我儘快給。」

她說得雲淡風輕，好像這只是一件欠債還錢天經地義的事情。

林立巧蒼老而憔悴的眼睛直直地望著她，她的眼眶已經承載不住眼皮和眼球，呈現下垂的頹敗之勢。

陸彌不想再這樣看著她，頓了頓，轉身便走。

「……小彌！」

身後傳來一聲輕響，像是什麼東西被撞到了地上。

陸彌回頭一看，林立巧支著手肘起身，剛剛她留在床頭櫃上的削皮刀被她拂到了地上。

「妳要幹嘛！」陸彌忙回去，坐在床邊扶住她。

林立巧艱難地轉頭回身，在枕頭底下摸索著什麼。

陸彌這才看見她兩隻手上都布滿青青紫紫的針眼，血管根本不像是長在皮肉裡，而像是一條吸血的蟲，被禁錮在她的皮膚上。

她終究還是忍不住，鼻子一酸。

然而在看到林立巧摸出的那一份報紙之後，她幾欲落下的眼淚又生生地退了回去。

報紙一看就有些年頭了，紙頁變得脆脆的，泛著老舊的黃。《南城都市報》，曾經是每個南城人都很熟悉的報紙。

這一張的時間是二〇一三年七月十八日。

頭版頭條，標題醒目駭然——

「男子野遊中失足落水溺亡，夏季莫貪涼，野遊需注意！」

陸彌神色一凜，站起身冷冷道：「妳什麼意思？」

林立巧面上沒了表情，淡淡地道：「我知道，是妳。」

陸彌微微一怔，旋即不屑地笑了：「我聽不懂。什麼意思？」

林立巧又顫巍巍地把報紙疊好，沉默而緩慢地塞回枕頭底下。

她仍舊不說話。

這沉默讓陸彌很難受，她打定主意作為一個普通的學生來探病，撂下錢就走，可當她真正站在林立巧面前，她又發現，自己仍然有所期待。

她在期待著什麼呢？

她想看到的，究竟是林立巧過得不好、「罪有應得」；還是她平安健康、「善有善報」？

連她自己都說不清楚。

而在林立巧拿出報紙之後，她又發現，她居然在害怕。過了這麼久，她居然還是害怕林立巧又一次為了林茂發而捨棄她。

她討厭自己有所期待，更討厭自己的恐懼。

陸彌攥著手在病床邊站了一下，終於不耐地吐出一口悶氣，再也不等了，轉身出門去。

「……謝謝妳。」林立巧卻忽然沉沉地開口了。

陸彌站定，背對著她。

「小彌，林媽媽……哦不，是我、我要謝謝妳。」林立巧眼眶中終於落下兩行濁淚。

陸彌緩緩地轉身，有些不敢置信地問她：「妳說什麼？」

「謝謝妳，解脫了我……」林立巧眼神空蕩蕩的。

說完，她又伸手抹了把淚，顫著手掀開被子，遲緩而艱難地挪動一條腿試圖走下床。

「小彌，媽媽……跟妳道個歉吧。」

說著，她另一條腿也已經挪下床，顫巍巍地屈膝往下跪。

陸彌怔在原地，反應不及。

直到林立巧摔倒在地，她才如夢方醒地衝上前扶起她，按下護士鈴。

第二十章　好孩子

二〇一三年，夏。

紅星育幼院裝了一批新的空調，林立巧在門口和工人們商量著安裝方案並討價還價的時候，聽見巷尾的祁奶奶在同別人談天。

平時她們閒聊嗓門都很大，毫不顧及其他人，恨不得拿大聲公擴音讓整個巷子的人都聽見。

今天，她們卻故意壓低了聲音，還時不時往她這邊瞅兩眼。

林立巧因此留了一耳朵聽著。

「回來了，跟男朋友住在一起呢。」

「我們家小祁都看見了。」

「天天同進同出，不曉得害臊的……」

「養她這麼多年讀大學了就不回來了，良心都被狗吃了！」

「……」

林立巧聽了幾句，便耐不住了，走到她們面前，問：「妳們在說誰？」

因為自己終身未嫁卻收養了許多流浪的孩子，林立巧在遠近是有名的大好人，上過電視的那種，因此在巷子裡也算有威望。

八卦的婦人們一時噤了聲，欲言又止的樣子。

林立巧便問祁奶奶，「祁阿婆，妳說誰回來了？」

祁奶奶嘆了聲：「林院長，我說了妳可不要生氣哦！為那種孩子費心，划不來的！」

林立巧說：「您說。」

「就是妳那個陸彌嘛！」祁奶奶開了話匣子，便停不下來了，義憤填膺道：「放暑假回來了，跑到男朋友家裡去住！天天勾勾搭搭同進同出，女孩子的臉面都不要了！」

「聽說是交了有錢的男朋友，跑到人家家裡去住的！」祁奶奶越說越氣，彷彿陸彌做了什麼傷風敗俗的事情，「還有啊，回來了也不曉得來看看妳，養她這麼多年，一點都不懂得感恩！」

「要我說啊，林院長妳也不要再關心她了，這麼多年用心全餵了狗！哦不，狗都比她有良心！」

林立巧聽了，來不及對她們這些話生氣，心裡先激動起來。

陸彌回來了，還交了男朋友。

這是不是說明她已經走出來了，是不是可以原諒她了？林立巧幾乎想立刻就去看看她。

女人們卻還在喋喋不休，祁奶奶憤怒的情緒輕易地就感染了她們，她們開始憑空補齊陸彌和男朋友的故事，並以此為依據痛罵她沒有良心、不知廉恥。

「肯定是在大學裡專門找家裡有錢的男孩子！」

「我看她從小就沒有禮貌，養不熟的白眼狼。好幾次我在巷子裡經過，她連個招呼都不曉得打的！」

「她還給我們小祁上過課，好在小祁是個好孩子……」

「就是就是！奶奶妳放心，小祁多優秀啊，肯定不會受她影響……」

「……」

她們的措辭越來越過分，林立巧聽在耳裡，終於忍不住斥道：「不要亂說！」

眾人一愣，還是祁奶奶先嘆道：「林院長，我們知道妳是好人，又心疼孩子……但是那樣的女孩子，不值得妳再去關心！」

「就是就是……」

旁人正要搭腔，卻被林立巧厲聲打斷：「我們小彌是好孩子！妳們不要亂說！」

她板起臉，別人也不敢再說什麼，悻悻地嗤了幾聲，就換了別的話題。

林立巧回到育幼院，第一件事就是打電話給陸彌。

可惜，回覆仍是一樣的——『您撥打的電話正在通話中』。

陸彌早就拉黑她了。

好友申請再傳過去，同樣沒有回音。

她又讓育幼院裡的其他孩子打電話給陸彌。陸彌接了，可剛問到她的近況、要不要回來看看，陸彌又緘口不言，匆匆掛了電話。

最終沒有辦法，她只能等待週末祁行止放假回家，借機問一問他知不知道陸彌的男朋友是誰、現在住在哪裡。

陸彌原來在家的時候偶爾會提起祁行止，升學宴也只請了他這一個朋友。林立巧想，祁行止肯定知道陸彌在哪裡的。

然而，林立巧還沒等來祁行止，先等來了一位不速之客。

林茂發瘸著一條腿來到紅星育幼院，路都走不穩，卻也不妨礙他那隻渾濁的獨眼在巷子裡穿裙子的女人們的大腿上來回晃。

林立巧看見他，心裡便警鈴大作，黑臉道：「你來幹什麼！」

林茂發不慌不忙，屁股往院裡石凳上一坐，擱置好一條受傷的腿，「嘖」聲嘆道：「姐，做弟弟的來看看妳都不行？」

林立巧和他再沒有好話可講，厲聲道：「我上次跟你說什麼？你離這裡遠一點，再也不要出現在我面前！」

她鮮少這樣發怒，尖利的聲音嚇得院子裡的孩子們瑟瑟發抖。

林立巧收斂情緒，眼神示意生活老師把孩子們帶進屋子裡去。

院子裡沒有了別人，林茂發仍舊悠然自得地坐在石凳上，抖著他那條僅剩的好腿。

林立巧坐到他對面，眼神死死地盯著他，冰冷道：「滾出去，滾出去！」

林茂發賤兮兮地笑了一下，表情在一瞬間轉為狠厲，粗短的手臂一揮把石桌上的杯子全都拂到桌下，劈里啪啦碎了一地。

「操你媽的妳敢這麼跟老子說話！」

林立巧被這聲音一驚，站起身怒道：「你給我滾！」

林茂發不為所動，粗粗地喘了好幾口氣之後，又笑起來，一副無賴樣，「我瘸了一條腿，欠了一屁股債，要不是沒地方可去，我來妳這裡？」

林立巧絕望地閉了閉眼，她就知道是這樣。

如果不是沒錢了或是遇到了麻煩，林茂發不可能主動來找她。可陸彌的例子在前，她不可能再讓他留在紅星。

林立巧知道，除了給錢把人攆走，她沒有別的辦法。

她深吸幾口氣冷靜下來，問：「你又欠了誰的錢？」

「打牌的人唄。」林茂發滿意地一笑，「妳也不認識。」

「欠了多少？」

林茂發勾起唇角，粗短的手指比出一個數，「四萬。」

林立巧倒吸一口涼氣。

「四萬？」她怒而驚呼，「你打什麼牌輸了四萬？我到哪裡去湊四萬塊錢給你！」

她工作這麼多年既沒有存錢的習慣也沒有存錢的機會，零零散散攢下來，到現在閒錢也就兩萬出頭。

這些錢還是她準備留著，給剛升學考完的孩子補貼生活費和買手機電腦用的。

今年升學考，育幼院有個叫傅蓉蓉的女孩子考得特別好，比去年的陸彌考得還好。全省第二十八名，已經錄取了復旦大學。

四萬，對於林立巧來說，無異於天文數字。

林茂發卻仍悠閒地抖著腳，看她急得發怒，嗤笑一聲：「不要急嘛。」

林立巧怎麼可能不急，以前林茂發雖然也胡來，但是本金擺在那裡，他最多輸個幾千塊錢。可現在，居然一口氣就是四萬！

「你到底怎麼欠了那麼多錢！」她發狂般追問道。

林茂發看了她一眼，避而不答，反而笑道：「妳沒有，院裡總有吧。」

林立巧啐他一聲：「你做夢！我不可能把院裡的錢給你用！那是孩子們活命的錢，這個主意你都敢打，你還算人嗎！」

林茂發像是沒聽到她的咒罵，繼續道：「我還聽說，縣政府剛發了兩萬多的獎金給你們……平時的錢不能用，獎金還不能用？」

他說的是縣政府給傅蓉蓉的獎金，加上傅蓉蓉高中學校給的獎學金，合計有三萬元。這事上了報紙，還挺轟動的。

林立巧被他的嘴臉噁心得幾乎作嘔，咬著牙狠狠道：「你想都別想！」

林茂發不著急，咧出一口又黑又黃的牙笑道：「行，我不急，我就在這裡等著。等催債的人找到這裡來，反正我腿都已經斷了，還怕什麼？」

「你——！」

林立巧氣得幾乎要暈倒。

林茂發興致盎然地看著這場面，得意洋洋。

林立巧支著最後一點力氣，威脅道：「你再不走，我就打電話給派出所……我就報警！」

林茂發不為所動。

他太瞭解自己的姐姐，他從小就是在這樣的威脅和威脅之後的安撫下長大的。小時候爸媽不知道氣得說了多少次「我們要報警」，最終還不是好吃好喝地來哄他讓他不要生爸爸媽媽的氣？

爸媽、姐姐們，他們這些人，天生就該伺候他。

他們才不敢真的拿他怎麼樣。

可林立巧這次是來真的，她當著林茂發的面撥通派出所的電話，請他們立刻派人到紅星育幼院來。

林茂發慌了，但他瘸著腿，沒有辦法搶林立巧的手機。

林立巧掛斷電話，從口袋裡掏出錢包，抽出十幾張紅色鈔票。

「滾。現在就滾！」她把錢甩到林茂發臉上，厲聲威脅道。

林茂發還在猶豫，他有些不敢相信，林立巧居然真的報警。

林立巧舉起手機，冷冷地道：「派出所就在隔壁街道，他們十分鐘就能過來。到時候，我什麼都會跟他們說。」

最後這句話才終於震懾住了林茂發，他罵了句極難聽的髒話，慌忙捲了那幾張鈔票，瘸著腿連走帶蹦地逃了。

院子裡恢復寂靜，彷彿什麼都沒發生過。只有碎了一地的玻璃杯提示著林立巧她剛剛做了什麼。

她居然，真的報警。

居然，真的想把林茂發送進監獄，想讓他牢底坐穿。

儘管那是她的親生弟弟。

呆愣良久，林立巧泄下力氣，頹然地蹲在地上。

還好，警察還沒有來。她這樣想。

至少，也保住了給傅蓉蓉念大學的獎金，她又覺得慶幸。

可第二天一早，林立巧發現自己房間裡的抽屜被一掃而空的時候，她再也沒辦法自欺欺人下去。

林茂發背著包裡沉甸甸的三萬塊錢在南城最繁華的步行街上悠閒地晃蕩，心中得意極了，連那條瘸腿上已經折磨了他一個多月的疼痛似乎都減輕了一些。

昨天警察來後，他氣不過，扒在門外偷聽，聽到林立巧賠著笑和警察解釋是小孩子不懂事拿她的手機亂報警。

哼，他就知道。

一個婊子，怎麼敢真的送他進警局？

林茂發得意地想著，當晚就潛進林立巧房間把她抽屜裡的錢拿了個乾淨。他瘸著腿，沒找幫手，也沒用工具，林立巧這人儉省得過分，門鎖是肯定不會換的。他幾乎是大搖大擺地走進了林立巧房間。他根本不怕她醒過來，因為——醒了又怎樣？

眼下，他拿到了錢，但並不打算還給債主。能瀟灑一天是一天，萬一最後倒楣又被抓到了，自然還有其他的辦法。

他得意得幾乎要哼起小曲，目光在繁華的街道上流連著，打算挑一家餐廳吃飯，再找個按摩店，舒服一下。因為這條瘸腿，加上口袋裡沒錢，他已經很久沒有爽過了。

正這麼想著，他忽然在人流中看見一個熟悉的身影，眼神一下子便亮起來了。

陸彌。

他的眼睛牢牢地追著她走，貪婪地觀察著。

這個小丫頭好像又變漂亮了，可惜染了頭怪裡怪氣的雜毛，顯得年紀大了點。林茂發不禁在心裡罵了句，當時那晚要是成了該多爽。

林茂發老早就看上她了，他最喜歡的就是這一型，皮膚又白又細，腿又長又直，臉上還總是一副對誰都愛理不理的表情。林茂發就想看她這副瞧不起人的樣子，在床上求饒的時候會變成什麼樣。

只是這麼想一想，他幾乎要按捺不住了。

暑假的商店街人滿為患，又熱又嘈雜。蔣寒征本是想趁著難得的兩天假期陪陸彌好好逛街，沒想到陸彌興致缺缺，走了一上午什麼也沒看中，沒有花錢的機會。

也許是太熱了，陸彌的氣壓有點低。

蔣寒征怕她生氣，正想說什麼逗她開心，餘光一瞥，忽然看見街對面逆著人流有個又醜又矮的瘸腿男人。

看清他臉的一瞬間，蔣寒征又想到那個晚上，瑟縮在厚厚棉被裡的陸彌，怒氣便止不住地往頭頂衝。

他看了陸彌的目光一眼，便知道她也看到了林茂發。

她的眼神一瞬間便黯淡下去，有濃烈的恨，卻也有些下意識的黯然的怯弱，讓蔣寒征看了心疼。

而街對面，林茂發居然還朝陸彌挑了挑眉，做了個暗示意味十足的下流動作。

蔣寒征再也忍不住火，鬆開牽著陸彌的手就要衝過去。

陸彌卻拉住了他。

「走吧。」她面無表情地說。

陸彌越是平靜，蔣寒征就越是心疼，他忍不下這種人渣的挑釁。

可陸彌緊緊地牽著他的手，指甲近乎掐進他的肉裡。

她的手指不安地在他掌心撓了撓，又說了一遍：「走吧。」

蔣寒征無法拒絕她重複了兩遍的請求，只能忍耐下來，將人擁進自己懷裡，摟著她走了。

回家後，陸彌一如往常，平靜地穿起圍裙開始做晚飯。

她打開冰箱，一邊半蹲著翻找食材，一邊問蔣寒征：「你想吃什麼？有番茄、蓮藕、排骨……」

這個暑假陸彌原本是不打算回南城的，留在北京，她可以打兩份工，存夠下下個學期的學費和生活費。

雖然她有助學金和獎學金，但匱乏感像影子一樣無法擺脫，陸彌總是想多存一點是一點。

可蔣寒征與她商量了好幾次，可憐兮兮地不斷強調著七月是他最清閒的時候，到八月底他就要出任務了。他一個身高一百八十幾公分的大男子漢，五官也是那麼硬朗的，隔著螢幕撒起嬌來，居然比女孩子還磨人，磨得陸彌也不得不承認，她應該是有點想他的……

這種感覺很奇怪，陸彌不確定該叫它想念，還是牽掛。

她唯一確定的是，這半年以來，這個世界上唯一關心著她的同時也需要她的關心的人，似乎只有蔣寒征了。

陸彌拿出兩個番茄，轉頭笑著問他一句：「問你話呢，在想什麼？番茄炒蛋好不好，我最近做這個比較好吃。」

蔣寒征笑道：「都好。」

他看著陸彌把番茄劃了十字然後燒開水澆上去，熟練地取用他小小廚房裡的各種工具，不禁產生一種恍然的感覺。

他會和陸彌永遠在一起，他想。他們會結婚，會有孩子，會有一個安全而幸福的家，他願意付出一生的努力，為陸彌撐起一個安穩的廚房。他曾宣誓永遠忠於國家、忠於信仰，現在他也願意起誓，永遠忠於陸彌。

蔣寒征起身走到廚房門口，靠著門靜靜地看了一下，心中仍有猶豫，但還是開口問道：「小陸，妳……還好嗎？」

陸彌奇怪地看了他一眼，笑道：「有什麼不好？」

蔣寒征頓了一下，低頭道：「妳不要害怕。」

陸彌又笑了一聲，更奇怪了，「我害怕什麼？」

蔣寒征說：「我查過，雖然他最後沒有得手，我們還是可以告的……我留了當時醫院的診斷報告和收據，妳要是想報警，我陪妳去。」

陸彌敲了兩顆雞蛋在碗裡，不說話。

蔣寒征走過去擁住她，勁瘦的手臂圈住她的腰，腦袋擱在她肩窩裡，聲音沉沉道：「小陸，妳不要害怕。只要妳想，我肯定幫妳出這口氣。」

他的手臂太沉，力氣又太大，陸彌被他抱著，根本沒辦法做事，只好反手揉了揉他短而硬的頭髮，覺得扎手，又拿開，噗嗤一聲笑道：「你小孩子啊還出氣。」

蔣寒征不放手，反而抱得更緊，悶聲說：「我認真的。」

陸彌撓他的手臂，輕鬆地笑道：「我早就忘啦，你也不要再想這件事了好不好？」

蔣寒征抬起腦袋，垂著眼簾認真地看她，似乎不相信她的話。

陸彌得了一些空隙，轉過身來正對著他，兩人離得很近。她笑得燦爛極了，兩手搭在他腰間，「讓它過去吧，好不好？」

蔣寒征是警察，他比誰都清楚按除夕那晚的情形，就算報了警，也不會有任何結果。而他作為警察對林茂發動了手，還有可能被反咬一口。

陸彌不想讓蔣寒征被這件事拖累，無論是心理上的，還是現實中的。

最好，所有人都忘了，讓她自己去面對。

蔣寒征擰眉。剛剛在街上陸彌看到林茂發，那一瞬間的眼神，明明就沒有忘。

陸彌無奈地嘆了聲，然後忽然踮起腳在他嘴角啄了一下，又飛速地放開，轉身繼續料理砧板上的菜。

蔣寒征怔住了。

兩人之間，親吻並不是第一次。暑假陸彌住進來後，他雖然知道她害羞，但也有忍不住的時候，會拉著她親親抱抱；年輕人情難自禁時，也有過更深一步的撫摸和親吻。但都是他主動，而且最多也就到這一步了，每天晚上他還是規規矩矩地睡在客廳。雖然難熬，但他願意等。

這是陸彌第一次主動吻他。

雖然是這樣輕、這樣短促的一個吻，但蔣寒征還是站在原地愣了好久，才癡癡地笑出聲來。

始作俑者陸彌卻還一派自然地備著菜，番茄切到一半才想起忘了拿蔥花，又轉身拉開冰箱門。

「蔥……蔥放哪裡了……」她一邊目光搜尋著一邊嘟囔道。

她專注地挑選著，長髮被別到耳後，從蔣寒征的角度，能看到她好似只有小孩手掌大的半邊臉頰，窄而白皙。

還有、還有……圍裙繫在腰上，因彎腰屈膝的動作，而更明顯地勾勒出的姣好曲線。

蔣寒征的喉結滾動了一下，忽然覺得很渴。

動作比理智先行，蔣寒征邁上前一步撈住陸彌的腰，輕而易舉就將她轉了個身，另一隻大手掐住她的下顎，使她仰面對著自己，然後俯身深深地吻了下去。

陸彌知道，蔣寒征一貫是強硬而有力的，可這是第一次，在親吻中，她清晰地感受到男人的侵略性，不容喘息、不容抗拒，如一頭原始的猛獸。

疾風驟雨一般的親吻中，她也漸漸感覺到蔣寒征身體的變化，堅硬的肌肉迅速變得滾燙，而抵在她小腹的還有同樣堅硬的……

陸彌這時才反應過來，之前的每一次親吻，蔣寒征對待她有多麼溫柔和克制。

就在陸彌快要喘不過氣的時候，蔣寒征終於放開她，卻只是離開了一點距離。他粗粗的喘氣聲仍然響在陸彌耳邊，大而粗糙的手也仍然緊緊地扣在她腰上。

陸彌被吻得舌根發疼，臉也火燒似的通紅。但她同樣緊緊地扒著蔣寒征的腰，像溺水的人抱住浮木。

「今天晚上……讓我睡房間好不好？」蔣寒征沉沉地道。

陸彌的臉燒得更厲害了。

「先……先吃飯……」她感覺到抵在她腹上的那東西仍然在叫囂，也感覺到她自己的身體同樣在發生變化。她不自覺地抖了一下，紅著臉說道。

她意識到自己的欲望，以及與欲望並駕齊驅的羞赧和些微恐懼。

矛盾的心理讓她越發臉紅，不敢看蔣寒征的眼睛。

她聽見蔣寒征笑了聲，然後直起身，安撫似的摩挲了一下她的背。

「好，先吃飯。」

他拿起T恤領口聞了聞，說：「出汗了，我去沖個澡。」

然後快步走進了浴室。

陸彌聽見淅淅瀝瀝的水聲響起，深吸幾口氣，拍拍胸脯平復自己的心情，強迫自己先淡定點，先把飯做好。

蔣寒征從浴室裡出來，帶著一股寒氣。

陸彌正好把菜端上桌，擰眉問：「你洗冷水澡？」

話一問出口，她自己就反應過來不對，「唰」地紅了臉。

蔣寒征樂呵呵地笑起來。

「……笑什麼笑！」陸彌嗔怒道。

「好好好，不笑不笑。」蔣寒征伸手揉揉她髮頂，走去廚房盛飯。

陸彌見他一身清爽，眼神也乾乾淨淨不沾情欲，忽然有些疑惑。這是什麼意思……

陸彌心裡莫名有些失落，木木地吃著飯。

蔣寒征夾菜給她，問：「怎麼不吃菜？」

陸彌抬頭看他，撞見清清亮亮的目光，不知怎麼的，腦子一熱，問：「你晚上睡哪？」

蔣寒征一怔，旋即反應過來，壞笑一聲：「妳想我睡哪？妳讓我睡哪我就睡哪。」

陸彌低頭罵道：「隨便你！」

蔣寒征笑得更歡了，笑完又咳了咳，正色問：「小陸，妳想好了？」

陸彌耳朵紅得要滴血，怎麼可能回答他這個問題？

「我會小心的，」蔣寒征聲音難掩愉悅，「妳不要害怕。」

「……」陸彌終於忍不住，低聲罵了句，「怕個屁。」

以前吃完飯都是蔣寒征洗碗，但今天陸彌卻飛快地扒完了飯，端著碗碟閃進了廚房。

蔣寒征說的沒錯，她的確有些害怕，還有好奇、緊張和期待……這些情緒交織在一起，在她心頭打轉，擾得她連呼吸都是亂的。

水流聲掩蓋了蔣寒征的腳步聲，直到碗全都洗完，陸彌回身把它們收納進碗架的時候，才看見蔣寒征不知在門口站了多久。

他抱著手臂，輕鬆地靠在廚房門邊，和站軍姿時的挺拔嚴肅完全不一樣。他的眼神也不像平時那樣堅毅銳利，而是輕輕柔柔的，像一片羽毛落在陸彌心上。

那一瞬間，陸彌第一次覺得，她也可以很愛蔣寒征，就像蔣寒征愛她一樣。

她走上前去，壞笑著把手裡的水甩在他臉上。

蔣寒征動也不動，輕輕歪腦袋一躲，漫不經心地笑著，下一秒就抓住她手腕，封住她的嘴唇。

他另一隻手摟住她的腰，單手就將人抱起來，她修長的雙腿纏住他，蔣寒征便穩穩地托住她，陸彌無師自通地學會去親吻他其他的地方，從嘴唇，到下巴，到喉結，再到耳垂，配合他粗糙的大手在她腰上流連的節奏……

陸彌忽然發現，其實她和蔣寒征很默契。

至少，在這件事上。

第二天，陸彌醒得很晚，睜開眼的時候天光大亮，身旁沒有人。抓起手機看了一眼，蔣寒征果然又去晨跑，說帶早餐回來。

陸彌放下手機，才感覺身上疼得厲害，骨頭都散架了似的。

平心而論，昨晚蔣寒征已經足夠溫柔，給了她非常長的適應時間，也始終沒有用全力。他盡力在疼痛之外給她更多的享受。可不可避免的，還是疼。

但陸彌發現，這事，好像越疼就越爽。

或許，疼痛和歡愉之間，本就沒有森嚴的界線。

她走下床，對著浴室間的鏡子看自己的身體。她用目光接納和欣賞那些紅痕和淡淡的瘀青。陸彌意識到，她很愛自己的身體。

她的身體美麗、強壯、充滿奇妙，它可以承受一些疼痛，也可以為自己帶來巨大的愉悅。

外頭傳來關門的聲音，是蔣寒征回來了。陸彌連忙抓起睡裙套上，打開臥室門走出去。

「買了什麼？」她笑著問。

蔣寒征一眼那看見她手臂上那枚淡淡的瘀青，是他指腹的形狀。他有些不自在地撇開目光，「豆漿、包子、湯粉，還有油條……妳多吃點。」

陸彌見他目光躲躲閃閃的，神情也忸怩，像個情竇初開的小男生，哪像平時直來直去的蔣學長？她像發現了新大陸一樣湊上前去，笑著問：「……你害羞了？」

「……」

「嘖，昨天還很生猛呢。」陸彌故意用詞曖昧，「搞得我痛死了。」

蔣寒征連忙緊張地問：「還痛？要不要去醫院？」

陸彌噗嗤笑出聲，踮腳輕輕吻他臉頰，在他耳邊輕聲說：「謝謝你。」

她在餐桌前坐下，拿了個包子大大咬了一口，側臉看見光從客廳裡照進來。

這是一個陽光明媚的早晨。

第二十一章 野湖

夏日炎炎，林茂發坐在縣立高職對面的茶館裡，一面喝著搪瓷茶缸裡沒味的舊茶，一面拿了張街上發的廣告紙搧風，心裡暗罵老闆娘窮酸，這麼熱的天連空調都不開。已經不知道幾歲高齡的電風扇掛在牆上，搖晃著吹出些微熱風，像快斷氣了似的發出「吱吱呀呀」的響聲。

澀澀的茶葉黏在他口腔上壁，林茂發費力地舔了好幾次也沒舔出來，被卡得難受，終於忍不住罵了句：「操他媽的！」

他熱得實在煩躁，又狠狠瞪了坐在收銀檯後頭獨享一個大風扇的老闆娘一眼。

老闆娘穿得清涼，紅色吊帶裙緊緊繃在肩上，勒出鬆弛的肉。她抹著同樣豔麗的紅唇，笑起來像動物張開血盆大口，魅聲道：「林老闆，您又不是不知道，我這裡小本生意嘛，哪有錢開空調喲？」

林茂發憋著氣，不說話。

「您想要舒服的，去樓下呀！」老闆娘趁機攬生意，起身走到林茂發身邊嬌嬌地搭住他，豐滿的胸乳緊緊貼在他背上，「難道是前幾天您玩得不滿意？您跟我說，我肯定好好調教，再挑個好的給您！」

這地方名為茶館，但少有人至，略知道內情的都知道，真正進來的人，不是為了喝茶，而是直奔地下一樓。

就算是不明白內裡的，看老闆娘的裝扮模樣，還有這「茶館」不倫不類的裝潢，也不會進來喝茶的。

至於為什麼能光明正大地開在高職對面，這麼多年安然無恙，老闆娘當然是有門路的。

林茂發過去一個多禮拜日日在樓下流連，什麼都點最好的，不僅把錢花了大半，自己身體也覺得累空了，這兩天便一直在樓上歇著。

除此之外，更重要的原因是——他發現陸彌每天都會經過這條街。

這是他幾天前發現的。每天下午，約莫四點左右，陸彌會和那個姓蔣的小子一起經過高職門口。

姓蔣的小子每次都拎個包，左手還夾著個游泳圈。

林茂發知道，高職這條路再往北走就是開發區，靠近幾個老村子，那裡人少，有片野湖。他以前聽牌友說過，那湖水深，不太安全，前幾年每年都有人跑去野泳，死在裡頭，因此這兩年已經沒什麼人會去了。

四點十二，陸彌和蔣寒征又從街對面走過。陸彌穿了件襯衫領的運動短裙，兩條細長白皙的腿在太陽下幾乎會反光，看得林茂發眼神發直。

浪貨。林茂發在心裡罵了句。

然而他坐在這裡看了這麼多天，已經看得口乾舌燥、心癢難耐。那片野湖是個絕佳的地點，沒有人，也絕對不會有監視器，他能做得神不知鬼不覺……

從再次看到陸彌起，他心裡那團火就壓不住了，一直在找機會。可就是那個姓蔣的小子壞事！林茂發當然是怕蔣寒征的，除夕那晚他被打個半死，還瞎了一隻眼，至今想起來都打哆嗦，怎麼可能不怕？

可他也知道，蔣寒征是讀警校的，他不可能每一天都守在陸彌身邊。

想到這裡，林茂發居然變得十分有耐心，他願意等。只要有一天陸彌落了單，一切就都好辦了。他的眼睛不能白瞎，除夕那頓打也絕不能白挨，為了這，他願意拿出一點耐心……

蔣寒征在家休了半個月的假，拖到最後一天回隊裡值勤。

他抱著陸彌坐在沙發上，像隻黏人的大狗似的把腦袋埋在她頸窩裡，哼哼唧唧不肯鬆手。

陸彌被他鬧得無奈，想摸摸頭哄哄他，又覺得他那一頭硬毛實在是扎手。

「喂，你們警察，不是最紀律嚴明嗎？」她氣笑了，點亮手機螢幕給他看時間，「再不出發你真的要遲到了。」

其實還有一個多小時，但蔣寒征習慣早到，現在這個時間對他來說已經算晚了。

蔣寒征吸貓似地埋在她頸間深吸了一口氣，才認命地抬起頭來，「是該走了。我算是明白『從此君王不早朝』是為什麼了，要是我我也不早朝。」

陸彌噗嗤一笑：「蔣警官，這話非常不正確哦。」

「我兩週就回來了，乖乖在家等我。」蔣寒征捧著她的臉在額頭上親了一口，起身拎起背包。

他彎腰在鞋櫃處穿鞋，忽然想到什麼，抬頭問：「我不在，妳還去游泳嗎？」

陸彌頓了一下，笑說：「去啊，天氣這麼熱。」

蔣寒征撇撇嘴，「就妳那技術，教了妳半個多月就練成那樣。一個人別去深水區了，在淺水區跟小學生玩玩吧。」

陸彌不服氣地哼了聲：「深水區也就一百七好嗎，瞧不起誰？」

「行行行妳厲害，注意安全就是了。」蔣寒征揉了揉她髮頂，「反正那游泳館有救生員，我也放心。」

陸彌點了點頭。

蔣寒征推門正要出去，又想起什麼，繼續叮囑：「妳一個人，就叫車去嘛。別坐公車了。」

他們每天去的那家游泳館距離有些遠，最初陸彌說起想去游泳的時候，蔣寒征其實是打算叫車的，但陸彌說每天都叫車太奢侈了，便拉他一起去高職那邊的公車站坐車。

那個公車站離家裡將近一公里，不算近，但陸彌堅持說那裡有一條直達的線路，蔣寒征拗不過她，只好答應了。

陸彌笑了，反問：「一個人叫車，不是更不划算？」

蔣寒征說：「妳一個人，沒人幫妳拎東西了，更累。聽我的，就叫車吧，我讓妳報銷！」

陸彌輕輕蹙眉，旋即玩笑道：「蔣警官，你一個月薪水多少呀？」

蔣寒征笑嘻嘻道：「不管多少，都可以上交給妳！」

陸彌不再和他玩笑，推著他的背趕人，「好啦，快走吧。我自己心裡有數。」

「叫車啊！」蔣寒征看了眼時間，不得不走了，拍拍她的腦袋最後強調了一句，「不准省錢！」

陸彌看他依依不捨地關上了門，一直噙在嘴角的笑意漸漸斂平。

她回到房間，從枕頭底下拿出 iPad，放在餐桌上，然後去廚房切了兩片檸檬，倒了杯水，淋上蜂蜜。

她一口氣喝完了整杯，手指扣在玻璃杯壁沿上，靜靜地看著窗外的盛夏景致。

陽光刺眼，蟬鳴一聲響過一聲，襯得室內愈發安靜。

陸彌坐回餐桌上，打開 iPad。

這是蔣寒征買的，說要送給她，陸彌沒有要，但兩人時不時拿這個一起看電影。

她從 APP Store 中進入她之前下載後又隱藏的一款筆記軟體，點開其中的加密文件。

第一頁，是高職對面那家茶館的照片。以前她聽蔣寒征無意間說起，那個茶館不太乾淨，但因為老闆娘人脈活絡，一直沒被抓到現行，掃黃組出動了好幾次都撲空，只能看老闆娘哭爹喊娘說自己做的是正經生意。

半個月前她發現林茂發在那附近鬼鬼祟祟地晃蕩時，就對那茶館留了個心眼。借著晚飯後和蔣寒征散步的機會觀察了沒兩天，果然發現林茂發天天泡在裡頭。

第二頁是南城縣區的地圖。從高職到經開區的那一塊，她用黑筆圈住，還有一條醒目的紅線，指示著從高職到野湖的路線。

第三頁，是從家裡到游泳館的路線圖。有很多條公車線路，從高職公車站出發的那一條被單獨圈出來。

最後一頁，是一些新聞報導的截圖。多是前幾年的報導，那時還是撥接網站的時代，她找了好幾家新聞網站的本地欄目，把南城野遊溺亡的幾則報導都截了下來。

過去五年間，在那片野湖中溺亡的人數超過三十個。

大部分是因為對自己的水性過於自信，而野湖的水下情況複雜，被水草纏住的、腳抽筋的、被水下的石頭劃破腳的、游至湖心被旋渦沖走的，各種情況都有。

而陸彌重點關注的四例，是四個中年男子自恃水性好，酒後游泳溺亡的。她在這四例報導上標上了記號。

看完最後一遍，她將這些文件一一刪除，又把軟體卸載。

看了眼時間，下午三點十八分。

陸彌打開外送軟體，找到人氣最高的一家湘菜館，點了幾個辛香鹹辣的菜，又滑到酒水飲料區，買了兩瓶最貴的酒。

收貨地址，茗香茶館；收貨人一欄，她隨便寫了「張強」。

這天下午，林茂發照舊坐在茶館裡泡著，他已經在茶館賴了好幾天了。老闆娘沒閒情再招攬他，但做這生意的，不好明著驅趕老客，只能在背後恨恨地罵他幾句。

四點多，熟悉的人影卻沒有出現。

林茂發有點不耐煩了，又嫌那茶難喝，狠狠地呸了一口。

這時，茶館的門被推開，一個外送小哥走進來問：「張強！誰是張強？有個外送！」

一樓只有林茂發和老闆娘兩個人，兩人皆是愣了一下。

「張強？」外送人員又叫了句，見沒人應，嘟囔道：「茗香茶館，是這啊……」

林茂發先反應過來，上前接過外送，「什麼東西？」

外賣小哥狐疑道：「你是張強？」

林茂發打哈哈笑了笑，一把接過，聞到香味，頓時泌出口水，又看見還有兩瓶好酒，忙笑著應道：「是我！」

他喝了好幾天的舊茶，嘴裡要淡出鳥了，這送上門的好酒好菜，怎麼能不吃？

老闆娘忙攔著，「哎，怎麼就是你？說不定是樓下客人點的！」

林茂發狠瞪了她一眼，「滾一邊去！張強張強，妳有叫張強的客人？到老子手裡就是老子的！」

老闆娘噎了一下，她當然知道店裡沒有叫張強的客人，只是不想看林茂發撿便宜罷了。她嗤了聲，罵道：「……什麼東西都敢吃，吃死你！」

林茂發哼了聲，毫不在意，兩眼放光地搓起筷子。

外賣小哥見這兩人看起來都不太好惹，餐送到了，連忙溜之大吉了。

這一頓酒肉齊全，味道還都是上乘，林茂發大快朵頤，吃得直冒汗。

老闆娘在他身後看著，暗罵道：「走了什麼運，居然白吃一頓這麼好的……」

林茂發為人極其摳門，還愛賒帳，除了在樓下「消費」的時候會被哄得爽快買單，其餘時候連一毛錢都不放過。他已經隨便應付了好幾天了，這突然來一頓大餐，和天上掉餡餅沒什麼差別。

菜吃得差不多，林茂發撐著腦袋，慢悠悠地喝酒，舒服得要哼起曲子來。

大半瓶白酒已經下肚了，他也到了喝醉的邊緣，便放慢了速度，有一口沒一口地呷著。

迷迷糊糊間，他看見陸彌從高職門口走過。

他眼睛一亮，暈暈乎乎的腦子裡只記住了兩個畫面——她穿了件短褲，露出修長的白腿；還有，她是一個人。

蔣寒征不在。

林茂發覺得視線有點模糊，甩了甩腦袋想再看清楚一點，卻看見陸彌好像走得更快了，快要消失在他視線裡。

臭丫頭，想跑！林茂發血液上湧，腦子還是熱的，拎著酒瓶推門而出。

老闆娘還沒反應過來，就看見林茂發歪歪扭扭的背影奪門而出。

「茶錢還沒結！」她看著桌上一片狼藉還沒收拾，還有被林茂發撞倒的椅子，狠狠罵了一句，「喝不死你！」

時間已近五點，日頭西斜，街上的人也多了一些。

林茂發腳步虛浮，拎著個酒瓶走得歪七扭八，經過的路人都自覺地躲著他。而他現下腦子發熱，只想著陸彌，死死盯著視線裡那個模糊而窈窕的背影。

陸彌控制著速度，疾步走著，身邊的人越來越少。

她始終和林茂發保持著距離——能讓他短時間內追不上來，卻始終看得見她的背影。

終於，在一個僻靜得聽不見任何聲音的路口，她轉進蘆葦叢生的小徑。

到了湖邊，她先是左右環顧。

很好，沒有人。

因為前幾年大力報導，這片野湖幾乎不會有人來，她無法控制的也是最擔心的唯一一個變數解決了。

林茂發的腳步聲越來越近，陸彌胸腔裡的心臟也跳得越來越急。

她死死抓著單肩包的袋子，那裡面，她裝著一把水果刀。

她聽著腳步聲，卡準時機，在林茂發要轉進來之前躲進了蘆葦叢，然後迅速撿了好幾塊石頭向湖面扔去。

林茂發緊跟著陸彌轉進湖區，卻發現空無一人，正要叫嚷，迷迷糊糊地看見湖面上水花撲通，泛起漣漪。

「這麼著急……」林茂發邪笑起來，彷彿已經看見陸彌藕段似的白皙手臂拂過水面，漾起漂亮的水花，聽見她浪蕩的笑聲，激得他再也按捺不住。

「舅舅來陪妳玩！」他三兩下踢掉拖鞋、脫下短褲，手裡的酒瓶子還攥著，跑著跳下了水。

躲在岸上蘆葦叢裡的陸彌聽見「撲通」一聲巨響，拳頭頓時攥緊，她拼命壓抑著自己心裡的恐懼和激動，提醒自己不能出聲、不能起身。

很快，湖面傳來連續不斷的撲通水聲，還有斷斷續續的呼叫聲。

她死死地掐著自己的手臂，害怕得止不住顫抖。

幾分鐘後，湖面安靜下來。

陸彌顫巍巍地從蘆葦叢裡站起，看見湖面一片平靜，像是什麼都沒有發生過，一支酒瓶靜靜地漂在水上。

她的手仍微微顫抖著，因為恐懼而飆出的眼淚已經乾在臉上。

陸彌鬆開掐著自己手臂的手，把滑落的單肩包重新背好在肩膀上，轉身走出了湖區。有微熱的風拂過，將身後的蘆葦叢吹得沙沙作響，陸彌脊背僵直，昂首往前走，再也沒有回頭。

***

七月很快就到了尾聲，陸彌買了排骨，學著網路上的菜譜做了一道糖醋小排，等著蔣寒征回家。

玄關處響起關門聲，陸彌忙解了圍裙迎出去，笑道：「回來啦？」

蔣寒征朝她笑了笑，像往常一樣把她抱起來，讓她坐在鞋櫃上。陸彌摸著他的臉和硬硬的短髮，感受到他灼熱體溫的那一瞬間，她忽然意識到，這半個月來，她非常非常想念他。

她從未有哪一段時間像這次一樣，希望有個人在她身邊。

她罕見地主動起來，捧著他的臉親吻。

她盡力調用自己全部的笨拙的技巧，輕柔地去啄他的嘴唇，舔他的牙齒，勾他的舌尖。

可蔣寒征卻扶著她的腰，輕輕地推開了她。

「等等……我有個事情想問妳。」他喘著粗氣說。

陸彌這才注意到蔣寒征的表情有些異樣，不像之前，如果隔了很久沒見到她，他會像火一樣熱情。

「幹嘛呀……」陸彌忽然沒由來地覺得害怕，她不想讓蔣寒征問她任何問題。

她直接低頭，小小的手搭上他的皮帶，輕輕一扣。「啡嗒」一聲，皮帶被她解開了。

她仰面，得意地朝他笑了笑，又輕輕地吻了一下他的喉結。

「我很想你。」她的聲音細若蚊吶，卻像鉤子一樣撩人心弦。

蔣寒征扶在她腰上的手一顫，幾乎要克制不住。但他知道，陸彌異常的主動，恰恰說明他的猜測是正確的。

陸彌的手抽開他的皮帶，甚至已經顫抖著摸到。

「陸彌！」蔣寒征強硬地抓住她的手，不讓她再亂動。

「……你幹嘛呀。」陸彌被他抓得有些痛，終於停下動作，抬頭看他。

她面色緋紅，眼睛濕漉漉的，看起來委屈極了。

蔣寒征喉結一滾，咬著牙極力克制著，往後退了一步，又迅速繫好自己的皮帶。

他掏出手機，點開一則報導，舉到陸彌面前，「這個事，妳知道嗎？」

陸彌一看就頓住了，默了兩秒，說：「知道。」

她從鞋櫃上蹦下來，眼底和臉上的紅潮褪去，用清明甚至冰冷的眼神看著蔣寒征。

蔣寒征有些絕望地閉了閉眼睛，又問：「那個湖，就離高職公車站不遠。」

陸彌說：「是。」

蔣寒征問：「所以妳要從那裡坐公車去游泳。」

陸彌說：「是。」

蔣寒征繼續問：「所以妳讓我教妳游泳。」

陸彌說：「是。」

蔣寒征頹然地把舉著手機的手放下，有些不知所措地擰了擰眉心。

陸彌面無表情地陳述道：「是我送酒給他的，也是我引他去湖邊。但酒要不要喝、水要不要跳，是他自己的選擇。我什麼都沒有做，是他活該。」

蔣寒征不說話，眼眶卻一瞬間紅了。

陸彌看不懂他眼神裡的情緒，是震驚、失望，還是憐惜。

但她心一顫，終於有些撐不住，吐了口氣低聲道：「但和你一起去游泳不是為了利用你……我、我是真的想和你在一起，多一點時間在一起……」

蔣寒征搖了搖頭，沉默了很久，他問：「有沒有受傷？」

陸彌怔了下，然後搖頭，囁嚅道：「沒有……他在湖邊沒有看見我。」

聽見這個回答，蔣寒征卻沒有輕鬆下來。他仍舊有些不敢置信地擰眉看著陸彌，終於，他問：「為什麼？」

陸彌看著他，蹙眉，似乎不理解他的問題。

「為什麼……」蔣寒征頓了一下，「為什麼不告訴我？」

陸彌一怔，她無法回答這個問題。

她不會把這件事告訴任何一個人的，儘管她籌謀已久。

更何況，這個人是蔣寒征。

陸彌並不覺得自己對蔣寒征十分的瞭解，但她至少知道，蔣寒征是個優秀的特警。他的性格、信仰和職業尊嚴都不會允許他接受陸彌「報私仇」的行為。

陸彌沉默半晌，冷靜道：「這是我一個人的事情，我不想麻煩你……」

話沒說完，蔣寒征冷笑一聲，怒道：「妳一個人的事情？陸彌，妳到底知不知道我是妳男朋友，妳知不知道男朋友是什麼意思！」

他有些控制不住情緒，聲音拔得很高，怒吼著，脖子上暴起青筋，看起來有些可怕。

陸彌理解他的憤怒，但還是有些疲憊，她和蔣寒征的對話似乎並不在同個頻率上。

她嘆了口氣，試圖解釋：「蔣寒征，這和你是不是我的男朋友沒有關係……這件事，本來就是我自己該面對的事情……」

蔣寒征再次打斷她，「妳自己面對？妳怎麼面對？」他甚至嘲諷地嗤笑了一聲，指著她反問道：「妳該不會覺得自己計畫得天衣無縫，不會被發現破綻？」

「妳有沒有想過，但凡林茂發有個真心的朋友，但凡警察再追根究底一點，他們會不會去查他是在哪裡喝的酒、為什麼要喝酒，到時候，妳猜他們會不會查到妳頭上？妳要怎麼解釋？」

「妳還敢一個人去引他，妳就不怕萬一？萬一他沒有喝醉，萬一他追上了妳……妳要怎麼辦？」

陸彌被他狂風驟雨一般的詰問堵得說不出話來，不自覺地絞著自己的手指。

她承認，蔣寒征說的這些問題都存在，她也不是沒有想到過。如果茶館老闆娘是個有些「江湖義氣」的人，如果警察問了她，如果她說了那份來歷不明的外送……

她的計畫並非天衣無縫，但她不能再等。那次在街上林茂發那麼明顯地挑釁她，她知道，自己必須先下手。

「說話啊！」蔣寒征氣得急了，又吼了她一句。

在隊裡看見報導知道林茂發死了以後，他就直覺有些不對勁。再一查那野湖的位置，和那茶館，聯想到陸彌每天都拉著他經過那裡去乘車，他便有了不好的預感。

他在隊裡擔心了好幾天，心裡祈禱了無數次這件事跟陸彌沒關係，沒想到，還是被他猜中了……

陸彌想到他會生氣，但不明白他為什麼會這麼生氣。

她有些疑惑地抬頭看他，看他怒目圓睜的眼睛，看他叉著腰質問她，看他憤怒地喘著粗氣。

他是氣她鑽法律的漏洞「謀殺」了一個人嗎？

還是氣她獨自去做這麼危險的事？

還是擔心她？

陸彌看不出來，也不想再分辨了。

她頓了頓，決心不再隱瞞他。

於是她看著他的眼睛，平靜地說：「你說的這些我都知道。但即使重來一次，我還是會這麼做。」

蔣寒征氣一提，「妳……」

「但我沒有利用你。」她平靜地打斷他，繼續說：「就算沒有你，我還是會做的，也許只是換個方法。」

蔣寒征倏地抓住她的手腕，擰眉道：「妳知不知道妳在說什麼？妳知不知道這是……這是……」

這是謀殺？還是犯法？

蔣寒征要說的大概是這兩個詞吧，陸彌知道，但他沒有說出口。

「我知道妳受了委屈，我知道妳恨他！」蔣寒征急道：「妳跟我說啊！妳想報復他、妳想報仇，妳跟我說啊！我護著妳，我替妳報警，我們總有證據能收拾他！可妳明明讓我放下，妳明明說妳早就忘了……」

陸彌笑著搖了搖頭，輕輕地扭開自己的手腕。

「我就是這樣的人，蔣寒征。」她輕輕說道：「如果你之前不知道的話，那麼我現在告訴你，我就是這樣的人。」

「誰對我好，我就對誰好；誰對不起我，我不論付出什麼代價都會加倍還回去。我可以什麼都不管，什麼都豁出去，不論是法律……還是人情。」

蔣寒征不敢置信地看著她，空張了張嘴，什麼都沒有說出來。

他頹廢地垂下手臂，背靠在牆壁上。

陸彌就這麼看著她，兩人相對無言，不知過了多久。

陸彌抹了把臉上的淚，笑了聲，說：「蔣寒征，我們分手吧。」

蔣寒征猛地抬頭看她，目光木然。

「我們都太不瞭解彼此了。」陸彌笑了笑，「還是分開比較好。」

說著，她打開門邊櫃拖出自己的行李箱。

「妳不喜歡我。」

蔣寒征忽然木木地說了這麼一句。聲音古井無波，好似不含一絲感情。

陸彌動作一頓，卻沒有抬頭看她。

「妳從來沒有喜歡過我……」這一次，蔣寒征的沙啞聲音裡帶著苦澀的笑意。

陸彌心中絞痛，但她沒有說話，也沒有抬頭，她把箱子拎到臥室，飛快地收拾自己的東西。

她的東西不多，幾件衣服一疊便撿好了，行李箱也很輕。

她看見床上鋪著的粉色床單，想到蔣寒征認真地說「女生都喜歡粉色」；想到他們一起洗過床單，蔣寒征坐在水盆前賣力地搓著，而她無法無天地腳踩在水盆裡，還故意踩到他的手；想到蔣寒征曾經無比動情地俯身看著她，說她躺在這顏色裡像一朵粉色的玫瑰，有多麼好看……

陸彌輕輕苦笑出聲。她其實真的不喜歡粉色，可她也曾心甘情願地躺在那床單上。

推著行李箱走出臥室，她看見蔣寒征背對著她，坐在餐桌前。

桌上還擺著她精心做了一下午的菜。

蔣寒征正襟危坐，背影挺拔。

他是個警察，即使在家裡也保持特警的作風和習慣，陸彌起初還不習慣，後來看多了，也看出他這作風的可愛之處來。

陸彌看了看他的背影，終究什麼也沒說，輕輕開門，離開了。

盛夏傍晚，晚霞燃遍整片天空，像電影結尾的長鏡頭。

陸彌的眼淚迎著晚風落下，她沒有哭出聲音，沉默地接受了這樣的命運——她又一次，匆忙地逃離南城。

可如果她知道這會是她最後一次見到蔣寒征，她一定不會這樣匆忙地離開。

她一定會回答蔣寒征——「我喜歡你。」

至少，我曾真心地，想要與你「相依為命」。

第二十二章 少年

二〇一八年，冬。

陸彌坐在醫院走廊的長椅上，看著醫生護士匆匆忙忙地進進出出，手指不自覺地絞著。她想問問護士林立巧究竟病到什麼程度，為什麼只是獨自下床摔倒了，就會這麼嚴重。但她被剛剛那護士惡狠狠地剜了好幾眼，不敢出聲了。

手機忽然響起鈴聲，陸彌手足無措地在大衣口袋裡翻找了一陣子，才想起手機放在包裡。

是祁行止撥來的視訊電話。

陸彌頓住了，有點反應不過來。離開北京不過幾個小時，上午她還在被窩裡甜蜜地翻著她和祁行止的聊天記錄，卻好像已經過了很久很久了。

她反應了一下，扯扯嘴角練習笑容，才點開接聽。

『在做什麼？』祁行止語氣一貫溫柔，問完他才發現陸彌的背景不太尋常，像是在醫院。他擰眉又問：『怎麼了？……是在醫院？』

陸彌在腦海裡迅速搭起謊言——甚至連她自己都不知道為什麼要撒謊，一切都只是下意識的反應。

「嗯，小園有點發燒。」她笑了笑說：「我帶她來打點滴。」

祈行止頓了一下，無奈道：『最近怎麼回事，輪番進醫院。』

陸彌說：「冬天嘛。」

祈行止點點頭，說：『我後天就回去了。』

陸彌想到向小園說他一直在北京過年，頓了頓，故作平常地問：「回北京嗎？還是直接回南城？快過年了。」

祈行止眸光暗了一瞬，旋即笑道：『妳在哪裡我回哪裡。』

陸彌笑了笑，不再說什麼，點頭道：「好。」

祈行止沒有要講實話的意思，她也不打算告訴他她現在在南城。

她心中酸澀，這戀愛談的……

祈行止又和她閒聊了幾句，兩人才掛了電話。

『陸老師。』掛斷之前，祈行止忽然沉沉喊了她一聲。

「……嗯？」真是奇怪，原本保持得好好的，他這麼叫一聲，她居然莫名有些委屈，委屈得想哭。

『我很想妳。』祈行止默了幾秒，才嘆了口氣，語氣裡帶著無奈和自嘲，好像很不情願承認一樣。

陸彌笑起來，也輕輕地說：「我也很想你。」

是的，她很想念祁行止。

儘管她不敢告訴他她見到了林立巧，但她非常想念他。她想，如果能把一切都告訴祁行止該多好。

她不知道自己什麼時候形成了這樣的心理依賴，或許從六年前剛認識祁行止起她就篤定他是一個值得信任的人。似乎，什麼事情只要告訴祁行止，就像是找到了最可靠的託付，她就不用再自己操心，可以澈底地安心下來。

「家屬！」護士忽然叫她。

陸彌猛地抬頭，又看見那位護士萬般嫌惡地盯著她。

她承受這樣的眼神，平靜地問：「她怎麼樣了？」

「妳這個女兒當得好啊，半個多月都穩定得好好的，妳一來就這樣了……」護士不回答她的問題，怒氣衝衝地冷嘲熱諷道。

陸彌有些頭疼，終於不再沉默，說：「我不是她女兒。」

那護士頓時噤了聲，詫異地看著她。

陸彌掀起眼簾，問：「現在可以說了嗎？她是什麼病、到了什麼程度、現在怎麼樣了？」

護士問：「那妳是她什麼人？」

「學生。」陸彌說。

護士用充滿懷疑的目光打量著她。

「該妳回答我的問題了。」

「……」那護士對她仍舊充滿戒備和不滿，語氣硬邦邦地道：「胃癌晚期，就這幾個月了，現在情況算是穩定住了！」

陸彌呼吸一滯。

她知道林立巧大概病得重了，否則不會聯絡她，但她沒想到嚴重到這個地步。怎麼會只剩幾個月了……

她頓了頓，頷首道：「好的，謝謝。我現在可以去看她了嗎？」

護士「哼」了聲，未置一詞，轉身走了。

陸彌站在病房門口，發現自己的手止不住地微微顫抖，她深吸了好幾口氣，鼓起勇氣再次推開那扇門。

林立巧閉著眼睛，安靜地躺在病床上。

安靜得像剛剛兵荒馬亂的一切都沒有發生過。

她輕手輕腳地走過去，坐在病床邊的椅子上。

林立巧比她想像中還要蒼老，多年以前她就因為操勞而顯得比真實年齡年長許多，現在不過五十出頭，看起來卻像耄耋之年的老人。

她靜靜地看著這樣的林立巧，連呼吸都不自覺地放輕。

她忽然意識到，自己仍然希望她平安健康，福壽綿長。

儘管她曾經那麼絕望地恨她。

「妳要是忙的話，就先回去吧……」林立巧忽然緩緩地開口道。

陸彌怔了怔，看見她艱難地睜開蒼老的眼睛。

她頓了下，問：「妳那個學生什麼時候來？她來了我再走。」

林立巧笑著搖搖頭，說：「蓉蓉在上海念大學，來不了。」

「妳不是說她幫妳建了個捐款？」陸彌擰眉問，「不是她在照顧妳？」

林立巧搖頭。

「那平時是誰照顧妳？」陸彌追問。

林立巧沉默了幾秒，說：「院裡的其他老師，會輪流來看看我……」

陸彌聽了，不敢置信地睜圓了眼，「妳病得那麼重，平時沒有人照顧妳？」

林立巧忙否認，「有的、有的……」

陸彌不再和她多說，站起身一邊撥號一邊走出病房。

她撥通了傅蓉蓉的電話，才詢問到詳細的情況。

林立巧已經纏綿病榻一年多，育幼院的兩個阿姨會輪流抽空去餵她吃飯、幫她洗澡擦身，她們為此排了固定的時間表。但大多數時候，林立巧都是一個人待在病房。好在護士們比較照顧她，閒下來的時候會去照看一下。

陸彌問傅蓉蓉什麼時候回南城，對方說還有最後兩科考試，大約一週後回。

陸彌掛斷電話，才發現手機已經快沒電。她木然地盯著螢幕看了幾秒，手機黑下，自動關機了。

陸彌走回病房，對林立巧說：「這幾天我照顧妳。」

林立巧有些受寵若驚，連忙搖頭道：「不用、不用……不麻煩妳……」

「但有些事情我要跟妳說清楚。」陸彌道。

林立巧噤了聲，悻悻地點了個頭。

「第一，我最多照顧妳一週，傅蓉蓉回來了我就會走。之後我會負擔妳的醫療費，但不會再來看妳，妳也不要再聯絡我。」

林立巧呆愣了一下，泫然欲泣地看著她，隔一陣子才點頭囁嚅著：「好、好……麻煩妳……」

「第二，我想知道，妳是怎麼知道……」陸彌的眼神定格在床頭櫃的的那張報紙上，「是我做的？」

林立巧點頭的動作一滯，看向陸彌，眼神裡情緒難明。

「妳可以不說，也可以去報警，我沒有意見。」陸彌平靜地說：「但如果可以，請妳如實告訴我……」

林立巧沒有等她說下去，直接道：「是小祁。」

陸彌呼吸一滯。

「……妳說誰？」她問。

「祁行止。」林立巧看了她一眼，似乎有些不忍。

「茂發死後不久，他來育幼院找過我……」林立巧回憶著，「他跟我說，是他騙茂發去湖邊然後把他淹死的。他說，如果我想替茂發報仇，就去報警告他。」

「但我知道不可能是他。他那時候才多大，為什麼要害茂發？」林立巧苦笑，「所以我猜……是妳。」

林立巧仍然記得那天的場景。

祁行止是巷子裡出了名的「別人家的孩子」，從小到大就沒拿過第二名以外的成績，會考狀元、數學競賽冠軍、模型大賽冠軍……除了為人靦腆、不愛說話之外，祁行止是巷子裡所有長輩公認的「完美小孩」。

可那天，向來話少的完美小孩祁行止背著書包走進紅星育幼院，彬彬有禮地同幾個老師都問了好，還給孩子們帶了零食，同他們玩了一下，然後提出有話要單獨對她說。

林立巧那段時間很忙，因為她總感覺林茂發死得不對勁，所以一直想調查林茂發死前去了哪、為什麼喝了酒之後會跑去游泳。除此之外，她也抱著微弱的希望，想把林茂發拿走的那些錢追回來。可林茂發的狐朋狗友一向不太乾淨，他去過的那個茶館老闆娘也一直閃爍其詞，她什麼都問不出來。

她正焦頭爛額，祁行止卻那麼坦蕩地站在她面前，告訴她是他害死了林茂發。

「……你說什麼？」林立巧詫異極了，簡直懷疑是自己聽錯了。

祁行止背著書包，筆直地站在她辦公桌前，面無表情地重述了一遍：「我送了酒給他，然後引他去湖邊，他喝醉了看不清，被我騙下水淹死的。」

「你胡說！」林立巧直覺不相信，祁行止才幾歲？他是多乖的一個孩子，怎麼可能？可她又控制不住因恐懼和憤怒而發抖的身體，她顫巍巍地站起來，警戒地看著他，「你為什麼要害茂發？」

祁行止不回答，反而另提一事，平靜地說：「林院長，聽說貴院丟失了一筆錢。」

林立巧心下一驚，林茂發偷走了抽屜裡那三萬塊錢，她一直沒跟任何人說過，還私下囑咐傅蓉蓉也不要亂說，只自己默默的各處借錢試圖填上漏洞。

祁行止怎麼會知道？

她目露懼色，看著這個年僅十七歲的孩子。

他甚至還穿著一身校服，白色 Polo 衫乾淨整潔。他的脊背挺拔，輕輕抿著唇，神色平靜得好像只是在和老師討論一道尋常的數學題。

他似乎看出她的疑惑，還十分善解人意地解釋道：「我猜的。不過這並不難猜。」

敏銳對於祁行止來說是天生的能力，以前他不在意，所以無論看到什麼、聽到什麼，都會自動從大腦裡刪除。可自從認識了陸彌，他就對這個小巷裡的人和事都上了心，對紅星育幼院尤其如此。

住在同個小巷裡，傅蓉蓉前幾天還難掩興奮地炫耀著自己要擁有一臺蘋果電腦了，之後目光黯然地提回來一臺普通筆電，這就夠反常的了。

再加上林立巧這幾天憂心忡忡的表情、傅蓉蓉難掩失望的神色……

祁行止並沒有很大的把握，只是隨便一猜，但林立巧慌亂的神情恰恰坐實了這種猜測。

林立巧澈底慌了，她凶道：「你一個小孩子，大人的事不要管！」

祁行止像沒聽見她的威脅，兀自說道：「林院長，請妳想一想林茂發做過的事情，和妳丟失的那些錢，想一想育幼院的孩子們因為他而受到的傷害——也許還有妳都不知道的。請妳仔細考慮，妳真的覺得他無辜嗎？妳真的希望替他討回公道嗎？他這樣的人，配擁有公道嗎？」

說這話時，祁行止才真的有些緊張了。

林立巧對自己弟弟的維護到底到了什麼地步，他並不清楚。但他只能呈上所有的籌碼，試圖撬動林立巧根深蒂固的作為長姐的責任感和愛憐之心。無論如何，他不能讓林立巧再追查下去。

「如果妳還是認為他死得冤枉，那麼我無話可說。」祁行止不自覺地攥緊了拳頭，「我願意接受一切指控，不會否認。」

林立巧仍舊沉浸在震驚中，她還沒來得及做出回應，祁行止已經走出她的辦公室。

她看著少年的脊背仍舊挺拔如松，看著他的腳步仍舊淡定沉穩，不知不覺，背上起了一層冷汗。

祁行止走後，紅星育幼院恢復了平靜，整條小巷像往常一樣，嘈雜、忙碌，而安穩。

林立巧獨自惴惴不安地想了好幾天，才漸漸確信，祁行止或許是在保護誰。他一個普通高中生，和林茂發向來沒有什麼糾葛，怎麼會去害他？

而他想要保護的那個人，只會是陸彌。

同時她也不得不承認，祁行止那天說的每一句話都踩在她心裡最痛苦之處。

林茂發無辜嗎？當然不。

林茂發配擁有公道嗎？她不知道。

可她真的想為林茂發討一個公道嗎？到了這時候，林立巧才敢直面自己的內心——在得知林茂發死訊時，她其實鬆了一口氣。

那一天認領完屍體之後，林立巧睡了這麼多年來最安穩的一覺。

這件事就這樣被匆匆揭過，林立巧再也沒有提起。她還是常常聽到祁行止又考了第一、拿了什麼獎，也每天在小巷裡看見祁行止上學放學時的挺拔身影，他也仍然和從前一樣，寡言少語，目不斜視。

那場談話就像沒有發生過，林立巧有時甚至懷疑，那天她看到的堅毅決絕卻帶著一絲邪氣的少年，是否只是一場幻覺……

不久後，紅星育幼院在公開募捐中收到一筆五萬元的個人捐款，捐款人是祁方斌；同時還有一箱舊書和一盒模型玩具，捐款人是祁行止。

林立巧在那盒精巧的模型玩具中發現一個有些瑕疵的竹蜻蜓。竹蜻蜓的兩邊翅膀不太對稱，頭部還有個小小的凹槽，像是用來放什麼東西。整件模型像是被修復的報廢品，在一盒精緻的藝術品中格格不入。

她留著心眼，最終在竹蜻蜓頭部的凹槽中發現了一個淡淡的、雕刻的字母——「L」。

冬季傍晚，最後一絲陽光也斂進山後，窗外一片濃重的黑，陸彌坐在醫院走廊的長椅上，沉浸在驚詫和苦澀中，久久回不過神來。

林立巧虛弱沙啞的聲音還迴響在耳邊——

「他說是他做的。」

「他說如果我要替茂發討回公道，可以去告他。」

「我猜，他是為了妳……」

陸彌無法想像祁行止說這些話的樣子，她甚至連祁行止站在林立巧面前提起林茂發的樣子都想像不到。

在她的印象中，少年時的祁行止該是什麼樣子的？

是挺拔，是沉穩，是永遠都胸有成竹、勝券在握，是配得上一切褒獎與嘉賞的樣子。

他怎麼能和林茂發那樣的人渣扯上關係？怎麼能為了她和林茂發扯上關係？

陸彌曾是最喜歡和欣賞那少年的人，在某種程度上，她對於少年意氣的所有美好想像和期待，都來自於祁行止。也是因為這，她希望成為一個優秀的老師。可她現在知道，她自己才是差點毀了這一切的人。

陸彌的手交疊著，緊緊抓著自己的手臂，止不住地顫抖。

她腦子裡堵著許多問題，還有詫異、懊惱、自責、痛苦……祁行止是怎麼知道的？他為什麼要替自己出這個頭？如果當時林立巧沒有被他說動，如果林立巧真的去報了警，那他是不是就……

陸彌越想越怕，然而越是不敢想，就越是止不住……

她無聲地落了許久的淚，走廊裡偶爾有幾個人走過，誰也沒有多看她一眼。

醫院這樣的地方，默默哭泣的人實在太多了。

「家屬！」

護士站又傳來喊聲，那個年輕的護士探出頭來，用目光在走廊裡尋找著什麼。

陸彌哭得渾身顫慄，還克制著不讓自己發出聲音。她把頭埋在雙臂之間，沒有聽見護士的叫聲。

「家屬！」護士不耐煩地又喊了一聲，「欸，妳！」

陸彌這才抬起頭，淚眼朦朧地看向她，有些反應不過來，「……什麼？」

護士被她嚇了一跳，見她哭得這麼傷心，終於斂了斂凶狠的神色，不耐煩道：「妳過來一下，該繳費了。」

陸彌起身時有些腿軟，晃了晃腦袋逼自己保持清醒，又抹了把眼淚，走到護士檯前問：「怎麼了？」

「上個月和這個月的住院費，一起交了吧。」護士遞給她兩張單子，「每次都拖。」

陸彌看了單據上的數字一眼，略吃了一驚，又問：「……拖？之前她的醫藥費都沒有及時交嗎？」

「沒有，每次都拖。」護士沒好氣地撇了一眼，又補充道：「她得的是癌，後續的費用也不會少，你們家屬做好準備。」

陸彌愣了一下，然後點點頭，問：「去哪裡交？」

「一樓。」

電梯廂裡空無一人，陸彌站在電梯中間，不鏽鋼轎門映出她模糊的身影。

醫院的電梯尺寸特殊，四壁都是不鏽鋼，銀色的，像一個貨櫃，也像一個巨型的骨灰盒。

她覺得胸悶極了，目不轉睛地盯著跳動的數字，祈禱它快一點落到一樓。

「叮咚」一聲，電梯門打開，陸彌攥著單據，大步邁出了轎廂。

她循著指示牌找到繳費處，拿出手機掃碼的時候，才發現手機沒電了。

「交不交？」櫃檯後的瘦削男人不耐煩地「嘖」了聲。

陸彌恍過神來，從包裡掏出錢包，又抽出信用卡，遞進櫃檯，說：「直接刷卡吧。」

男人漫不經心地抽走卡片，機械地打單、清帳、刷卡、蓋章，又輕飄飄地把一堆單據和卡片推回來，「好了。」

陸彌一張張地把東西整理好，夾進錢包，道了句謝謝，轉身離開。

回到病房，林立巧又睡著了。

她的病床被搖下來，她側臥著蜷縮在床上，兩手捂著肚子，微微擰眉，表情看起來很痛苦。

聽護士說，林立巧每天晚上都睡不安穩，第一次手術的效果並不好，反而加重了林立巧的痛苦，她起先難以入眠、之後習慣了在疼痛的陪伴下睡著，即使並不安穩。

陸彌看著表情痛苦的林立巧，心裡說不清是什麼感受。

她手足無措地看了一陣子後，林立巧的疼痛好像緩解了一些，眉頭漸漸鬆開，呼吸聲也變得均勻。

這時陸彌才鬆了一口氣，坐了下來。

走廊外的鐘整點敲響，陸彌下意識拿起手機想看看是幾點，才想起來手機早就沒電了。她看了自己包裡匆忙帶上的兩件貼身衣物和必備的充電器一眼，卻不想起身充電。

安靜一下吧，她想。

就讓她一個人，安靜一下吧。

陸彌把牆角放著的折疊床拖出來打開，脫了鞋，躺上去和衣而眠。

她睡不著，於是只能木木地看向窗外。

然而夜色濃重，連月亮也不知所蹤。

陸彌睜著眼，大腦不受控制地重播著六年前和祁行止相處時的點點滴滴，試圖找到祁行止知曉那些事的蛛絲馬跡。

然而她的記憶裡始終只有一個寡言而溫柔的少年，永遠在專注地做著自己熱愛的事情。

窗外高樓零星亮著幾盞燈，陸彌乾澀的眼眶中，無聲地落下幾行淚來。

第二十三章　他在等她

重慶江北機場。

祁行止已經不知道這是第多少次打開手機了，他只是點亮螢幕，看一下，沒有新的訊息提示，又熄滅，再把手機放回口袋裡。

兩分鐘後，他又會忍不住，再拿出手機來看一次。

已經第二天下午了，陸彌沒有回他的訊息。

身旁的導師和同學忍不住側目，教授問：「有事？」

祁行止看了空空如也的螢幕一眼，再次將手機收回口袋，扯嘴角笑了笑，搖頭道：「沒有。」

導師對祁行止一向很放心，也不喜歡過分關注學生的個人生活，於是點點頭，說：「沒事就好，馬上登機了。」

倒是有個向來活潑的學弟止不住好奇，眼珠子轉了兩圈之後，大著膽子問了句：「學長是不是談戀愛啦？」

這話一出，眾人都將目光投向祁行止。

大家對這位出眾的學長一向十分好奇，畢竟在任何時候，臉蛋和腦子兼有的人都是稀有物，無論男女。

研究時大家吃住都在一起，早有人看出祁行止不太對勁，原本泰山崩於前面不改色的學神忽然就蕩漾起來了，眉眼間盡是掩不住的歡喜，這實在很反常。但因為祁行止向來話少，和他們也不算太熟，所以一直沒人敢問。

幾雙眼睛齊刷刷盯著自己，祁行止有點不自在，但他還是笑了笑，點頭說：「是。」

和他喜歡了多年的人，談戀愛了。

大家連連驚嘆，連一向淡定的導師也八卦兮兮地笑彎了眼。

在這種小範圍的起鬨聲中，祁行止忽然有一種新奇的體驗，甜絲絲的，有些酸澀，又有些羞赧。然而這種酸甜的心情很快就過去了，他想到陸彌沒有回的訊息，心裡又惴惴不安起來。

這麼想著，他又點亮手機看了一眼，仍然空空如也。

他不由自主地蹙起眉，想直接打電話找人，或者聯絡一下夢啟的其他人，然而又有另一個理智些的聲音說——陸彌也許只是在忙，忘了回，或者沒看到。

那個聲音同時告訴他，也許他應該反思一下自己。只不過是大半天沒有聯絡到陸彌而已，也許他不應該這麼緊張。

祁行止有些灰心地發現，他對戀愛這件事實在過於生疏。幼年父母去世後他一直疏於親密關係，連唯一的親人也僅僅只是保持著聯絡而已。很長一段時間裡他都以為自己不會再和任何一個人產生過多的關聯。可後來他遇到了陸彌，直覺讓他想要靠近她，以最親密的、從未有過的方式；而現在理智告訴他，或許他需要學習一下該怎樣做一個讓人感到舒服的男朋友。

他不想讓陸彌感受到壓力，一絲一毫都不想。他知道陸彌不喜歡。

機場廣播響起登機提示，祁行止沉沉地吐出一口悶氣，提醒自己不要操之過急。他把手機關了機，起身推著行李箱走向登機口。

飛機落地之後，他和導師打了聲招呼，叫了輛車直奔夢啟。

孩子們都放寒假了，難得的晴天，大部分人都聚在操場上玩。祁行止還沒走近，一眼便看見坐在沙坑旁看書的向小園。

冬日暖陽打在女孩的側臉上，那畫面說不出的溫馨；可祁行止卻倏地頓住了腳步，心猛地往下一墜。

「小祁哥！」有孩子先看見他，笑著揮了揮手。

祁行止也朝他們笑笑，手不自覺地攥緊了行李箱拉桿。他費了好大的力氣才讓自己的表情看起來不那麼僵硬，微笑著走到向小園身邊。

「燒退了？」沒有經過思考和鋪墊，這個問題脫口而出。

向小園露出疑惑的神情，「什麼燒退了？我沒發燒呀。」

這個回答不足以讓祁行止感到意外，但他的表情還是不受控制地僵硬起來。

「……怎麼了？」向小園向來敏感，一眼就看出他不對勁，試探地問，「小祁哥，你和陸老師……吵架了嗎？」

祁行止並不吃驚，他怔了怔，很快調整好自己的情緒，笑道：「亂說什麼，人小鬼大！」

向小園可不相信他這故作淡定的表現，又想到前天匆匆忙忙離開的陸彌，猜測肯定是出了什麼事。但她知道這種事不好直說，於是便吸吸鼻子，故意笑得八卦兮兮的，說：「我猜也是，前天陸老師那麼急著走了，肯定是去找你了吧？」

祁行止神色一凜，問：「走了？去哪？」

「好像是回老家？」向小園漫不經心地說出答案。

祁行止思忖了一下，平復心情，笑著拍了拍小女孩的腦袋，輕聲道：「好，我知道了。謝謝妳。」

向小園繼續揣著明白裝糊塗，眨眨眼道：「謝我什麼呀？陸老師肯定是回家準備陪你過年啦，小祁哥，快去追人！」

祁行止苦笑道：「妳哪裡學來這一套的。」

人，當然是要追的。

但他現在一點頭緒也沒有，不過是去做了個調查研究，回來剛追到沒多久的女朋友就不見蹤影。沉穩淡定如祁行止，也沒辦法不茫然。

「祁行止！」身後傳來聲音。

一回頭，是很久沒見的段采薏。

上次元旦晚會之後，祁行止就沒有見過她了。倒是在重慶時，晚上室友無聊看電視，居然在一檔益智競技節目裡看見她的身影。

那時室友還驚嘆：「女神就是女神，上電視也不輸旁邊那女明星。」

祁行止從閱讀器裡抬起頭來分神看了一眼，看見段采薏神采奕奕地站在擂主位，驕傲、大方，笑容璀璨如星。

段采薏轉系後如魚得水，成為社會學院老院長的關門弟子，不僅連著發表了兩篇頗有影響的論文，還因為參加節目廣受關注，已經在校內校外許多重要活動上露過臉了。這些祁行止都略有耳聞，雖然沒去關心，但他想，這就是段采薏。

這才該是她。

段采薏走到他面前，滑開手機，點進動態，展示給他看。

「這是不是紅星育幼院的院長？」段采薏開門見山地說：「我在動態上看到的，有學妹在幫她籌款，說是胃癌晚期。」

祁行止眉一擰，接過手機，仔細讀了那篇文。

籌款照片中，林立巧表情痛苦地半臥在病床上，戴著氧氣罩，頭髮花白而稀疏，形容枯稿。祁行止看了好幾眼才確信那就是她。

印象中，林立巧看起來雖然不年輕，但一直精神矍鑠，是個充滿幹勁的老師。奶奶過世後，他太久沒有回南城，也不再關心那邊的人與事，恍然一回首，居然已經發生了這麼多事。

「是她。」他把手機還給段采薏，略顯疲憊地微微嘆了口氣。

他擰了擰眉，幾秒後才從沉重的心情中回過神來，反應過來段采薏的用意，怔了怔，真誠道：「謝謝。」

段采薏收回手機，奇怪地看了他一眼，嗤聲道：「謝我幹什麼，我剛看到，順手捐了筆錢而已。又不是捐給你。」

「我就是呼籲你也捐點，畢竟是同鄉。」她隨意道。

知道她不願意承認，祁行止也不點破，便笑著點了點頭。

段采薏不自在地摸了摸後脖子，擺擺手走了。

向小園望著她的背影，嘟囔了句：「好久沒看到小段姐姐了，她最近好像很忙……」說著她又回頭問祁行止，「小祁哥，你有沒有覺得小段姐姐變漂亮了？比那些女明星還漂亮。」

祁行止正在用手機訂機票，撥冗抬頭看了一眼，只看見一個疾步遠去的窈窕身影。他應承地笑了笑，沒有回答這個問題。

南城，連著下了一天半的雨，鉛灰的天、暗濕的地，說不清哪個更陰沉。

陸彌站在醫院對面的粥鋪前等兩碗現熬的白粥，她目光有些呆滯，定格在眼前熱氣騰騰的各式包子饅頭上。

屋簷積水滴在陸彌脖子上，又滑進她衣服裡。陸彌被冷不防一冰，回過神來，問老闆娘道：「我的粥好了嗎？」

「沒有！」老闆娘似乎沒什麼耐心，「妳自己要現熬的，那就得等！」

陸彌沒再說什麼，目光換到一盒發糕上落腳，繼續發起呆來。

約莫十分鐘後，老闆娘用她自帶的不銹鋼飯盒裝好兩碗粥，說：「八塊。」

陸彌揣在口袋裡的手伸出來，一張十元。

老闆娘抽過鈔票，在油膩膩的圍裙口袋裡翻找著零錢，嘟囔著：「什麼年代了還用現金……錢都難找。」

陸彌靜靜地等著。

陸彌拎著兩盒粥回到病房，才在林立巧驚訝又不敢言的眼神中反應過來，她忘了買別的食物給自己。

林立巧只能吃稀粥，她卻不行。這一碗粥下肚，不到兩個小時又餓了。林立巧還提醒她要買點頂飽的東西給自己。

林立巧關切甚至憐憫的眼神令陸彌渾身不自在，她打開飯盒擦了擦筷子，說：「我不餓。」

林立巧又將目光挪向她病床旁的折疊陪護床，這兩天，陸彌都睡在這裡。她知道她把手機關了機，誰也沒理，也知道她明明在隔壁的飯店訂了一個房間。

六年沒見，陸彌好像仍然是她記憶裡那個性子。

她不習慣傾訴，不懂得求救，遇到任何事情都習慣性一個人面對——儘管她面對的方式只有一個，熬。

但林立巧知道自己已經沒有資格再去勸導和安慰，她也不敢再開這個口。

陸彌見她不動筷子，抬眼問：「幹嘛不吃？手疼？」

林立巧手背上盡是針眼，還有留置針，常常因為疼而動彈不得。

陸彌見狀，端起飯盒要餵她。

林立巧忙擺手，自己拿起勺子，小口小口地吃起來。

陸彌也不再主動，又斂下眼神，喝自己的粥。她這兩天雖然全天陪床，但遠沒有到貼心的地步，只要是林立巧堅持自己做的事情，比如吃飯喝水之類的，她都不會堅持要求照顧。

不是不關心，也不是漠於出力，只是面對林立巧，她已經很難去做主動關心的那個人了。

「……小彌。」林立巧終於忍不住開口。

「嗯？」陸彌心不在焉地應了一句。

「妳……回去看看吧。」說著，林立巧拉開抽屜，抓起一個舊得發白的布包，從裡面翻出一把鑰匙遞給她，「妳的房間我改成了圖書室，沒給別人住過。」

陸彌盯著那把鑰匙，是最老舊的樣式，舊得讓人懷疑它是否還能鎖得住一扇門。

林立巧要她回紅星育幼院看看？那是她曾經最害怕也最噁心的地方。

她掀起眼簾，木然地看著林立巧，問：「什麼意思？」

林立巧說：「幾年前，祁醫生家捐了一筆款項給我們，還有些書和模型。那裡面，也許有妳該看看的東西……我都放在妳房間了。」

陸彌沉默了一下。

不知過了多久，她說：「放那吧。」然後又低下頭去，無比專注地喝那碗稀得像水一般的粥。

她沒有說去還是不去。

林立巧輕輕嘆了口氣，把鑰匙擱在床頭櫃上。

夜裡九點，淅淅瀝瀝的雨又下起來，「噠噠噠」地打在窗戶上，沒有節奏和韻律可言，聽得人心煩意亂。

林立巧睡著後，陸彌裹上大衣，起身下樓。

住院大樓側邊開了個小門，有一個小小的屋頂可以用來擋雨，「住院部」ＬＥＤ牌的微弱燈光下，四五個男人聚在一起抽菸。

他們有的塌腰駝背地站著，一手插口袋，一手捏著菸，低頭吐氣的時候，眼睛瞇起來，看起來卻並不享受，反而露出疲態盡顯的抬頭紋；有兩個人蹲著，背靠玻璃門，各蹲一邊，一動不動，只有手裡的菸頭閃著火光；還有一個一手叉腰，一手伸直了撣著菸灰，仰著頭也不知道在看什麼，後頸上疊出三層肉。

陸彌一下樓，看見的就是這幅景象。

她的手揣在口袋裡，握緊了菸盒，猶豫了幾秒，還是決定不加入這些中年男人的抽菸局了。

她有些煩躁地鬆開了手裡的菸盒，試圖壓下突然冒頭的菸癮，手背卻摸到另一個冰冰涼涼的東西——是鑰匙。

陸彌被冰了一下，不得不面對自己內心的真實想法——她睡不著，她下樓來，不是想抽菸。

她想回去看看。

陸彌悶悶地沉下一口氣，數了數口袋裡的現金，轉身往醫院大門走去。

雨夜，路上人少車也少。

陸彌站在自行車棚下等了許久，連著被兩輛飛馳而過的汽車濺了一身的水，大衣衣擺「唰」的印上兩排泥點。她凍得來聯手都伸不出口袋，也沒力氣罵人，好不容易等到一輛計程車，連忙哆哆嗦嗦地鑽進副駕駛。

南城的天氣還和她印象裡一樣喜怒無常，一天之內能完成春夏秋冬四個季節的無縫切換。不過入夜兩個多小時，這氣溫就像降了十度一樣。

司機似乎是個熱心人，見她冷得直發抖，開大了空調，問：「等了好久吧？」

「嗯，是。」陸彌應了一句。

「這個天氣，不好叫車。」司機說：「你們現在年輕人不都是用手機叫車的嘛，我們開計程車的都用軟體接單了。妳怎麼在路上乾等？」

陸彌笑了笑，沒說話。

司機又問：「去哪裡？」

「紅星育幼院，鳳凰社區那邊。」陸彌說。

「哦，老城區嘞。」司機應了聲，拉起手剎向前行駛。

陸彌手腳漸漸回暖，緊繃的心情也放鬆了些，靜靜地望著窗外發呆。

陰雨為街道罩上了一層暗色的面紗，但仍然掩不住一座城市快速發展中的流光溢彩。

車子穿過繁華的新市區，陸彌看見幢幢高樓拔地而起，甚至還有一座醒目的雙子塔，樓體上的ＬＥＤ燈上寫著兩個明星的名字，中間畫了個愛心。

這幾年新一線城市快速發展，南城變化太大，她都快認不出來了。

陸彌又想到剛回北京的時候，穿梭在學院路那片的衚衕和小巷裡，她也是這樣迷茫。更別提剛回國在重慶落腳的時候，除了能認識路牌上店門口的那些文字外，她對那個城市熟悉程度，並不比 Charlotte 好多少。

好像無論在哪裡，她都是個異鄉人。

窗外的風景漸漸由陌生變得熟悉，房屋也漸漸變得低矮，新市區發展日新月異，老城區卻一直是原來那個樣子。

計程車停在熟悉的巷子口，雨正好停了。陸彌一眼便看見那個雜貨店的招牌。

她好像還欠祁行止一個寒假的冰棒——當年這個「豪言壯志」的承諾，被她遺忘了這麼久，居然一瞬間就想起來了。

「四十二。」司機報了價，也是在委婉地催促她下車。

陸彌回過神來，從口袋裡掏出現金，遞給他等著找零。

司機本來連收款條碼都準備好了，乍一看到現金，還愣了一下，玩笑道：「好久沒看到現金了……」

這幾天陸彌已經聽過無數遍這句話了，她扯扯嘴角笑了笑，沒有接話。

夜色已深，巷子裡家家戶戶都關著門，零星亮幾盞燈。

她把腳步放得很輕，可短靴的高跟扣在舊石板路上，無論多輕都還是發出「噠噠噠」的聲音。

這聲音提醒她，她居然真的回到了這裡。

昏暗路燈下，紅星育幼院看起來和當年一模一樣，連掛在大鐵門上的那把鑰匙好像都沒換過。

門沒鎖，陸彌輕輕推開，「吱呀」一聲，引得廊下正在洗衣服的婦女抬頭看過來。

那是在育幼院做了二十多年的生活老師杜紅霞，陸彌剛來育幼院的時候，她就已經在這裡了。

杜紅霞看見陸彌，驚得動作一頓，肥皂滑進水盆裡也忘了拿。她目瞪口呆地盯著陸彌看了一陣子，才連忙起身，「來啦！老師就知道妳會回來看看的。」

一開口，忍不住帶上哭腔。

「嗯，」陸彌心裡滋味難言，輕輕應了聲，「我就上樓看看，有東西要拿。」

杜紅霞止住了叫孩子們都來看看陸彌姐姐的衝動，重重點了個頭，「欸！妳去看，妳去看！林院長把妳原來的房間改成了圖書室，孩子們最喜歡那裡了！」

她一說話，眼淚就不住地往下掉。

陸彌沒說什麼貼心的話去安慰她，她說不出口。杜紅霞拍了拍她的背示意她上樓去看看，她沒多寒暄，直接上去了。

育幼院缺錢，這是陸彌從小到大的親身體會。現在沿著老舊的樓梯往上走，穿過牆壁斑駁的走廊，她知道，育幼院這幾年的日子並沒有改善多少。

她原來的房間門口掛了個小木牌，上面用粉筆寫著可愛的圓體字——「讀書室」。

陸彌把手搭在冰涼的門把手上，猶豫了一下，深吸一口氣，又吐出來，才輕輕推開了門。

靠左面牆兩座大書架，書還沒有擺滿，但都井井有條地貼著序號、一本一本整齊地擺放著。

右邊牆下，兩張矮桌，幾個小板凳，也都用粉筆在凳子腳上標了序號。矮桌上各放著一個筆筒、一排蠟筆、幾張卡紙，還擺放著幾個精巧的小模型玩具。

條件有些簡陋，但能看出布置者已經用了心。

陸彌的目光從左至右掃過這個熟悉的房間，最後定格在正對門的窗戶處。

窄窄的窗臺上，放著三個小小的工藝品，陸彌一眼便看見最右邊的那個竹蜻蜓。

她忽然心跳加速，好像受到什麼感召，急急地邁了兩步走上前去。

她不必拿起來，一眼就能看出，這是祁行止送給她的那支。那年除夕離開南城前，她曾經想帶走它，卻怎麼也找不到了。

她看見竹蜻蜓被側放在窗臺上，頭對著牆壁，忍不住伸手想把它糾正過來。

祁行止說過，竹蜻蜓的頭要對著窗外。

雖然不知道這個稀奇古怪的規矩背後淵源是什麼，但專業的事，還是聽專業的人的吧。

她伸手把竹蜻蜓拿起來，卻忽然覺得不太對。

拿到眼前仔細一看，才發現這竹蜻蜓是個半廢品，有劃痕、有漬點，兩邊翅膀還不對稱。

最重要的是，竹蜻蜓頭部，多了個小小的凹槽，看起來就像缺了什麼部位一樣。

陸彌擰眉，努力地回憶著竹蜻蜓的頭部原本放著什麼東西。

但時間太久遠，這種突然從整體中摘除的局部細節，實在太難回憶。陸彌絞著眉毛想了一陣子，仍然毫無頭緒。

她心裡總覺得這個竹蜻蜓肯定有什麼不對勁，於是留了個疑影，把竹蜻蜓拿在手上，繼續觀察著這間小小的圖書室。

可惜，除了這竹蜻蜓外，陸彌再沒看見什麼與自己或者與祁行止有關的東西。

搜尋無果，她有些黯然地打算離開，目光略略一掃，卻發現書架最頂欄有一本淺綠色書脊的硬殼書。

其他的書因為被翻閱過太多次，書脊上都有些折痕，標籤也變成暗黃色，但這本卻仍然筆挺，標籤也是乾乾淨淨的。

陸彌忽然有一種強烈的預感，她伸手將那本書抽下來。

辛波絲卡，《萬物靜默如謎》。

是她當年送給祁行止的那一本。

原版英文詩，育幼院的小孩子們看不懂，所以束之高閣，碰都沒碰過。

陸彌的手發顫，輕輕翻開第一頁。

墨綠色的扉頁上，抄錄著短短幾句詩。

「How surprised they would be

For such a long time already

Fate has been playing with them

Not quite yet ready to change into destiny,

Which brings them nearer and yet further.」

陸彌熟悉這首詩，她知道它並沒有被收錄在這本詩集裡。

辛波絲卡的，Love at first sight.

一見鍾情。

「他們會很詫異

原來緣分已經戲弄他們多年

時機尚未成熟變成他們的命運

緣分將他們推近 分離」。

扉頁上的字跡並不考究，是有些潦草的連體，也沒有抄完整首，彷彿只是誰隨意落下的兩筆。

然而陸彌認得這筆字，即使它比她所熟悉的字跡要潦草一些，透露出落筆人心裡的煩悶和焦躁。

尚未明瞭的往事和情緒像洶湧的浪潮一般湧來，陸彌忽然覺得有些喘不上氣。

她下意識地摸口袋想找手機，她想聽到祁行止的聲音。

她要聽到祁行止的聲音。現在。

可手機被她丟在飯店裡，陸彌摸了個空，一顆心好像也跟著空了一下。

她不再管別的，抱著竹蜻蜓和詩集下樓去。

鞋跟急促地敲響地面，「噠噠噠噠」，和她胸腔裡瘋狂跳動的那顆心臟形成共鳴。

然而推開那扇鐵門，飛奔出去的那一瞬間，巷口雜貨店門前，熟悉的身影撞進她的視線。

祁行止穿著黑色的大衣，他微微低頭，靜靜地等待著。

天是陰沉的，燈是昏暗的，夜空中細密如絲的小雨冰涼徹骨。

可那個人就站在那裡，長身玉立，從容俊雅。

他在等她。

第二十四章　窗外無風無雨，不陰也不晴

陸彌原本滿腦子都是想要立刻飛奔回飯店，想要拿手機聽到他的聲音，想要立刻就見到他，卻在看到他忽然出現的這一刻，倏地頓住了腳步。

因為她能感覺到，他平靜表情下，隱忍著淡淡的怒意。

陸彌有些心虛，杵在育幼院門口不敢過去。

隔著窄窄一段小巷，兩人四目相對。

「站那幹什麼。」祁行止先開口了。他聲音不大，但在靜謐的雨夜裡顯得低沉空曠，陸彌能聽清。

陸彌挪動腳尖，最終還是走了過去。

「你怎麼來了。」走到祁行止面前，隔著半步的距離，陸彌不知道該說什麼，頓了頓，選了這個糟糕的開場白。

祁行止心裡當然是壓著一股氣的，尤其在奔波了一路，從醫院找到飯店再找到育幼院而女朋友手機仍然全程關機之後。但他不想就一來就朝陸彌發火，他知道陸彌不會無緣無故失聯，可他不確定，他要做的是詢問和陪伴，又或者是不問和理解？他需要冷靜。

可在看到她那一刻，情緒管理還是崩潰了大半，他聲音低沉，一開口語氣還是帶了些責備——

「妳說呢——」

他的話在看到她手裡拿著的竹蜻蜓和詩集後就被自動掐滅了。

祁行止有些詫異地看了她一眼，又很快瞥下眼神，噤了聲。

形勢好像在一瞬間調轉了。

「祁行止。」

陸彌看他這樣閃躲的眼神，不知為什麼忽然覺得委屈。

「當年那些事，你都知道是不是？」

「妳怎麼知道的？」

「你給我的這個竹蜻蜓，到底是幹什麼用的？」

她一連問了好幾個問題，語氣越來越急，最後帶著哭腔。可連她自己都不知道，她心裡這股委屈究竟是為什麼，而她對祁行止的不言不語，到底是感動，還是不滿。

祁行止沉默著，直到她一口氣問完。

他抬眼，看見她半個身子仍然站在簷下，細密的雨絲落在她髮頂，綴在她髮間。

他嘆了口氣，伸手抓住她手臂，輕輕地將她拉進一些。

「別淋雨。」他輕聲說說。

陸彌卻趁勢將手臂一滑，手指頑固地塞進他的手心，帶著催促捏緊了，「回答我。」她緊緊地盯著他的眼睛。

「回答我，祁行止。」她又走近了一些。

忽然一聲喇叭響，一輛車停在巷口，亮起雙閃燈。

「別淋雨。」祁行止牽著她走到車門旁，「先上車。」

他護著她坐進後座，又把自己的行李箱放進後行李廂，繞了一圈，從另一邊上了車。

上車後，陸彌仍是抓著他的手，固執地問：「回答我的問題，祁行止。」

祁行止看了她一眼，「好。」

「竹蜻蜓，這裡，原本是什麼？」陸彌指著竹蜻蜓頭部的凹槽。

「對不起。」祁行止說。

陸彌不解的眼神中帶著一絲慌張，「對不起什麼？」

「是攝影鏡頭。」祁行止沉沉地說：「我當時覺得林茂發不對勁，怕他傷害妳，我又在海南，所以裝了這個攝影鏡頭。」

陸彌驚訝得不知該說什麼，沉默了一陣子，她艱難地說：「所以……是你先發現我出了事……也是你叫來了蔣寒征？」

祁行止點頭。

陸彌仍舊沉浸在震驚中，呢喃道：「蔣寒征沒有告訴我……」

「應該的。」祁行止自嘲地笑了聲，「我不能救妳，如果沒有他的話。」

「那林茂發的死呢？」陸彌緊接著問，「林茂發的死，你怎麼知道……是我？」

祁行止側過頭，看著她。

她眼裡蓄滿了淚，說到「是我」的時候，她明顯頓了一下，眼神瑟縮。

無論計畫和執行的時候有多決絕，陸彌到現在仍然是害怕的。沒有一個正常的人會不懼於承認，自己害過人。

祁行止笑了，彎起眉眼，笑得那樣包容和溫暖。

他搖搖頭，說：「不是妳。」

陸彌怔住了。

他輕輕地捏了捏她的手，「陸彌，不是妳。是他咎由自取，和妳沒有關係。」

陸彌聽完他的話，怔了好久，急慌慌地伸手攔住一滴要落下的淚，仍舊問：「你是怎麼知道的？」

祁行止斂去笑意，淡淡地說：「因為如果沒有妳，那樣做的人就會是我。」

陸彌的表情霎時便僵住了，瞳孔因為震驚而放大了一瞬。

祁行止又捏了捏她的手，輕聲道：「但都過去了。」

「陸彌，都過去了。」

祁行止想起二〇一三年的夏天。

陸彌放暑假回南城後，約他見了一面，在她學校對面的飲料店。兩人聊了下天，主要還是陸彌在關心祁行止的課業和情緒狀況。

陸彌好像很擔心他沒有朋友會不開心，一直在關心他生活裡的點點滴滴，諸如考試成績、有沒有做新模型，或者又讀了哪些英文詩。

她越來越像個合格的老師。

那時候的祁行止不能告訴她，其實看見她一面，他就能開心整整兩個月。

聊完陸彌說她想去菜市場買排骨，她最近在學做菜。祁行止知道她和將寒征同居，沒說什麼，和她在農貿市場邊的十字路口道了別。

可當他走了幾步，習慣性地回頭看她背影的時候，他發現一個危險的身影。

林茂發鬼鬼祟祟地貓在人群裡，尾隨著陸彌。

發現林茂發跟蹤陸彌後，祁行止就開始計畫了。

他一邊觀察情況，一邊完善自己的計畫。可當他還在猶豫是借林茂發那些債主的手，還是另行計畫時，陸彌比他先出手了。

後來的祁行止後悔過很多次，當時直接去找林立巧攤牌的行為實在太過魯莽。如果林立巧的「扶弟魔」心態再頑固一些，如果林茂發沒有偷那筆錢，如果他沒能說動林立巧，那一切，很有可能變得不可挽回……

他無數次後怕，也懊惱自己的莽撞和自負。十七歲的少年，無論再怎麼沉穩，都帶著一些「想當然」的天真，理所當然地認為一切都會按自己的設想發展。

「抱歉，我那時……很自以為是。」

祁行止有些不敢看她，低著頭，充滿歉意地囁嚅道。

陸彌長久的沉默和震驚的表情讓祁行止有些害怕，他不知道這樣的自己在陸彌看來會不會有些愚蠢，或是過於變態。

「你為什麼不告訴我，為什麼不告訴我？」陸彌重複問了兩遍，好像並不是要答案。

「你如果……如果早一點告訴我……」

如果什麼？陸彌說不出來。

她只是覺得，如果當時是他在她身邊，那麼一切也許都會不一樣……

想到這裡，她忽然就忍不住了，嚎啕大哭起來，反覆地問著同樣的話，抽噎地啜泣著。

祁行止有些無措，手忙腳亂地幫她抹了一把淚，卻發現越抹越多，最終只能將人攬進懷裡，哄孩子似的輕輕拍著她的背。

陸彌毫無顧忌地大哭著，彷彿蓄積已久的洪水終於衝破大壩，她揪著祁行止的衣服，像要把從前沒有哭出來的眼淚一次性補完。

回到飯店的時候，陸彌已經哭得有些缺氧了，腦袋昏昏沉沉的，被祁行止攬在懷裡扶上了樓。

祁行止把她放在沙發上，自己脫了大衣，走去幫她倒水。

他清洗一遍熱水壺，燒了一壺水再倒掉，才開始燒第二遍。

陸彌倚靠在沙發椅上，看著他忙來忙去的背影，嘴裡仍然喃喃地問：「為什麼不告訴我呢？」

祁行止不知是沒聽見還是什麼，沒有說話。

陸彌偏執的想要一個答案，忽地站起身來，大了點聲音問：「以前就算了，現在呢、我們都在一起了，為什麼還是不告訴我？」

祁行止終於停下動作，頓了頓，背著她回答：「妳不知道比較好。」

陸彌刨根究底：「為什麼？」

祁行止回身，看了她一眼。

他無奈地嘆了口氣，好像終於下了決心。

他又垂下眼簾，神色黯然地說：「不知道這些，妳還是選擇和我在一起。說明……妳是真的喜歡我，不是因為別的。」

說完，他不知在想什麼，放下了手裡的水壺，走到她身邊的椅子上坐下。

他伸手，搭住她的腰。動作輕而慢，好像在試探什麼。直到完全摟住她的腰，他的手才用了力，將人帶到自己身前。他長腿舒展，膝蓋輕輕地夾住她的腿，把人完全圈在自己懷裡。

兩腿被鉗住，陸彌有些不自在，羞赧地挪開眼神不看他，說：「我、我……還能因為什麼跟你在一起。」

祁行止輕輕笑了聲，沒有回答。不知是在笑她害羞的情態，還是笑她這個幼稚的問題。

陸彌卻忽然認真了，她想到什麼，追問道：「所以……如果我是先知道你做的事情，再跟你在一起，你就覺得我不是真的喜歡你了？」

祁行止看著她，默了一下，低下頭，雙臂圈禁她的腰，將腦袋埋進她懷裡，悶聲道：「……可能是吧。」

陸彌啞然，不知該說什麼好。

一直以來祁行止都表現得太從容了，從學生到成年男人，無論是面對學業事業還是面對人情往來，他都淡定至漠然，好像那些事都不夠格亂他的心神。就連在竹蜻蜓裡裝攝影鏡頭救了陸彌、單獨和林立巧對峙阻止她追查這些事，他都能這樣沉穩地讓它們爛在自己的肚子裡，這麼多年，一個字也不提。

她沒想過，祁行止也會思考「她喜不喜歡我」這種問題。

毛茸茸的腦袋靠在她腰上，呼出一片溫熱。沉默了一下，她心中一片柔軟，又有些心酸和苦澀，不知該做什麼好，就帶了點脾氣輕輕在他腰上擰了一把。

祁行止身材勁瘦，她甚至揪不起一點肉。又隔著毛衣，就像是在他腰上輕輕撓了撓。

祁行止被她的小動作逗笑了，抬起頭問：「妳幹嘛？」

陸彌原本是想教訓他不要胡思亂想的，看著他一雙漆黑的眸子，不知怎的，脫口說的是：「……對不起。」

祈行止眼眸微動，「對不起什麼？」

陸彌說：「沒有早點讓你知道我喜歡你。」

祈行止眼神一震。

他沒想到陸彌會這麼說。

下意識地，他想追問——「早點」是多早之前？可剛要開口，他忽然停住了。這時候，該問的不是這個問題。

他頓了頓，揚起笑，問：「那妳要賠禮道歉嗎？」

陸彌認真地問：「你要什麼樣的賠禮道歉？」

「本來，我很想吻妳。」這話一說出口，祈行止便看見她臉紅了，他笑起來，語氣輕快地發出鄭重的邀請，「但現在……妳想要先親我一下嗎？」

陸彌的呼吸一瞬間便亂了。

祈行止深深地凝視著她，眸子黑亮，眼裡好似有一片虔誠的星空，等待著她的降臨。

陸彌抬起手，將小臂搭在他肩膀上，兩手柔弱無骨地摟在他脖子兩側。

她俯身，輕輕地含住他冰涼的唇瓣，溫柔地吮吸碾磨了一下後，她伸出舌頭撬開他的牙關，聞到清冽的氣息，柔軟地滑進。

她的膝蓋不知什麼時候跪在他坐著的椅子上，抱著他脖子的兩隻手也不自覺地越收越緊。

「噠」的一聲，她翹起腳，踢掉拖鞋，整個人坐進他的懷裡。

祁行止仰面，任由她占據主導來親吻他。手卻沒有那麼安分，握著陸彌的腰，越收越緊。

他的手肆無忌憚地在她的腰上遊走，橫衝直撞，想要探到她大衣裡面去，卻被紐扣和腰帶攔住。

祁行止有些急躁地在她的大衣上尋找入口，甚至乾脆從兩顆牛角扣之間的縫隙裡伸進一隻手。他知道自己在失控，他心中升騰起從未有過的破壞欲——他想直接撕扯她的大衣，將它扯壞、將她揉碎。

他的手真的越來越重，也越來越不受控制。他用力拉扯那壞事的腰帶，因為他找不到腰帶的結究竟打在哪裡。

陸彌終於從熱烈的吻中分出神來，垂下眸子看了自己亂七八糟的衣服一眼，不禁失笑。她又去看仰面盯著她的祁行止。他面紅耳赤，呼吸急促。

「不是這樣的。」她的呼吸同樣亂極了，輕聲說。

她往回撤了一點距離，想伸手自己解開腰帶。

祁行止卻緊緊握著她的腰，狠狠一用力將她拉回來。他聲音低沉而沙啞，帶著毫不遮掩的情欲。

「教我，我來解。」他說。

陸彌看見他因為仰著脖子而露出的喉結，還有微微喘著粗氣的嘴，和漆黑而亮的眼睛。

男人性感起來，真是要命。

尤其是祁行止。

她不禁想起在重慶再次重逢的時候，第一眼看到他，她心裡想，這個男人背影很高，持著相機的手臂線條流暢而有力量，一定很好看。是那時候就意識到他已經是個成熟的男人了嗎？

陸彌心裡忽然生出一種強烈的占有意識——他是她的。

她從未對什麼東西產生過占有欲。林立巧是很多人的院長媽媽，蔣寒征是很多人的蔣學長，只有祁行止，從前是她的學生，現在是她的愛人。

重點是，「她的」。

永遠都是她的。

他的喉結、眼睛、嘴唇……永遠都是她一個人的，她可以橫行自恣、為所欲為。

她嘴唇嫣紅，勾起笑，說：「好。」

她說著便抓住祁行止的手，把被他弄亂的大衣結轉到小腹的位置，用兩手交纏的觸覺指給他看，「拉一下這裡，就好了。」

祁行止的手背鼓起明顯的青筋，手也微微顫著，依她所說，一拉，腰帶鬆垮地落下。

他好像被什麼東西點燃了，大手用力地將她身上的大衣往下一剝，大衣滑落在地上，內裡的白色針織衫也被他扯下來一點，露出白皙光潔的肩頭。

而左肩上的那顆褐色的痣，就是壓倒他的最後一根稻草。

他只在夢裡見過這樣的陸彌。

祁行止眼裡欲望的火焰熊熊燃起，他不再有耐心任由她主導，一把扣住她的後頸，將她的唇送到自己面前。

這是一個急躁、激烈而綿長的吻。

陸彌從未感受過這樣強悍而具有侵略性的祁行止。她的頸和腰都被狠狠地扣著，甚至有些疼；舌根更是被前所未有地侵略和洗禮著，隱隱發痛。

直到她被吻得無法呼吸，不自覺地將指甲掐進祁行止的髮裡，她才得到片刻的喘息。

祁行止沉沉地喘著氣：「我需要妳。」

他好像沒有等她的回覆，而是熱切地、低沉地又說了一遍：「陸彌，我需要妳。」

看看，祁行止有多厲害。

他吻她的時候欲望那樣洶湧，所有的動作都帶著原始的征服欲；可當他停下來，說出最後的請求的時候，語氣又那樣虔誠而單純。

他只說：「我需要妳。」

陸彌一手插進他後腦勺柔軟的頭髮裡，不住地撫摸著，一手已經抓住他毛衣的下擺，輕輕地摸進去。

她手上繼續動作著，嘴巴卻遊移到他耳邊。

原本只是想說句話的，卻在感受到他耳廓灼熱溫度的那一瞬間，情不自禁地輕輕抿住他的耳垂。

她聽見他的喘息聲明顯地變重了，才含著笑鬆口開，在他耳邊說了一句話。

她的回答是——「我愛你。」

陸彌能感受到祁行止寬闊而勁瘦的肩膀明顯一顫，下一秒她忽然凌空，她驚呼一聲，然後下意識地用雙腿纏住他的腰，雙臂攀附他的肩膀。

祁行止抱著她站起來，卻不再走動。

陸彌的長捲髮沁著清新的香，縈繞在他鼻尖。他看著她緋紅臉頰和霧濛濛的眼睛，說：「再說一遍。」

陸彌一時沒反應過來。

「再說一遍，」祁行止湊近了，毛茸茸的腦袋伏在她肩上，他輕輕啃她左肩上的痣，間隙中喊她：「陸老師。」

這一聲「陸老師」喊得她渾身一顫，陸彌俯身，黑長的髮瀑布一般攏住兩個人，形成一個小小的空間。

天地之間，只有他們兩個人的氣息。

再次吻他之前，她輕聲說：「我愛你。」

唇舌交纏間，陸彌感受到自己被緩緩放在柔軟的大床上。

她感覺到祁行止的身體越來越燙，也越來越硬；她任由這樣一個強悍而急躁的祁行止粗魯地從肩頭扯掉她易變形的針織衫，同時迎合著那隻微顫的手在她腿間的遊走。

「哢嗒」一聲，祁行止的皮帶解開了。

陸彌早已意亂情迷，甚至不知道他的皮帶究竟是他自己解開的，還是她剛才幫他的。她睜開眼想看看，卻發現他的毛衣居然還好好地穿在身上，頓時有些不滿，出聲道：「脫了。」

祁行止一隻手便脫掉了毛衣。

陸彌看見他精壯的身材，肌肉均勻結實，並不誇張，是剛剛好的程度。她忍不住伸出指尖摸了一下，又硬又燙。

她在欣賞他的身體，他便享受她的表情。

「合格嗎？」他很認真地問道。

陸彌的手停在他小腹的肌肉上，看了他一眼，故意笑得神祕，不答話。

祁行止的學習能力在這種時候顯露無疑，他瞬間就從陸彌故作神祕的笑容中領悟到調情的祕訣。

他勾起唇笑，俯身湊到她耳邊，沉聲道：「還是……要把別的地方也看完才能做出評價？」

陸彌的臉霎時變得通紅。

他怎麼……他怎麼連這種話都會講？

然而身體的反應告訴她，她非常喜歡。她情不自禁地扭動一下身體，夾住了還在她腿間遊走的那隻手。

祁行止的呼吸驟然變沉，他再也無法克制，一把扯下了她修長雙腿上緊繃的牛仔褲。

陸彌勾著他的脖子，同樣熱切地回應著。

然而就在她感覺到堅硬物體抵住自己腿心的時候，祁行止忽然停了下來。

粗沉的喘息聲停在陸彌的耳邊，她以為這是他的節奏，便閉眼配合著，卻遲遲沒有等到進一步的動作。

陸彌忍不住撤回腦袋看了一眼，卻發現祁行止面紅耳赤——不是情欲的紅，而是一種窘迫和抱歉的臉紅。

「怎麼了？」她問。

「陸老師……」這時候，他叫的「陸老師」毫無旖旎的挑逗之意，倒像個小孩在承認錯誤。

「嗯？」這一刻陸彌意識到自己淪陷得太深了，這樣的時候，她居然不覺得煞風景，反而在心裡瘋狂尖叫，祁行止為什麼這麼可愛？

「我、我沒準備那個……」祁行止耳廓都快被煮熟了。

頓了兩秒，陸彌笑出聲來。

她笑得輕輕的，仍舊勾著祁行止的脖子，胸前的兩團雪白因此在他眼下晃著，無比考驗他的克制力。

「不要緊。」笑完了，她朝祁行止眨眨眼，溫柔地說。

「可是……」根據理論知識，祁行止知道這對女生似乎不太好。

陸彌打斷他，湊到他耳邊：「反正除了你，也不會再有別人。」

話音剛落，祁行止的身體又燙了幾分。

陸彌被強硬地按回床上，祁行止附身而來的那一刻，她在他的眼裡看見鋪天蓋地的動容，濃霧一般，將她徹底淹沒。

浴室裡熱氣瀰漫，陸彌被壓在牆上，背與牆之間，隔著一雙炙熱粗糙的大手。

暗灰色的磨砂玻璃門，同陸彌的視線一樣模糊朦朧，映出兩具交疊的身體，緩慢地聳動起伏著，像微風伏過的海浪。

陸彌已經累得連呻吟的力氣都沒有了，她抱著祁行止的脖子，下巴擱在他肩膀上，任由他動作著。

耳邊是他低啞的喘息聲，陸彌懶懶地趴在他身上，一點力氣也使不出來了，昏昏欲睡。祁行止的汗流下來，「嗒」的一下滴在陸彌光滑的背上，她不禁打了個顫，睜開眼睛，略略側頭看了一眼，祁行止的下頜緊緊收斂著，汗珠一滴一滴地滑落。浴室昏暗的燈光下，他的眼睛半明半晦，眼尾有一些泛紅。

他做得過於認真和仔細，以至於陸彌有了被求歡的感覺。

想到這裡，她臉一紅，又抱住他的腦袋，悶悶地喊他一聲：「祁行止。」

祁行止的手在她腰間揉捏，低沉的聲音在她耳側流連。他悶悶地「嗯」了一聲，是在回應。

比起剛剛那兩次毫無章法的強硬，這一次他溫柔多了，甚至用上了青澀的、直覺的技巧。

陸彌被他侍弄得舒服極了，充脹的快感由下至上傳遍全身，就像是被水沒過了胸口，整個人輕飄飄的隨著波濤起伏著，每一口呼吸都帶來鬆快與歡愉。

陸彌不禁想到剛才，狂風驟雨之後祁行止抱她進來浴室清洗，可擦著擦著，又點著了火。她雖然累，心裡卻仍然癢癢的，看著祁行止那麼認真地拿毛巾替她擦洗，就忍不住伸手撓他。一兩次還好，祁行止尚能克制。可擦到她鎖骨的時候，她壞心地張嘴咬了一口他的腕骨，祁行止哪裡遭得住這個？當即就把她扛起來壓在牆上。

現在陸彌有點後悔。

她一邊享受著，一邊暗暗感嘆，難道學習能力在這種事上也能派上用場嗎？這麼短的時間，祁行止好像已經習得要領了。

更要命的是，他不知疲憊，永遠興致勃勃。

可她已經累得只想睡著了……

陸彌喟嘆一聲，軟綿綿地又趴回他肩上。

不知是不是這一聲嘆息惹他不滿，祁行止忽然拍了一下她的屁股，又托著她往上顛了一下。

陸彌嚇了一跳，還以為自己要掉下去了，不禁驚呼一聲。

緩過神來，她嗔怪地拍了祁行止一下，「你幹嘛？」

「陸老師。」祁行止叫她。

他喊著，腰隨之一挺。陸彌哼出聲來，他的手便往上托了一下，把她托得更高，在他之上。他抬起頭看她。

陸彌在高潮餘音的顫慄中緩了許久才回過神，以為他有話說，等了等，可他仍舊只是靜靜地看著她。

他的眼神專注、沉靜，欣賞她的身體和臉龐，像在欣賞一件藝術品。因為他眼神的虔誠，這幾乎是一個聖潔的畫面——如果不是他還在她身體裡的話。

她用指尖似有若無地去碰他的耳垂，啞著聲問：「怎麼了？」

「陸老師。」祁行止一隻手沿著她的腰線向上，輕輕地揉捏白皙的胸乳，「妳的第一次是和誰？蔣寒征嗎？還是……我不認識的人。」

陸彌身體有一瞬間僵硬，但她很快恢復過來，推著他的肩，看著他問：「你很介意這個？」

「不。」祁行止認真地搖頭，「但我希望……」

他的聲音漸漸變小，聽不見了。

「什麼？」陸彌問。

「我希望……我比他們好。」他抬起頭，眼神仍然虔誠沉靜。

他知道蔣寒征會非常珍惜她，會認真對待她，不比他少。

可他還是希望能做得更好，比任何人都好。

「我希望妳喜歡。」祁行止不再看她，沉沉地說。

陸彌啞然，失語良久。

不知過了多久，她忽然用雙腿把他的腰纏得更緊，俯身親吻他，從嘴唇，到下巴，到喉結……

最後，她在他鎖骨處咬了一口。

她沒收力，咬得不輕。撤回來看，已經留下一圈粉色牙印。

祁行止吃痛地悶哼一聲。

陸彌在他耳邊說：「我愛你。」

她只回答他，「我愛你。」

你不用和任何人比較，因為我只愛你。

祁行止再次被輕易地點燃，他手上摩挲揉捏著，加快了速度，再次將她帶上頂峰。

凌晨三點，萬籟俱寂。

祁行止半坐在床上，看著窩在自己懷裡熟睡的陸彌。她的臉仍舊泛著緋紅，貼在他身側，伸出一隻手，扣著他的腰，睡得很安穩。

他看見她原本頸間和前胸的紅痕，心中生起一股複雜的感覺。

這一晚，他也認識了新的自己。

祁行止有基本的生理和兩性常識，他知道男人在性上總有些征服欲和虛榮心，往往容易忽略女方的感受而用下半身思考。但他原本以為他不會那麼衝動，至少，他以為自己能在澈底被欲望支配之前，首先考慮的是陸彌的感受。

譬如，她喜歡怎樣的方式，她是否覺得不舒服，她會不會吃不消。

但他發現他控制不住。

在那個時刻，他的自制力冰消瓦解、全無蹤影。他只知道他想聽陸彌的呻吟，想不顧一切地進入她的身體，甚至，他想讓她痛。

越痛越好，最好是，永遠記住誰讓她這樣痛。

祁行止伸出手，輕輕地將拇指指腹貼在她小臂上的一塊紅痕處。剛剛好貼合。

他輕輕地摩挲著，回想自己剛剛到底用了多大的力氣。

可他當然是記不起來的。他只記得陸彌的聲音，那些讓他到達頂峰的、讓他澈底忘了自己是誰的聲音。

祁行止從來都不喜歡失控的狀態，可現在，儘管心裡有些心疼和自責，他也不得不承認，他是快樂的。

是從未有過的快樂。

睡夢中的陸彌眉頭舒展，微微抿著一點下嘴唇，看起來也是安心和歡愉的。

祁行止不禁又想到她在呻吟中叫他的名字，緊緊地擁住他的臂膀，還有咬著他耳垂時說的「我愛你」。他想，她是這個世界上唯一能與他共用這份隱祕歡愉的人。

多麼奇妙。

祁行止俯首，嘴唇貼在陸彌的額頭上，輕輕印下一吻。

陸彌像是被打擾了美夢，不爽的在他手心亂撓了兩下，嘟囔道：「幹嘛呀……」

說著，她又把腦袋往他腰間埋，貼得更緊，呼出兩聲溫熱濡濕的氣。

祁行止半邊身子一僵。

他定了幾秒，然後無奈地低頭看向被子上隱隱有抬頭之勢的小帳篷。

……要命。

他無奈地嘆了口氣，小心翼翼地將陸彌的手拿開，掖好了被子，才下床走進浴室。

浴室裡還淌著一地的水，皺皺巴巴的浴巾墊在洗手檯上。

祁行止沖了個快速的涼水澡，裹了條新浴巾，輕手輕腳地開始收拾浴室裡的一片狼藉。

他把浴巾扔進髒衣簍，用過的紙巾丟進垃圾桶，袋子打了個結繫好。正要把洗手檯上被碰倒的瓶瓶罐罐擺整齊，陸彌忽然走到浴室門口。

她腦袋一歪磕在門框上，閉著眼問：「你在幹嘛？」

祁行止聽她磕那一聲生疼，伸出手墊在她腦袋與門框間，才說：「……洗了個澡。」

陸彌睡眼惺忪，問題也不經大腦：「為什麼要洗澡？」

祁行止：「……」

過了幾秒，陸彌自己反應過來，「……哦。」

祁行止：「……嗯。已經洗完了。」

陸彌睏得腦袋直晃，「那能睡覺了嗎？」

「你不見了我睡不著。」

說完，她閉著眼往前走了一步，全憑感覺伸手一摟，抱住他的腰，舒服地一靠，還吧唧了兩聲，又放心地睡了。

「……」

這澡算是白洗了。

祁行止難耐地悶哼一聲，將她打橫抱起，又放回了床上。

第二天，陸彌睡到日上三竿，睜開眼睛腦袋仍然是當機的，日光從厚重窗簾的縫隙裡漏出來，她適應了好久，不知今夕何夕。

下意識地伸手去搆身邊的人，卻什麼都沒摸到，只有一支不知在被窩裡放了多久、已經變得溫熱的手機。

應該是祁行止幫她充了電。

陸彌解鎖滑開手機，被一大串訊息提示砸暈了眼。從好幾天前開始，祁行止的、Jennifer的，甚至還有段采薏的訊息，鋪滿了整個螢幕。

最多的是祁行止的，先是訊息，然後是幾乎兩小時一通的語音通話，全是未接。

雖然現在感到抱歉有些遲，但她還是在心裡狠狠地罵了自己一頓。

祁行止高中的時候都會因為她三個月沒聯絡他而生悶氣，還把腳摔傷了，她怎麼就這麼不長記性？都是女朋友了還這麼不負責任……

該打該打！

消息提示不斷更新，最近一則停留在三個小時前。

Q：『我去醫院送早飯給林院長，妳睡飽了再過來。不用擔心。』

陸彌這才發現已經中午十二點多了。

她忍著身上的痠痛一骨碌爬起來，「唰」地一下拉開了厚重的窗簾。

窗外無風無雨，不陰也不晴。

是個難得平靜的好天。

陸彌心中的陰霾被一掃而空，她對著窗愜意地伸了個懶腰，洗漱後快速穿好了衣服，出門向醫院走去。

★安全性行為你我有責。★

第二十五章　悸動

正午，太陽烈了些。陽光透過窗戶折射進高層的病房，原本陰沉的房間亮堂了許多。

祁行止清晰地看見那道陽光中細小的灰塵飛舞著，以及陽光盡頭處，拘謹而艱難地喝著一碗白粥的林立巧。

她行動絕不能說便利，手背上青紫一片，還插著留置針，微微顫抖著勉強拿穩了塑膠小勺，一小勺一小勺地把白粥送進自己嘴裡，再緩慢而艱難地咀嚼、吞咽下去。

她耳邊稀疏的白髮總是掉進碗裡，黏上粥；牙齒也不太好，時不時被粥燙到。但她拒絕讓祁行止提供幫助，也不看他。

從他早上來這裡起，她就一直是這個態度。

祁行止對此表示理解，他知道在林立巧心裡自己大概不會有什麼好形象，說好聽點是心思縝密重情重義，說難聽點，心機深重心理變態也不是不成立。畢竟他當年那麼突然地去找林立巧陳情，在她看來，是一種威脅也說不定。

因此他也一直沒有主動和林立巧寒暄，只是做了一個看護者該做的事情——買飯、送飯，保證病人狀態正常。

終於，林立巧吃完半碗粥，她嘆了口氣，放下了碗和勺。

祁行止問：「您吃好了？」

林立巧點點頭，「吃不動了。」

祁行止看了一眼，碗裡還剩小半碗，也就不多說什麼，點點頭起身收拾餐具，順手抽了一張衛生紙給她。

林立巧說了句謝謝，又沉重地倚回床背。吃一頓飯，對她來說，已經是勞心累神的一件事了。

祁行止沒說話，俐落地收拾著。

忽然，他感覺到林立巧的視線落在他手上。

低眼一看，他手背靠近腕骨處，有一圈小小的、泛著紅的明顯牙印。

「……」

祁行止愣了一瞬，不動聲色但動作飛快地把手縮了回去。

他拎起收拾好的袋子，說：「我出去扔一下垃圾，您好好休息。」

「小祁。」林立巧卻叫住他。

祁行止回身，盡力掩藏目光裡的尷尬。

「你和小彌……好好的吧……」林立巧忽然笑了一下，笑得蒼白極了。

她的語氣輕輕的，像是在嘆氣，聽不出她這到底是個肯定句，還是在疑問。

祁行止「嗯」了聲，他無意和林立巧聊太多關於陸彌的話題。

「……謝謝你哦。」林立巧默了一陣子，這樣說了一句。

祁行止愣了一下，看著她似是遺憾又似乎有些欣慰的表情，才明白過來。

林立巧是在感謝他陪伴陸彌，讓她過得開心、不再糾結於陳年舊事？多順理成章的自我安慰。他心中冷哼。

猶豫了一下，他還是開口道：「林院長，沒什麼可謝我的。」

林立巧怔怔地看了他一眼。

「陸彌會有很幸福的一生，因為她足夠堅強和能幹，她值得。不是因為我。」他淡淡地說：「也不是因為原諒了妳。」

林立巧的目光中有一瞬的瑟縮和痛楚閃過。

祁行止忽然心軟了，這話是不該對一個病重的老人講的。

他心中懊悔，暗罵自己衝動——為什麼五年過去了，他想到這件事情，還是這麼衝動？

他定了定神，說：「但如果『陸彌和我會過得很好』這件事能讓您開心一點的話，那麼是的，我們會過得很好，永遠都會。」

林立巧望著祁行止，她已經多年沒有見過他了。

上一次見面，似乎是在祁奶奶的葬禮上。少年一如既往的挺拔而單薄，默默地抱著祁奶奶的遺像走在喪儀隊最前列，沉穩得體地完成了一切事宜。

他沒有掉一滴眼淚，但誰都不會懷疑這個孩子心中的沉痛和面對死亡的敬畏。街坊鄰居弔唁完的，都要小聲感嘆一句「祁家這個小孩，真是個有出息的」。

而現在，這個年輕人站在陽光照射處，光線將他本就英俊的臉龐雕刻得更加立體。他的外貌似乎變了一些，他不戴眼鏡了，身材也不那麼薄了。但他仍然挺拔而沉穩，說起話來老練冷靜、一針見血，好像永遠都不會有情緒波動的樣子。

但林立巧能感覺到，說起陸彌的時候，無論表面上如何平和，他都是激動甚至有些莽撞的——就像五年前一樣。

她聽完祁行止的話，怔了很久，祁行止也一直很有耐心地等著。

最終，林立巧囁嚅地說：「我知道……謝謝你哦。」

到今天，她唯一能說的，只有「謝謝」了。是感謝，也是祝福。

祁行止笑了笑，大步走出了病房。

住院大樓每一層的樓梯間都有垃圾桶，但祁行止想出去透口氣，順便看看能不能等到陸彌來，於是他乘電梯下了樓。

電梯裡沒人，數字規律地向下跳動著。

到某一層時，電梯停住，「叮」的一聲開了門。

祁行止看見來人，表情愣了一瞬。

「……三伯。」他往側邊走了一步，讓開位置，喊了一聲。

祁方斌明顯也愣了一下，但他也很快回過神來，應了聲，走進電梯。

伯姪兩個上一次見面還是前年在雲南。祁方斌做援助醫生，剛好碰見祁行止跟著導師去研究，兩人在邊境的小餐館裡吃了頓菌子火鍋，也是像現在這樣，氣氛尷尬。

不過，或許只有祁方斌覺得尷尬。

祁行止只是話少，他和誰吃飯都不太愛聊天。那次伯姪兩個在雲南碰上，他想起來兩人好久沒見，就請三伯吃了頓飯，問了幾句近況，便沒再多聊什麼了。

在他看來，那是再正常不過的一頓家宴——只不過是人有點少。

電梯間裡伯姪兩人並肩站著，隔著半個人的距離。

祁行止想了想，先開口了，問道：「您怎麼在這？」

祁方斌是軍醫院的醫生，且一直因為專業過硬被奉為權威，是全南城心胸外科首屈一指的人物。如今年紀大了，更炙手可熱，他一向忙得腳不沾地，連年都沒時間過，怎麼有空來人民醫院？

祁方斌清了清嗓子，說：「哦，市裡開會，不能不參加。」

祁行止聞言笑了聲：「您沒逃成功？」

祁方斌這人一輩子就只做好了醫生這一件事，連老婆都沒娶，氣得祁奶奶晚年在巷子裡嘮叨，日常話題就是說他不孝。他恨不得人就住在病房和手術室，各種行業回憶、行政會議，從來都是能推就推，不能推也要找學生代替。

祁方斌側目看了他一眼，心道他這個冰山一樣的姪子今天倒是難得心情好。他點頭應了聲：「這個逃不了，上級長官要來。」

祁行止輕笑了聲，沒再接話。

「你是……和小陸一起回來的？」悶了半晌，祁方斌還是忍不住問。

祁行止已經兩年多沒回過家了，這時候突然出現在南城，除了陸彌，他想不到其他原因。

祁行止驚訝極了，「您怎麼知道？」

祁方斌說：「我昨天就看見她了。她沒怎麼變，好認。」

祁方斌提到陸彌時的聲音變小了，語氣也黯淡，祁行止知道其中原因，也不好說什麼，只點點頭道：「嗯，當年育幼院的院長病了，她回來看看。」

祁方斌低著頭，沉聲道：「……她是個好孩子。」

獨自怔了一下，他又問：「林院長什麼病？情況怎麼樣？」

祁行止如實相告：「胃癌，中晚期。情況不太好。」

祁方斌做了大半輩子的醫生，見過太多生離死別，可到這時候，他仍然忍不住嘆道：「也是個可憐人……」

祁行止沒說話。

祁方斌沉默半晌，捏了捏自己的指腹，問：「你和小陸……」

「嗯，在一起了。」祁行止聽出他的意思，回答得很乾脆，「我們挺好的。」

祁方斌扯嘴角笑了笑，「那就好，那就好。你要是有空就……」

他下意識地想讓祁行止有空就帶陸彌回家給他看看，然後話說到一半，他自動噤了聲，尷尬地笑了一下，轉而小心翼翼地說：「你們好好的就行，有什麼三伯能幫上忙的，你就私下來跟我說。」

祁方斌年輕的時候就脾氣好，一張明潤親切的臉看起來就是個好說話的人；到老了更加慈眉善目，整個人彌勒佛似的整天笑盈盈。這樣一張「好人臉」一旦目光躲閃、言辭閃爍起來，顯得尤為可憐，任何人看了都會想起「尊老愛幼」的基本美德想為他提供幫助。

祁行止無奈地嘆了口氣，苦笑著問：「什麼叫私下裡跟您說？」

祁方斌囁嚅著，沒說出話來。

「再過一陣子，我和陸彌一起回家看您。」他又說。

祁方斌忙擺手，「不用不用，沒關係，她不願意你也別……」

祁行止聽不下去了，沉嘆一口氣打斷道：「三伯，我說過，當年那事你什麼都沒做錯，和你沒關係。」

祁方斌瞬間噤了聲，動作也滯住了，兩手僵硬地垂在身側。

「叮——」的一聲，電梯到了一樓。

祁方斌先走出了門，祁行止跟在他身後。

「阿止。」祁方斌忽然回頭喊他一聲。

祁行止看著這小老頭愁眉苦臉的樣，心中又是好笑又是酸楚。

「你不明白。當年的事，作為醫生，我的確沒做錯什麼；可作為你的三伯，是我對不起你。」他有些沉痛地說。

「您不……」

祁行止剛要反駁，又被他打斷。祁方斌伸手拍了拍他肩膀，搖頭道：「你跟人家好好的，開心就好。三伯這你不用操心，過好你自己的日子，有什麼要我幫忙的，傳個訊息給我就行了。」

說完，祁方斌擺擺手就往行政大樓去了。

祁行止看著他明顯不再俐落的腳步，心中無奈地嘆了口氣。

祁大醫生，想問題和治病人一樣，固執了一輩子。

祁行止獨自站在樓下放空，但祁方斌略顯蹣跚的背影仍不斷出現在他腦海裡，揮之不去。

他上一次見祁方斌是在雲南，不過是一年多以前，那時候祁方斌還是個精力充沛、體格健壯的中年人，可今天一見，他好像忽然就很老了。

老到有了灰白的頭髮、不俐落的腿腳，和略微佝僂的背……

祁行止無法知道他是什麼時候變老的，又或者，衰老並不是一件漫長的事情，它有可能突然就發生了。

即使祁方斌以監護人的身分撫養了祁行止十幾年，祁行止對他的印象始終是淡淡的——一個忙碌的醫生，忙得連老婆都沒時間找，更別提管教和關心祁行止。祁行止小時候很感激這種忙碌，因為這讓他有了很多獨處的時間，而不必在寄人籬下的時光裡扮演乖巧懂事的小孩。

這種單一而淡薄的印象被打破，是在祁行止去北京上大學前的暑假。那個時候，陸彌已經離開兩年多了。

暑假裡，他把自己高中三年的各科筆記和所謂的「狀元心得」授權給一家出版社，賺到了一筆對當時的他來說相當可觀的版權費。

他還和肖晉一起參與了兩款程式的編寫，但報酬被那兩個牽頭的學長拿了大半，層層「剝削」後分到他和肖晉手上，也只夠付一頓謝師宴，氣得肖晉衝到工作室把那兩個學長痛罵一頓，後來還被反咬一口，那本就少得可憐的四位數也被坑得交了所謂的物資賠償 和精神損失費。

他也和陸彌一樣，去給國中生當了家教，那戶人家毫不猶豫地開出一百元一小時的高價的時候，他想到陸彌那年總是煞有其事地強調「我可是收了六十塊的高額時薪，當然要好好教你啦」。

那時候他仍然忍不住要想，陸彌對他的關心，究竟是因為這「高額時薪」，還是把他當朋友——哪怕只是朋友。

各種報酬存下來，加上這些年來拿過的獎學金和入學後不出意外就能拿到的新生獎學金，付他大學四年的學費生活費已經綽綽有餘。

他打定主意，成年後不再花三伯的錢。這個決定和祁方斌是什麼樣的人無關，只是當時的他心裡有一種說不清道不明的衝動和決絕，他想以各種可能的方式證明自己已經長大了。

已經是個合格的成年人了。

出發去北京前一晚，他到巷口小賣部買了根紅豆冰，學陸彌的樣子，伸長手臂挑了冰櫃最底下、沾著冰霜最多的一根。

老闆娘堅持要免費，手掌遮著付款條碼不讓他掃。祁行止拗不過，只好扔下五元，不等找零就跑了。

老闆娘追著他背影喊了幾聲，最後搖頭嘖嘖讚嘆，「狀元就是不一樣，不僅成績好，這個品行也沒得說！」

——二十一世紀了，對於人民來說：「狀元」仍然是對一個人的最高褒獎和一個家族的最高榮耀。

為此，整個暑假，祁行止已經享受過不計其數的優待了。

可惜，他坐在天臺上，仰頭邊啃冰棒邊看月亮的時候，仍然沒品嘗出這甜膩膩的一根糖精棒子有什麼獨特之處。

陸彌為什麼這麼喜歡？

他嘗不出來，於是只能繼續啃。

祁方斌就是這時候上樓來的。

聽見腳步聲，祁行止很詫異地回頭，看見是三伯，更詫異了。

奶奶去世後，祁方斌沒了約束他的人，忙得更肆無忌憚了，一星期至少有五天都是住在醫院的。就算是在家，他也從不上樓打擾祁行止。

「……三伯？」祁行止喊了一聲，音調上揚，帶著疑問。

祁方斌看起來很疲憊，不知又在手術室裡熬了多久才回來。他背著手，表情有點拘謹，點點頭應了聲，又沒話找話地問：「在賞月？」

祁行止有些尷尬地點了點頭。其實今天的月亮實在沒什麼可賞的，灰白灰白的半輪，光澤黯淡，隱在雲霧之中。

「這是……你爸爸當年留下來的。」祁方斌坐到他身邊，拿出一張提款卡。

祁行止有些意外。他當然知道父親是有一些遺產的，但他也順理成章地認為這些遺產應該用來支付他這些年的撫養費用。

於是他搖頭拒絕，「不用，三伯……這些錢不該還給我的。」

祁方斌笑了，問：「不給你，給誰？三伯一個老光棍，除了拿手術刀什麼也不會幹，要錢幹嘛？以後我死了，錢還不是要留給你？」

祁行止不說話了。祁方斌這話說得太豁達，豁達得他不知道該如何回應。

祁方斌的笑漸漸凝在臉上，他內心掙扎了一陣子，沉聲道：「三伯知道你能幹，不用別人操心。但這筆錢……你要是實在不知道該怎麼用，就存著，什麼時候你想出國去找她了，也許能用得上。」

祁行止猛地側過頭，震驚地看著祁方斌。

出國去找她……他說的是陸彌。

他怎麼會知道？

祁方斌鮮少看見他這麼慌張的表情，苦笑著說：「你再怎麼沉穩，也就是個孩子。」

少年人悸動的心思，就像荒原上一棵孤零零的樹，無人的時候野蠻生長起來，帶著原始的蓬勃。他以為自己孤獨佇立沒人能瞧見，可風一吹，總有沙沙的響聲會被關心的人聽見。

祁方斌雖然忙，但除了醫院和病人，他最關心的就是祁行止這個姪子。他的不尋常的情緒，總有那麼幾個瞬間，是被他看在眼裡的。

祁行止難得慌亂，面上平靜下來後，一顆心還是跳得飛快。他抿唇低頭，靜靜坐著，一言不發。

祁方斌同樣沉默，過了好久才艱難地啟齒道：「更何況，如果我當時救了那位小蔣警官，也許……」

他說不下去了。

因為他也不知道如果當時他救了蔣寒征，事情會不會不一樣。

他只知道，所有的事情，都是從那一天開始失控的。

一位年輕警官的犧牲、陸彌的離開、祁行止一日勝過一日的沉默……

「不是你的錯，三伯。」祁行止飛快地打斷他，語氣冷硬。

祁方斌沒能再說什麼。

紅豆冰化成水，順著指縫流到祁行止的手心，一片黏膩。蟬鳴蛙叫一聲接著一聲，此起彼伏，不絕於耳。月亮愈發黯淡，隱在灰雲之後，不見蹤影。

這個夏天如此難熬，和前一個、前兩個夏天一樣。

最後祁方斌沉沉地嘆了口氣，留下那張提款卡，拍了拍他的肩，離開了。

那天晚上的談話好像預言了之後幾年他們伯姪之間的相處方式——沉默地相聚，偶爾說幾句話，祁方斌總是在表達愧疚，而祁行止說了無數遍「不是您的錯」，最後祁方斌拍拍他的肩，先一步離開。

和今天的情況一模一樣。

祁行止有些疲憊地捏了捏眉心。他在想今年應該回家陪祁方斌過個年，如果情況再好一點的話，陸彌會不會願意跟他一起？

他知道陸彌不會怪祁方斌，但和陌生人一起過年這件事，對陸彌來說也許並不容易……

不知哪處的鐘敲響了整點，報時聲傳來，已經一點鐘了。祁行止正要上樓，口袋裡的手機忽然震動了一下。

是陸彌傳來的訊息。

L：『我馬上就到啦。』

還有一張照片，是飯店門口熙熙攘攘的街道。

祁行止看著那簡簡單單的一句話，和那張構圖和採光都略顯潦草的照片，笑容不自覺地爬上嘴角。

他想起以前肖晉非常自豪地說過這麼一句——「男人啊，戀愛中智商為零！」

現在他深有同感。

——不然，這麼一句短短的話和一張沒有實際意義的照片，他為什麼盯著看了這麼久？

他回覆：『好，我去門口接妳。』

醫院門口有間小小的便利商店，祁行止走進去，他猜陸彌肯定沒有早起喝水並吃早餐的習慣。

挑了一袋紅豆麵包和一瓶牛奶，他去收銀檯結帳。

正要掏手機，目光鬼使神差地落在了櫃檯前，那些五顏六色的小包裝上。

其實保險套是每家便利商店必賣的商品，畢竟是生活所需，而且連擺放位置都差不多，都在收銀檯前。

但祁行止過去的人生中去過無數次便利商店，每次都是採購結帳、目不斜視，從未在意過收銀檯前的物品是什麼。今天，卻莫名其妙地注意到了，還上了心。

……人果然是欲望動物。嘗過葷腥之後，就對所有與之相關的東西帶有捕獵的直覺。

收銀員看見他目光停頓，見怪不怪，還推銷了一句：「今天有活動，滿三十九減十元。」

祁行止頓了一下，點頭作淡定狀：「好的，謝謝。」

他不動聲色地流覽那些各式各樣的小盒子的牌子和廣告語，試圖借助這些浮誇的名詞在這個陌生的品類中挑選出一款最合適的商品。

但收銀員似乎不太有耐心，他拿掃描槍敲了敲桌面，嘖聲問：「要不要？」

祁行止被他這麼一催，有些無措，又不想表現得太慌張，只好隨手拿了最頂上的三盒，「要。」

收銀小哥上下打量他一邊，狐疑地問：「這三個？」

祁行止裝作淡定模樣，「嗯」了聲點了個頭。

正要付錢，身側忽然傳來一句──

「怎麼在這？」

祁行止身體一僵。

陸彌笑吟吟地走到他身邊，一眼就看見收銀檯上三盒醒目的紅色小盒子。

她也頓住了。

「……」

「……」

一股淡淡的尷尬在空氣中瀰漫開來，兩人都手足無措，不知該說什麼好。

按理說，這是件再正常不過的事情，更何況他們昨晚都已經做過最親密的事情了，也沒見誰害羞忸怩。可現在……

尷尬和羞澀來得後知後覺。

倒是這位收銀小哥，不知該說他沒眼力，還是為人坦蕩開放，他上下打量了這兩人，一眼便看出來他們是一對，於是也沒什麼顧忌了，盯著祁行止又問了一遍：「你要這三個？」

他微微擰著眉，滿臉寫著——「不應該啊」。

祁行止沒反應過來，倒是陸彌低頭仔細看了一眼，瞬間了然。

她輕輕撞了下祁行止的肩，小聲道：「……是不是拿錯了。」

祁行止一臉懵，「……啊？」

陸彌問不下去了，直接拿把那三個小紅盒放回架子上，抱歉地對收銀小哥說：「不好意思，拿錯了。」

收銀小哥打了個呵欠：「白色的是大號。」

「……」陸彌耳廓通紅，快速地抓了幾個白色的丟到收銀檯上，手肘一拱催祁行止結帳，撂下句「我在外面等你」，逃也似的匆匆走出去了。

祁行止後知後覺地反應過來，臉上漫上薄薄一層紅暈，強壯鎮定地掏出手機掃碼結帳。收銀小哥拿掃碼槍一個一個地掃完了那些白色小盒，笑了聲道：「兄弟挺厲害啊。」

祁行止輕咳一聲：「謝謝。」拎著黑色塑膠袋出了門。

聽到腳步聲，陸彌回頭。

祁行止拎著個黑色塑膠袋，表情有些不自在，眼神不自覺地躲著她。

剛剛在收銀小哥的旁觀下陸彌覺得尷尬，現在沒別人了，陸彌看著他這副明明害羞還強壯鎮定的模樣，和昨天晚上強硬主導的男人簡直判若兩人，心中不覺好笑，又起了壞心，故意說：「小祁同學，很妄自菲薄嘛？」

她噙著笑，滿臉揶揄。

祁行止：「……」

雖然知道陸彌是故意逗他，但他還是決定為自己辯護一句：「……我之前沒買過，以後不會了。」

陸彌的心驀地跳空了一拍。

祁行止怎麼能面不改色心不跳地說「以後不會了」？正經得好像真的在做什麼保證一

樣……

她定定神，又換個角度，故意作驚訝和遺憾的口氣說：「唉，看不出來，原本以為你是高冷禁欲系的，沒想到……」

她這語氣，像是被誰騙了所托非人的樣子。

祁行止：「……」

算了，說不過她。

祁行止從袋子裡掏出紅豆麵包遞給她，「吃點東西。」

陸彌撇撇嘴，真沒意思，小祁同學總是太讓著她了一點。

不過紅豆麵包正中她下懷，她樂呵呵地接過，啃了一大口。折騰一晚，體力消耗過於嚴重，她餓得肚子裡泛酸水。

吃得太猛，艱難咽下去一大口，陸彌打了個響亮的嗝，「嗝——」

她慌忙閉嘴，有些尷尬地看著祁行止。

畢竟剛做人家女朋友不久，該走的流程要走，目前還是要保持點人模人樣的淑女形象。

誰知祁行止和她大眼瞪小眼十幾秒，居然忍不住撲哧笑出聲來，而且越笑越歡，抓著陸彌的手幾乎笑彎了腰。

陸彌萬萬沒想到他會是這反應，作為一個性格沉穩的高冷 boy，他不是應該假裝沒聽到或者淡淡一笑表示沒關係的嗎？

她惱羞成怒，一甩手，又往他小腿上踢了一腳，形象澈底不要了，大聲道：「笑屁啊！」

祁行止笑到失聲，整個肩膀都在抖，捂著肚子直不起腰來。

「……」

陸彌顏面盡失，心如死灰地叫他名字：「祁行止。」

祁行止艱難地在笑聲中回了一個「嗯」字。

陸彌：「別笑了。」

祁行止很想依著她，但他做不到。

陸彌滿臉黑線，心情已經從惱羞成怒變成疑惑——她好好的男朋友怎麼這麼容易就瘋了？

「再笑你人設就崩了。」她說。

祁行止艱難地直起腰，看著她的表情，還是忍俊不禁。

他抿著唇，艱難地忍著笑，從袋子裡又掏出牛奶，擰鬆了瓶蓋遞給陸彌，「喝點牛奶。」

陸彌沒好氣地接過，咕嘟喝了一大口。

同時發現祁行止動作飛快地把手掌貼在她背後，一副嚴陣以待的樣子。

陸彌狐疑：「你幹嘛？」

祁行止：「怕妳再打嗝。」

陸彌咬牙切齒：「祁、行、止！」

祁行止一本正經道：「老噎著對食道不好。」

如果眼神能殺人，祁行止現在已經中了好幾箭了。

然而祁行止卻只能看見她唇邊一圈乳白色，在暖融融的正午陽光下，亮晶晶的。

他喉嚨一滾，說：「……陸老師。」

陸彌沒好氣：「幹嘛？」

「我有點渴了。」祁行止說。

陸彌像看神經病似的看著他，「渴了你買水去啊，便利商店就在你後面……」

祁行止卻搖搖頭，說：「如果妳不介意的話。」

陸彌：「介意什麼──」

她的話被掐滅在喉尖。

祁行止捏著她的下巴，輕柔地吮著她的下唇，給了她一個青澀而綿長的吻。

中午的街道人少，陽光也靜。

時光在這一刻變得漫長。

有了前車之鑑，陸彌走到住院大樓樓下的小花園裡，坐在石凳上，小口小口地慢慢吃完了那個紅豆麵包。

包裝袋和空牛奶盒一股腦丟給祁行止，她愜意地伸長了腿，撐著手，仰面舒舒服服地享受難得的陽光。

世上的事確實神奇，昨天她還苦大仇深地窩在醫院的陪護床上，覺得兜兜轉轉逃了五六年，她的人生依然這麼的慘。

祁行止一來，事情並沒有被解決，但她卻實實在在地覺得安心了。至少，她可以什麼都不想地，曬這幾分鐘的太陽了。

陸彌回憶自己幾天前關手機時的心態，怎麼也想不起來那時自己為什麼要瞞著祁行止。她只知道，以後無論發生什麼事，她應該都不會再做這麼愚蠢的決定了。

祁行止扔了垃圾，逆著光下了臺階走向她，因為步伐大，黑色大衣的衣角微微翻飛起來，蹭著他裹著黑色褲子的細長小腿。

陸彌貪婪地看著他，看著他永遠這樣挺拔而俊雅。

唉，單純論臉的話，陸彌大概真的一輩子也看不膩。

這時，她想到一件未解決的正事。

陸彌轉身從背包裡掏出那本淺綠色封皮的硬殼書，朝祁行止揚了揚。

祁行止原本淡然平常的表情忽然扭曲了一下。

「……妳幹嘛還帶著這本書。」他不自在地在陸彌身邊坐下，「捐給育幼院的，妳怎麼能擅自拿出來。」

他說得義正言辭的，陸彌心中不覺好笑。

她輕輕咳了兩聲，同樣義正言辭道：「你昨天晚上色誘我，害得我忘了正事，這才不是君子之舉呢！」

祁行止嘟囔：「……這算什麼正事。」

陸彌翻開書殼，把書封上的字展示給他看，問道：「說吧，什麼時候寫的？」

祁行止小聲道：「忘了。」

「忘了？」陸彌顯然不太相信。

祁行止苦笑，點頭認真道：「沒騙妳，真的忘了。」

總之是在陸彌離開後的某一天。

也許是他做出了醜得他自己都看不下去的模型，也可能是他碰到了一道怎麼也算不出答案的數學題，又或者是他又從一個旖旎而縹緲的夢中驚醒，心煩意亂的時候，就在一直放在他手邊的這本書上隨便寫了幾行詩。

因為陸彌的鍾愛，他讀過不少辛波絲卡的詩，但真正記得的，只有那一首。

其實祁行止從小就不喜歡讀詩，他習慣收斂自己，因此對於那些細膩而準確的洞察情感的詩句，他總是本能地抗拒。

可後來他被迫明白了詩的好處。

那些洶湧而無處安放的情緒，最終只能落筆在詩句裡了。

陸彌看著封皮上的字跡，它很潦草，還有兩處地方洇開，暈出墨點。她無法想像祁行止在什麼心境下落下這幾筆，也不知道該對現在的他說什麼。

「為什麼把這本捐給育幼院呢？」她輕聲問。

竹蜻蜓、詩集，祁行止那裡和她有關的東西並沒有多少，這兩樣他還全都捐給了育幼院。而那時候她在國外，與所有人斷了聯絡。

祁行止偏過頭看她，笑了聲說：「不知道。」

「當時一衝動就都捐了。」

「可能是覺得妳總有一天會回來，」祁行止歪了歪腦袋，試圖回到當時的情景，列舉一些可能的理由，「也可能是覺得如果妳永遠不回來了，我留著這些東西也沒用吧。」

「也可能……那時候覺得這些東西都是妳的，還是回到妳的房間裡比較好吧。」他很嚴謹地，又補充了一種可能性。

他是真的不記得了，現在想想，也確實有些不太合理。

然而過去即是異鄉，他不可能回到那個時候去瞭解十七歲的祁行止到底是怎麼想的了。也沒必要回去了，他想。除了未來，沒有什麼時候比現在更好了。

陸彌聽他語氣輕鬆，心中不禁泛酸。

祁行止總是把一切事情都說得輕描淡寫，給人一種他無論做什麼都從容妥帖的感覺。

陸彌依賴他的這種妥帖，有時候甚至忘了心疼他。

哪有人天生就沉穩可靠的呢。

「祁行止，其實我當年……」

陸彌斟酌著開口，卻發現自己不知該說什麼。她試圖回到當年的心境，讓六年前的陸彌去安慰六年前的祁行止。

她甚至想說：「其實我當年也喜歡你。」

但她不能，這樣說對很多人不負責任。她也沒有辦法替六年前的陸彌做保證。

她支吾著，欲言又止了好幾回，而祁行止安靜地凝望著她，沒有催促，也沒有打斷。

陸彌看著他沉靜的眸子，笑了笑，最終說：「我們好幸運哦。」

祁行止問：「怎麼說？」

陸彌低頭去看自己的腳尖，「很多事情都很幸運啊。我回國又不敢回南城，在重慶陪Charlotte玩，剛好遇到你；大雨天開車上仙女山，碰到你跑山回來；一衝動去了北京，段采薏那麼變態的面試我居然忍住沒罵娘，結果又碰到你……」

她嘟囔著，腳尖有一下沒一下地蹭著地面。

祁行止聲音含笑，「嗯，是挺幸運的。」

「這就夠了，對不對？」陸彌偏過頭來看她，目光裡帶了些認真。

祁行止知道她需要一個肯定的答案。

於是他點頭笑道：「對。」

我們很幸運，這就夠了。不要管以前怎麼樣。

陸彌立刻揚起一個燦爛的笑容，褐色的眼眸亮晶晶的。

祁行止伸手揉了揉她髮頂。

他不會告訴她，這個世界上沒有久別重逢，有的只是還在等待的人。

兩人在花園裡坐了一陣子，有一搭沒一搭地聊天，時間差不多到了，陸彌上樓去看林立巧，祁行止猜林立巧也不太想看到自己，便打算回一趟家，順便把被陸彌拿出來的竹蜻蜓和詩集還給育幼院。

陸彌下意識不想還，被祁行止好笑地看了兩眼之後，又乖乖地鬆了手。

現在看著祁行止頎長的背影，陸彌不自在地摸了摸鼻頭。

到底誰是老師……

祁行止離開後，她又獨自在花園裡坐了一下。

二十分鐘後，外送小哥把她買的藥送到。

陸彌是第一次吃這東西，但她知道吃這個對身體不好。可沒辦法，昨天晚上是她自己忍不住去勾祁行止的。她知道，如果不是她堅持的話，祁行止真的能硬生生忍住。

所以她故意說了暗示性那麼強的話——「除了你，不會再有別人」。

她隱約感覺祁行止對她的話有了些誤解，不然，以他一貫的細心和周到，她大概沒有機會背著他自己買藥吃。

但不知道為什麼，陸彌並不想澄清這個誤解。

反正，只是時間早晚的問題。

她想到昨晚祁行止最後關頭想起自己沒有準備措施便打算強忍下去的模樣，和今天早上生疏購買保險套的樣子，心裡泛起絲絲酸酸甜甜的感覺，輕輕摳下一枚小小藥片，就了口牛奶吞了下去。

第二十六章　夏羽湖

林立巧安靜地睡了一下午，陸彌則坐在她床邊，把這幾天沒回的各種訊息和郵件都回覆完了。

照顧林立巧吃完晚飯，陸彌歸心似箭，想立刻就見到祁行止。

明明他才離開幾個小時而已。

可惜，等到六點，祁行止打來電話，說祁方斌難得在家，腰疼的老毛病又發作了，他想在家裡陪陪他。

陸彌愣了一下，她很久沒想起祁方斌這個人了，聽他說「三伯」，腦海裡才浮現出一個專業而和藹的醫生形象。

當年，祁醫生似乎也不好過……

雖然蔣媽媽和夏羽湖把主要的怒氣都發洩到陸彌身上，但作為主治醫生，祁方斌也面對了不少的指責甚至輿論壓力。

不知道他現在怎麼樣了……

陸彌回過神，應道：「好。」

電話那邊默了一下，而後是短暫的嘈雜，似乎是祁行止換了個手接電話。

他沉靜的聲音傳來：『陸老師。』

「嗯？」

祁行止問：『妳是不是很想我。』

陸彌一時啞然，明明沒人看著，她的臉卻燒起來。

想當然是想的，但是不可能承認的。

她說：「……什麼呀，才幾個小時。」

電話那頭祁行止沉吟了一聲，然後說：『我等三伯睡了就回去。』

陸彌下意識地說：「不用，太晚了幹嘛還來回折騰……」她不想讓祁行止總是為她打破計畫。

祁行止低低地笑了聲：『五個小時，對我來說挺長的。』

電話掛斷後，陸彌還獨自怔了很久。

她臉上發熱，吐了口氣，用手搧了搧風，回過神來，發現手機上多了一則未讀訊息——

『我很想妳。』

短短四個字，卻輕易地擾亂了陸彌的心跳，按下電梯準備下樓的時候，陸彌居然像十幾歲情竇初開的小女生似的，一邊兀自笑起來，一邊又忍不住去想，如果祁行止站在她面前，說起情話的時候，會是什麼表情、什麼語氣。

說來奇怪，祁行止明明是寡言少語的高冷個性，絕非會把甜言蜜語掛在嘴邊的男人。但陸彌就是能輕而易舉地想像出他對她說情話的樣子。

他會說得認真而虔誠，會專注地看著她的眼睛，會讓她覺得，孱弱虛偽的言語有時候也值得被信任，因為它們都包含著沉甸甸的真心。

電梯「叮——」的一聲打開，陸彌走出去。

剛走到住院大樓門口，遠遠卻看見一個熟悉的身影。

陸彌的心猛地往下一墜，她瞇起眼睛看清楚來人，腳步霎時便僵住了。

眼前女人的腳步也頓了一下，但她很快就反應過來，氣勢十足地加快地腳步走向陸彌。她蹬著高跟鞋，「噠噠噠噠」的每一聲彷彿都為她增添聲勢。

夏羽湖走近了，終於確定，這個人真的是陸彌。

她的眼神由不敢置信的詫異變為憤怒，然後惡狠狠地瞪著陸彌，最後化成咬牙切齒的一聲不屑的嗤聲。

「妳還有臉進醫院？」她盯著陸彌的眼睛，冷冷地說。

陸彌雙腳被凍住一般動彈不得，她看著夏羽湖一步步走近，下意識想後退，卻又沒有後退，只是木然地回看著她。

「妳在這。」愣了很久，她淡淡地說了一句，不含任何情感。好像只是大腦應急機制啟動，自動替她說了這麼一句寒暄的話。

夏羽湖卻不在乎她說什麼，她又走近了一些，最後停在她面前。

「妳還敢來醫院？」她又譏諷了一句，「妳不怕遭報應？」

「哦對，妳這種沒有良心的人，當然不怕報應。」夏羽湖又自問自答，笑了一聲又迅速冷下臉，死死地盯著她。

陸彌掀起眼簾看她，問：「妳怎麼在這裡？」

她記得蔣寒征的媽媽一直是在軍醫院治療的。

想到這裡，她垂下眼，又問：「蔣媽媽怎麼樣了，情況還好嗎？」

夏羽湖久久地不出聲。

陸彌抬頭看她時，她才冷冰冰地吐出一句：「走了。」

陸彌的瞳孔一瞬間擴大。

「妳很驚訝？」夏羽湖冷笑道：「妳難道覺得她還能活很久？」

陸彌低頭，囁嚅著問：「……什麼時候？」

「上週。」夏羽湖說：「上個月剛轉來這裡，還是沒救過來。上週人走了，前天剛從殯儀館拉去下了葬。」

夏羽湖說這些話的時候，倒平靜了很多。

她沒想到會在這裡碰到陸彌，也不知道陸彌早就回國了。她原本有一肚子冷嘲熱諷的話用來羞辱她，可一走近，看見陸彌仍然是這樣一張淡淡的苦瓜臉，滿腔的憤怒和恨意好像一瞬間就偃旗息鼓了。

她有多久沒有見過陸彌了？五年、還是六年？

這些年裡她像完成某種儀式一樣堅持寄郵件給陸彌，寄蔣媽媽病中的照片，越是憔悴可憐的，她越是要寄。

可除了定期轉到蔣媽媽卡裡的錢，陸彌一封郵件也沒有回過。

夏羽湖幾乎忘了陸彌的長相、聲音、性格，「陸彌」對她來說就是那個郵件地址，是一個應該被釘在柱子上永遠受刑的靶子，而那些郵件，就是她朝靶子上射去的箭。

現在這個靶子忽然變成了活生生的人，站在她面前，她卻好像不知道該說什麼了。她練習多年爛熟於心的斥責、挖苦和詰問，離開了郵件的載體，好像就成了泡了水的火藥，不知該如何施展威力了。

兩人對峙般沉默著，不知過了多久。

夏羽湖問：「妳什麼時候回的國？在這裡幹什麼？總不會是特地來看蔣媽。」她聲音很冷，帶著尖刻的嘲諷。

陸彌說：「我來看長輩，她生病了。」

夏羽湖擰了下眉，她知道陸彌是在育幼院長大的，她說的「長輩」應該是育幼院的老師之類的。

她當年只知道陸彌出國，和所有人斷絕聯絡，但後續那所育幼院的情況怎麼樣，她卻沒有再關心了。

夏羽湖問：「什麼病？」

陸彌不解她為什麼要問得這麼細，但還是如實相告：「胃癌。」沒什麼好隱瞞和遮掩的。

夏羽湖愣了一下，反射地冷笑道：「這就是報應。」

陸彌有些詫異地看了她一眼。她知道夏羽湖對她有極深的怨恨，但為什麼要傷及其他人？她擰起眉，露出不悅的表情。

這種表情在夏羽湖看來，無異於挑釁。

陸彌有什麼資格表達不滿？她欠蔣寒征那麼多，害蔣媽媽纏綿病榻，自己卻在國外逍遙度日。這樣的人，有什麼資格表達不滿？有什麼資格開始新的生活？

於是她原本平靜的情緒再次洶湧起來，控制不住地咬著牙咒罵道：「妳瞪我？妳瞪我又能怎麼樣？我告訴妳，這就是報應！」

「妳就是個災星，誰關心妳誰倒楣！蔣寒征是這樣，妳老師也是這樣，妳身邊的人都會被妳害死，妳這種人就應該下地獄！」

夏羽湖歇斯底里起來，蹬著高跟鞋，居高臨下地對陸彌吼著。

住院部人來人往，大家紛紛側目，有幾個人還停住腳步，打算看一番熱鬧。

陸彌平靜地接受她爆發的怒火，等她說完，看著她起伏的胸脯和怒目圓睜的眼睛，淡淡地說：「那應該報應在我身上。」

夏羽湖怔了怔。

「夏羽湖，如果真的有報應，就報應在我身上。」陸爾迎著她的怒視，平靜地說。

夏羽湖沒有說話。她打量著陸爾的模樣，她好像沒怎麼變。還和記憶中一樣，冷清寡淡的一張臉，白得過分，瞳孔是淺色的，眼睛裡淡淡的沒有情緒。

大概，也還是蔣寒征會喜歡的樣子。

想到這裡，夏羽湖心裡止不住地發顫。她從一開始就不明白，蔣寒征怎麼會喜歡上陸爾？她一直以為，這個耀眼、熱烈的學長會喜歡和他一樣，熱情外放的、燦若玫瑰的女孩。可某一天，大家都知道了，蔣寒征學長喜歡陸爾。蔣寒征是多坦蕩的人，他喜歡誰，一定會讓全世界都知道的。

可為什麼是陸爾？

沉默的、平凡的、丟進人群裡毫不起眼的陸爾。從來沒把他當一回事的陸爾。

那時候夏羽湖覺得自己是個神經病，明明很傷心，卻要趕著和陸爾去套交情、討笑臉。在那之前，作為班長，夏羽湖的成績和人緣都很好，身邊從來不缺朋友。可她偏偏想和那個沒朋友的陸爾混個臉熟。

她想，如果能和陸爾成為好朋友，如果能成功撮合陸爾和蔣寒征的話，那至少，也會在蔣寒征那裡留下好印象。

只要是朋友，就總有機會的，她保持著這樣的信念。她可以等，反正陸彌配不上蔣寒征，反正他們總不可能永遠在一起。

後來蔣寒征和陸彌真的在一起了，也如她所預料的那樣，真的分手了。

夏羽湖仍然記得那一天，在夏夜的露天酒吧，她化著在美容店花了兩百塊的精緻妝容、穿著露肩的白色裙子、蹬著帶跟的細帶涼鞋，找到蔣寒征時的情景。

夏羽湖的父母都是普通的中學老師，她循規蹈矩地當了十幾年的乖乖女，國中時帶頭剪短髮、夏天也絕對不穿裙子、和男生單獨說了幾句話都生怕別人誤會，卻在那一天，努力把自己打扮成性感的女生——儘管那時候，「性感」在她的思考裡還和「風騷」一樣，是一個貶義詞。

但她覺得蔣寒征會喜歡——「男人都喜歡」，她在網路上搜尋的結果是這樣說的。

酒吧裡放著震耳欲聾的音樂，穿著清涼的年輕男女在熱浪中盡情地舞動著。嘈雜環境裡，夏羽湖喊了蔣寒征好幾聲，他都沒聽到。

最後，夏羽湖只能用手指輕輕地戳了戳他。

蔣寒征終於回過頭來，他臉頰兩處淡淡的酡紅，眼睛也迷蒙著，看起來醉得不輕。他盯著夏羽湖看了很久，不知在想什麼。

夏羽湖心如擂鼓，緊張地承受著他的目光。

他是沒認出來嗎？畢竟她的打扮和之前大相徑庭。

還是在打量她的打扮？他覺得好看嗎？會喜歡嗎？

她在心裡不停地猜測著。

可蔣寒征看了半天，最後擰起眉問：「……妳怎麼在這？」

他吐字清晰，說話並不含糊，聽起來倒還清醒。

「我……」夏羽湖抬起頭想要解釋，卻被他有些嚴肅的表情嚇著了。

蔣寒征皺著眉，上下打量她。

「大晚上的，一個女孩子跑到這裡來幹嘛。」他有些不滿似的，嘟囔了一句。

「走吧，我送妳回家。」

夏羽湖還沒反應過來，蔣寒征已經掏出錢夾付了酒錢，手往外一指朝她比了個離開的手勢，先往前走了。

蔣寒征的背影不像平時那麼挺拔寬闊，他微微勾著背，左右晃了晃腦袋，腳步也有些虛。

夏羽湖看著他的背影欲言又止了好幾次，最終還是小跑著跟了上去。

已經是夜裡十點多了，街上行人很少，離開酒吧一條街之後，更是一個人影也看不見了。

這兩天夏羽湖的父母都被調去外地監考，不在家，不然平時這個點，她是不可能在外面的。

蔣寒征喝了酒，步伐不快，但腿長擺在那裡，步伐本就有那麼大，他似乎又沒想起要等一等後面的女生，因此夏羽湖不得不小跑著才能跟得上他。

她穿的涼鞋有點磨腳，走久了腳後跟生疼。

走了幾分鐘後，她終於忍不住「哎」了一聲，叫住前面的人。

蔣寒征回頭，這才發現她被落下好遠。

他折回去，問：「怎麼了？」

夏羽湖的右腳腳跟火辣辣地疼，她猜應該是已經磨破皮了，但不好意思和將寒征說。她把重心換到左腳上，小聲地請求道：「……你能不能走慢點。」

蔣寒征愣了一下。

「我跟不上。」

蔣寒征點了個頭。

他沒立即轉回身去繼續走，而是看了夏羽湖一下。不知想到什麼，他脫下穿在短袖外面的薄襯衫，遞給夏羽湖。

「妳是不是冷？」

夏羽湖怔了怔，抬眼去看蔣寒征。

他目不斜視，表情淡淡的，語氣也稀鬆平常，好像真的是怕她冷，順手提供幫助。

盛夏夜晚，即使有風，無論如何也不至於冷的。

但她確實很需要一件襯衫。穿著這件露肩的裙子在外面待了一下午，路人沒什麼反應，她自己卻很不自在，時不時就要低頭看看有沒有走光、會不會歪。

夏羽湖拼命摁下自己悸動的心思，點點頭，接過那件淺藍色的襯衫，披在自己的肩上。男生溫熱的體溫攏在肩頭，她聞到肥皂的淡淡清香。

蔣寒征還在等她挪動腳步。

夏羽湖抬頭對他說了句「謝謝」，然後繼續往前走，忍著疼，儘量加快了腳步。

「沒事，我走慢點。」

蔣寒征插著口袋，退後了一步，和夏羽湖並肩。

夏羽湖能感覺到寬大襯衫的袖子拂過他的肩膀，她有些緊張，蔣寒征卻好像沒有感覺，自在地走著，只是腳步慢了很多。

如果在平時，夏羽湖會努力跟上他的速度，儘量走得更快。

但現在，她的右腳仍然很疼，而且她也希望這段路能更長一點。

「妳幹嘛去酒吧？」蔣寒征忽然問。

夏羽湖猝不及防，支吾了一下。她本來想好了理由的，一緊張都忘了。

蔣寒征也沒追根究底，只是說：「下次還是儘量別去，妳是女的，又是一個人，挺危險的。」

夏羽湖忙不迭點頭答應。

一路上，兩個人再沒有說話。

只有晚風輕輕吹拂，夏羽湖肩頭的寬袖，不斷地擦過蔣寒征的手臂。

在夏羽湖的指路下，蔣寒征一直送她到社區門口。他知道這個社區，安保很好，於是沒有進去。

「好了，妳回家吧。」蔣寒征停在社區門口。

夏羽湖從來沒覺得回家的路有這麼短。她愣了一下，點點頭，說：「謝謝學長。」

蔣寒征擺擺手，沒再說什麼，轉身走了。

蔣寒征走遠了幾步，他的背影的路燈下顯得孤單極了。夏羽湖忽然頭腦一熱，朝著他喊了一聲：「學長！」

蔣寒征回身，疑惑地看著她。

一鼓作氣，夏羽湖小跑到他面前，從小包裡掏出兩張電影票。

《青春派》。

她在手機上挑了好久，結合網路上那些「約會攻略」，還是覺得一部清新的片子最適合。

「我……我抽中了兩張電影票，你感興趣嗎？」她的臉紅撲撲的，聲音微喘，明顯有些緊張。

蔣寒征看她不自覺地把那兩張票緊緊捏著，再遲鈍，也意識到了什麼。

吹了一路的風，他的酒早就醒得差不多了。

他恍然明白過來夏羽湖為什麼會忽然出現在酒吧。

小學妹羞怯又火熱的心意就這麼突然砸到他頭頂，蔣寒征一時不知該作何反應，有些頭疼擰了擰眉心。

微醺後又吹了風的不適感加上從天而降的青澀追求者，他是真的頭疼。生理性的那種。

但這個擰眉的動作在夏羽湖眼裡，就不只是生理性的頭疼了。

她的心霎時涼了大半，捏著電影票的手指不自覺地有些發顫，臉頰也憋紅了。

遲遲得不到回覆，她都快哭出來了：「學長要是沒空，那就算了吧。」說著又勉強擠出一個笑容，彌補道：「反正票是抽獎送的，這電影我也不是特別想看……」

她這表情看得蔣寒征莫名生出一股愧疚感，下意識地抬起手來躊躇了兩秒，腦袋一熱就接了。

夏羽湖愣了下，有些驚喜又有些迷茫地看著他。

票已經到自己手上了，蔣寒征不再多想，看了眼時間，說：「明天？明天我還在放假，有空。」

夏羽湖怔了半分鐘才揚起笑來，笑著笑著又不好意思了，低頭紅著臉道：「那……我們就說好了？」

蔣寒征愣了一下，他有點不習慣，只需要約個時間碰面而已，有必要用「我們就說好了」這麼旖旎的用詞嗎。

他點點頭，「嗯，十點半的電影，十點二十商場門口見就可以。」

夏羽湖有些愕然地抬頭看他。她默認，男女生一起看電影，男生應該來接女生的。

但將寒征好像沒有意識到這一點，他用奇怪的眼神回看夏羽湖。

夏羽湖慌忙低頭，沒說什麼，點頭稱好。

「那加個好友吧。」將寒征離開前，想起正事，「萬一我們誰臨時有事，或者遲到了，可以提前說一聲。免得另一個人乾等。」

他一向很有時間觀念，做事情也喜歡提前規劃好，也許是一種職業病。

夏羽湖小聲說：「我們加過的。」

蔣寒征有點驚訝，掏出手機，「妳叫什麼？」

夏羽湖詫異地看他一眼，難道他根本不記得她是誰？還是沒認出來？這麼一路上連名字都沒想起來？

她緊緊掐著自己的手，近乎羞恥地報上自己的名字：「……夏羽湖。」

蔣寒征笑了聲：「不是，我問妳暱稱。我沒備註的。」

夏羽湖反應過來，恨不得找個縫鑽進去。

蔣寒征搖搖頭又笑了聲。她這反應，確實是夠好笑的。

可他咧嘴笑起來的時候，真好看啊……那麼漫不經心，又燦爛得像太陽一樣的笑容。

夏羽湖低頭說：「Summer……夏天。」

蔣寒征找到了，「哦，還真加過。」他點點頭把她名字備註上，打著字又問：「妳名字怎麼寫的？哪個ㄩˇ哪個ㄏㄨˊ？」

「羽毛的羽，湖水的湖。」

蔣寒征點點頭，「行，那明天見。」

夏羽湖朝他揮揮手，「學長再見。」

第二天十點，夏羽湖提前整整二十分鐘到了商場門口。

她今天沒化妝，沒有穿「性感」的裙子，但也用心打扮了一番。白色連身裙，袖口有一小圈蕾絲花邊，蝴蝶結髮箍，還有平底細帶的白色涼鞋，是她自己最喜歡也最舒服的打扮。

十點十五，蔣寒征也提前五分鐘到了。

他出現在馬路對面的紅綠燈下的時候，夏羽湖的心跳不受控制的加快。

蔣寒征迎著烈日走過來，說：「妳到得好早。」

夏羽湖聲音細細柔柔的，「嗯，我習慣早到。」

蔣寒征很公正地表揚她：「這個習慣很好。」

雖然知道蔣寒征這句表揚沒有其他意思，和誇獎他隊裡的兄弟差別不大，但夏羽湖還是輕輕抿嘴，發自內心地笑了出來。

看電影前，蔣寒征買了冰可樂和焦糖爆米花給她。

夏羽湖問他為什麼不吃，他說他不愛吃甜的。

爆米花已經抱在夏羽湖手裡了，他才想起來問：「哦，妳是不是不喜歡吃這個？想吃什麼別的？」

說著，他又掏錢包打算再買點。

夏羽湖忙搖頭，「不是，我挺喜歡的。」

蔣寒征這才作罷，點頭嘟囔道：「妳們女的不都喜歡吃甜的。」

夏羽湖沒聽清，也沒追問他說了什麼。

整場電影，蔣寒征看得特別認真，正襟危坐、目不轉睛。

夏羽湖的心思當然是不在電影上的，可她偷瞄了蔣寒征好幾次，沒有得到任何回應，最終不得不轉頭專注看電影。

散場後，夏羽湖問他：「學長，你覺得……這個電影好看嗎？」

「還行。」蔣寒征對文藝作品一向沒有什麼鑑賞力，讓看就看，看到就算，他想了想給出了評價：「那男的有點慫。」

夏羽湖見他說得一本正經的，不禁噗嗤笑出聲來。

蔣寒征摸不著頭腦，問：「……笑什麼？」

夏羽湖抿著嘴搖頭，「沒什麼。」

正好是吃飯時間，蔣寒征又主動說要請她吃飯。

他這個個性，是不可能讓女生大中午空著肚子回家的。

烤肉店裡，夏羽湖絞盡腦汁拋話題，又是提問又是捧哏，勉強把氣氛帶起來，和將寒征聊得還算愉快。

也知道了他已經是正式上任的特警，目前在休假，過兩天就要回局裡上班了。

將寒征也有來有往地問了她一些問題，比如在哪裡上大學什麼時候開學之類的。

吃完飯，夏羽湖又試探性地提出要不要一起去遊戲城玩，被蔣寒征拒絕了。她沒表現得太失落，而是笑著說下次再約。

蔣寒征沒答應，也沒拒絕。

大白天的，商場離家裡又近，蔣寒征沒主動提要送她回家。

夏羽湖並不覺得失落，反而主動和將寒征道了別。

她知道這種事不能操之過急，而是要循序漸進。而且，看今天的狀況，至少，蔣寒征不抗拒她。

剩下的，就是時間和機會的問題了。

可夏羽湖沒等到機會，只等到蔣寒征犧牲的消息。

而最讓她絕望的是，即使在犧牲的時刻，蔣寒征個人檔案中填寫的「家屬」一欄，也仍然是陸彌。

妳看，陸彌有多可恨。

她怎麼能不恨？

二〇一三年八月，暴雨席捲南城。

夏羽湖記得那幾天的大雨，像倒黑豆一樣潑灑在整座城市，劈里啪啦，劈里啪啦，晝夜不停。

她一直窩在家裡，一邊埋怨這該死的天氣害她連把蔣寒征約出來的藉口都找不到，一邊又不停地滑手機，搜尋各種南城攻略，策劃著與蔣寒征的下一場約會。

她也會傳訊息給蔣寒征，但傳得不多，無論是頻率和用詞都很克制——「只需要不斷刷刷存在感，讓他時不時看到妳就好了，不能太倒貼」，這也是她在網路上搜到的。

蔣寒征有時會回，有時沒動靜，夏羽湖也不在意。

又過了幾天，蔣寒征回隊裡去了。

雨勢也漸漸變小，夏羽湖望著窗外灰濛濛的天，心裡雀躍地想著，等下次蔣寒征放假，她就可以約他去玩ＣＳ野戰了。

那天她傳了一篇遊玩攻略給他，他回了一句『看起來挺不錯的』。CS基地的套票需要提前預訂，她和蔣寒征說了，放假日期如果定下來了，記得告訴她，她才好訂票。

第三天，蔣寒徵傳訊息給她：『我後天就放假，但可能沒空跟妳去CS了。』

夏羽湖心裡一涼，下意識打出「為什麼」三個字，又刪掉，轉而問：『你提前放假了嗎？假期有幾天呢？換一天去也可以的。』

蔣寒征過了很久才回覆——

『假期只有一天，我和隊友調了班。沒時間去CS了，抱歉。』

夏羽湖心中不可能不失望，但她還是傳一個笑嘻嘻的可愛貼圖，『沒關係，那我們下次再約吧。』

蔣寒征沒再回覆。

後來夏羽湖才知道，蔣寒征突然調班擠出假期，是因為那一天，陸彌回南城開證明。

她要出國交換了，聽說拿了獎學金。

那一天，暴雨折返，澆透整座城市。

夏羽湖看見跌坐在地悲痛欲絕的蔣媽媽，低著頭道歉的醫生，和默默站在一旁、滿臉蒼白的陸彌。

她是最早被叫到醫院的。

因為蔣寒征秀恩愛從來都很高調，他的隊友和同事們都知道「征哥就是個老婆奴」，所以一出事就通知了陸彌，比蔣媽媽還早。

夏羽湖沒有看見蔣寒征，怎麼都不肯相信這一切。

太荒唐了。怎麼可能呢？

明明前幾天還健康、強壯的人，還好好地和她看電影請她吃飯的人，怎麼可能就這麼「犧牲」了呢？

怎麼可能。

直到她看見那個戴著氧氣面罩被推出手術室的人。

他手上還鎖著手銬。

後來那幾年軍旅和醫生題材的電視劇很紅，夏羽湖在電視裡看過很多遍那個橋段——警察和犯人被一同送進醫院，醫生卻只能先救一個。

電視劇為了騙觀眾的眼淚，總是會讓醫生先救犯人，因為「有手術可能」。

可電視劇總是會有大團圓的結局，即使醫生先救的是犯人，命懸一線的主角也總是能安然無恙。

可蔣寒征沒有。

那一天，蔣寒征犧牲在大雨滂沱的南城。

多狗血的橋段。

憑什麼醫生就只能先救一個？那麼大的醫院像個擺設。

憑什麼犯人總是運氣那麼好？

憑什麼犧牲的總是正直善良的人？

希波克拉底誓言被那些主角誦讀了一遍又一遍——「生命從受胎時起，即為之高無上的尊嚴；即使面臨威脅，我的醫學知識也不與人道相違。」

可夏羽湖還是想問——憑什麼？

憑什麼死的是蔣寒征……如果不是為了見陸彌，蔣寒征就不會和隊友調班，他也不會出任務，不會中槍、不會犧牲……

憑什麼？死的是蔣寒征，始作俑者卻安然無恙地出國念書，好像什麼都沒有發生過。

夏羽湖永遠不會忘記，所有人都無法接受事實，連幾個鐵骨錚錚的警察都忍不住掩面痛哭時，陸彌居然那麼平靜地，上前拉住了揪著醫生領子的蔣媽媽。

她甚至，面無表情地和醫生道了個歉——「對不起。」

連祁方斌都歉疚得紅了眼眶的時候，陸彌仍然一滴眼淚都沒有。

那天陸彌挨了蔣媽媽狠狠的一巴掌，臉頰上四根手指印清晰可見。還有數不清的辱罵和詛咒，那是夏羽湖第一次知道，一個人可以說出這麼多髒話。

可陸彌還是那副沒有表情的樣子，一句話不說，一滴淚也不流。好像蔣寒征死了就死了，和她沒有任何關係。

遺體火化那天，雨仍然沒停。南城每年都要經歷一遭的夏季暴雨，那一年好像格外漫長，沒有盡頭。

陸彌來了，被蔣媽媽狠狠推了一把，摔在雨裡。她還是不說話，自己爬起來後，就那麼站在門外。

夏羽湖從窗戶看見，祁醫生和另外一個男孩子不知什麼時候也來了，站在她身後。男生穿著黑色襯衣，個子很高，在她身後撐起一把傘。

夏羽湖看著那把傾向陸彌的傘，和男生濕透的肩頭，最後一點惻隱之心也蒸發殆盡。

妳看，這種時候，還有人幫她撐傘。

妳看，陸彌有多可恨。

夏羽湖揚長而去，圍成一圈看熱鬧的人留下她幾個或同情或奚落的眼神，也漸漸散了。

陸彌緩緩鬆開了緊攥著的手，沉沉地鬆下一口氣。

她站在大廳中央，忽然記不起自己原本該幹什麼。

哦……祁行止。

陸彌僵了一陣子，想起來，祁行止說他今晚會回來。

她搓了搓冰涼的手指，裹緊大衣向外走去。

房間的窗戶還大開著，早上她貪陽光暖和，就捨不得關。現在北風呼呼灌入，把門

「砰」地一聲關上了。

陸彌上前把窗戶關上，厚厚的窗簾也拉上，室內一片漆黑。

她懶得開燈。

陸彌蜷在沙發裡，腦袋擱在膝蓋上，亮起手機看了眼時間，七點二十分。不知道祁行止什麼時候回來，她打算等他。漫無目的地滑了一下手機，眼睛乾澀，揉了揉，落下兩行淚來。

夜裡，雪飄起來。

祁行止披著一身霜雪回來，房間裡一片黑，他以為陸彌還在醫院。聽見呼吸聲，才發現沙發上縮著的小小的人。

他沒敢開燈，怕驚醒她，走近了，卻發現她呼吸並不安穩，反而有些亂；明明睡著了，卻緊緊蜷著身體，明顯處於高度緊張的狀態。

他猶豫了一下，輕輕地握住陸彌蜷在胸前的手。

她的手緊緊握成拳頭，祁行止就把它全部包住。

陸彌一下就醒了，還沒睜開眼便呢喃著：「……回來了？」

也不等祁行止說話，她張開手就抱住他的腰。

祁行止輕輕推她，「我身上涼。」

陸彌不放手，悶悶地說：「抱一下就暖和了。」

她聲音齉齉的，不知道是睡在這裡著了涼，還是因為哭過。

祁行止知道一定出了什麼事，握住她肩膀，輕聲問：「怎麼了？」

陸彌睜開眼，漆黑的房間裡，她眸子很亮，盈著水光。

她不回答他的問題，只是直起身，跪在沙發上，仰頭去親他的嘴唇。

男生的身體暖得很快，剛剛還一身寒氣，這麼一下，就變得那麼火熱，那麼溫暖，讓她忍不住想靠得更近。

祁行止微微撇開頭，儘量笑得輕鬆，問：「跟我說，怎麼了？」

陸彌仰面，擰眉盯著他，似乎很不滿。「我想親你。不行嗎？」

祁行止憐惜地撫著她的臉頰，低頭吻了吻她的唇角。

陸彌像是得到了鼓勵，更熱情地勾住他的脖子，深深地吻住他。

祁行止回應她的一切熱情，手上卻很安分。他在她背上摩挲了幾下，便抄起她的膝彎，穩穩地將人打橫抱起。

回到床上，陸彌緊緊地摟著他的脖子，親吻從嘴唇慢慢下移到脖子。

祁行止一面任她親吻，一面分出手來扯開被子。

陸彌的手觸到他衣擺的時候，他捉住了，然後另一隻手將被子一拉，蓋在陸彌身上。

他坐在床邊，把捉住的手也放回被子裡。

陸彌已經完全清醒過來，十分不滿地瞪著他。

「妳著涼了，再折騰會感冒。」祁行止說，又指了指她身上，「毛衣也脫了吧，這樣睡明天早上還是會感冒。」

陸彌還是瞪他。

祁行止也不說什麼，輕聲嘆了口氣，自己動手了。

陸彌不敢置信地看著他替自己把毛衣裙脫了，然後面不改色地略過她只剩緊身保暖衣的身體，把衣服疊好、放到一邊，掖緊被子，繼續叮囑：「睡吧。」

「祁行止，你是不是有病？」陸彌忍不住了。

「沒有。」祁行止回答得一本正經，還伸手探了一下她的額溫，「還好，沒發燒。但再不安分一點就要燒了。」

「祁行止！」陸彌有些惱了，祁行止明明就是故意忽略她的意思。

「現在不是個好時候，陸彌。」祁行止靜靜地望著她說：「或者，妳明白地告訴我，發生了什麼。」

陸彌看著他漆黑的瞳仁，一下就噤聲了。

她原本想要賴撒嬌蒙混過關的，卻差點忘了，祁行止是個多聰明而堅毅的人。和他打太極，什麼時候有過好結果……

祁行止微微頷首，不知在想什麼。

「妳現在不想說，那就不說。好好睡一覺，明天才有精神。」

祁行止知道一定發生了什麼事情。他原本以為現在他和陸彌可以坦誠相對，無話不說，所以他問得很直接。可陸彌似乎，仍然不願意告訴他。

說失落當然是有的，他甚至還有點生氣。但他也不願意逼得太緊，所以只能先哄她睡個安穩的覺。

他微微笑了下，摸了摸陸彌的臉頰，說：「妳先睡，我去洗澡。」

起身要走，手卻被拉得很緊。

「祁行止……你喜歡我啊。」

尾音很輕，聽不出她是在疑問，還是在陳述。

祁行止回頭，氣笑了：「真發燒了？」

他說著要去摸她的額頭。

這動作卻在看到她眼神的那一霎滯住了。陸彌仰頭看著他，漆黑的眼裡盡是迷茫和倉惶。

這樣的眼神，六年前的那個大雨天，祁行止也見過。

「幹嘛要喜歡我啊……」

第二十七章　蔣寒征

淡淡的一句話，讓兩人都沉默了。

陸彌好像並不期待他的答案，她眼神空空的，看了他一下，又垂落下去。

而祁行止的沉默是因為，他從來沒有想過這個問題。

他自認是個很有自知之明的人，渾身上下也就這一點還算有些用處——那就是他從來都清楚自己的心。從小到大，他很清楚地知道自己要什麼、不要什麼，喜歡什麼、厭惡什麼。

就像那年夏天陸彌走進他的小閣樓，他就知道，這個女生已經在他心上。

但他不會問為什麼——為什麼喜歡陸彌？這樣問自己，也太傻了。

但也許，現在的陸彌很需要這個答案。

祁行止又坐回床邊，輕輕握住她的手。

她的手不小，相反手指修長，比一般女生的手都要長點，但是手掌很窄，握在他的大手裡，還有很多富餘。

「陸彌，妳還記得我們第一次見面嗎？」他輕輕笑了一聲，問。

陸彌抬頭看他，有些懵懂。

「妳來幫我上課，那一次。」他不等她的回答，低聲說著，「那天，我剛過完第十個沒人記得的生日。」

其實不是沒人記得，最開始三伯和奶奶都記得的，只是他自己不願意過，後來也就沒人提了。

陸彌倏地睜大了眼睛，她早就不記得和祁行止第一次見面的日期。現在一想，的確是六月末，祁行止生日的時候。

她的眼睛有神了些，等著祁行止繼續說。

「還有，妳戳穿我，問我為什麼要找家教，我說因為我不想出去旅遊。」祁行止說：「當時我特別怕妳繼續問，比如幹嘛不想旅遊之類的，因為我無法解釋……但妳沒有。」

「那時候我覺得，妳真的很好。」祁行止說著，有些羞赧地低頭笑了一下，「我不喜歡和人說話的，可那天我好像和妳說了很多。」

陸彌聽著他的聲音回憶往事，也輕輕地笑了笑。

祁行止被這淡淡的笑鼓勵，捏了捏她的手，說：「如果沒有妳，我可能會話越來越少吧。也可能不會交到老肖和雷哥那些朋友，不會去學摩托和踢足球，不會去夢啟當志工……如果沒有妳，我生活中很多事情都不會發生。」

即使後來的很多年妳不在，我生活中大部分的色彩，都是因妳而來。

為什麼喜歡陸彌？也許是因為第一次見面那天她太好看，褐色的瞳孔輕盈明亮；也許是因為陸彌挺有趣的，偽造了兩張證書還承認得那麼爽快；也許是因為那天的蜂蜜檸檬水香甜清涼，他的心情也因此前所未有的舒暢……

其實祁行止心裡仍然沒有答案。

非要讓他說一句真心話的話，他覺得，就是碰上了。

就是那一天，他碰上了陸彌。

可他必須說出兩件實際的事情來向陸彌證明——妳值得被喜歡。妳給我帶來很多快樂和幸運，妳改變了我的生活。

他知道，他必須要讓陸彌相信。

陸彌凝望著他靜了一下，噗嗤笑出聲來，低頭道：「你騙我。」

祁行止把她扣進懷裡，「沒騙妳。」

陸彌甕甕地說：「你說得好誇張。」

祁行止說：「我不說謊。」

他的懷抱溫暖，大手扣著她的後腦勺將人緊緊貼在自己身前，像是要把這麼多年她心中的那個空洞徹底彌合。

不知過了多久，陸彌說：「……我今天碰到夏羽湖了。」

夏羽湖。祁行止知道這個女生，當年蔣寒征屍體火化那天，如果不是他攔著，她會對陸彌動手。

他輕輕摩挲她的背，「嗯，沒事的。」

陸彌：「蔣寒征媽媽去世了，就在前幾天。」

祁行止的動作僵了一下，幾秒後，他問：「妳想去看看她嗎？我陪妳。」

陸彌不說話。

祁行止忽然覺得自己也許說錯了，陸彌有什麼義務去探望蔣寒征的媽媽呢？一段短暫的少年戀情，一個素未謀面的老人……他不該再給她這樣的壓力。

他正要說什麼，就忽然感覺到胸前一陣濡濕。

陸彌緊緊抓住了他的衣襟，開口帶上了哭腔，「……可是我哭不出來。」

祁行止一陣心疼。

陸彌壓抑的情緒終於爆發，眼淚也再止不住，她哭嚎起來：「那年蔣寒征……我，我也哭不出來……為什麼…為什麼，我那時候沒有哭……」

為什麼我是這樣糟糕的一個人。

為什麼我離開前沒有對他說過一句「喜歡你」。

為什麼在他犧牲之後，我連眼淚都流不出來。

這些年，陸彌耿耿於懷的，並不是當年提了分手，而是她從未與蔣寒征好好告別。

陸彌哭得厲害，嚎啕之後又變成抽泣，揪著祁行止的衣服，顫抖著。

祁行止不知該說什麼安慰她，儘管他比誰都明白陸彌的感受。

那年父親的葬禮，他穿著喪服跪在火盆前，也沒有流一滴眼淚。奶奶叫他哭，甚至掐他的手臂讓他哭，可他哭不出來。

他看著那個巨大的黑色棺材，想知道裡面裝的究竟是不是他的爸爸——如果是的話，他為什麼在裡面？他為什麼不在我身邊？

他不想哭，他想知道爸爸為什麼不在。

陸彌的抽泣聲變小，情緒漸漸平復下來。

祁行止說：「明天，我們一起去墓園一趟，好不好？」

陸彌抓著他的衣襟，沉沉地點了點頭。

「好。」

祁行止低頭，輕輕地吻她的額角。

第二天早上，風雪寂靜。

祁行止醒得早，轉頭看見陸彌仍蜷在他懷裡，呼吸均勻，但眉頭還是輕輕地皺著。他低頭，輕輕吻了一下，躡手躡腳地下了床。

他要先去車站把剛結束期末回到南城的傅蓉蓉接回來。昨天晚上傅蓉蓉臨時傳訊息給陸彌，還好祁行止偶然看見。

臨近年關，南城火車站人頭攢動。傅蓉蓉背著一個巨大的布包從人堆裡擠出來，齊瀏海被汗黏在腦門上，亂糟糟的。

她一眼就認出了多年沒見的祁行止。

祁醫生家的這個男孩子還是這麼好看，人群中最搶眼。

祁行止沒和她多說話，打了個招呼後，直接叫她上車載她回了醫院。

兩人各從一邊下車，祁行止交代了一句，直接往飯店去。

傅蓉蓉猶豫了一下，叫住他：「哎……你等一下。」

祁行止回頭。

傅蓉蓉問：「陸彌姐……不來醫院看看嗎？」

祁行止說：「她沒有這個義務了。」

傅蓉蓉欲言又止。

祁行止沒等她說話，轉身走了。

回飯店的路上，他帶了早餐給陸彌。紅豆粥、糖三角，陸彌是孩子口味，一直都愛吃甜的。

走進房間，才發現她已經醒了。臉頰異常的紅，坐在床上發愣。

祁行止有些緊張，快步走過去貼她的額頭，怕她發燒。

陸彌搖搖頭，「沒事，就是太熱了。」

昨天晚上祁行止把空調溫度開得很高，還拿被子將她裹得嚴嚴實實，蠶蛹似的，能不熱嗎。

陸彌把被子推到腿上，不太舒服地扭了扭肩，嘟囔道：「……你沒幫我脫內衣。」

怪不得她一晚上都睡得憋悶。

祁行止不自在地咳了一聲。

昨晚能克制地替她脫掉毛衣已經是對他極大的考驗了，還脫內衣？他又不是神仙。

他把毛衣遞給她，「快穿上衣服，別感冒了。」

陸彌仍然愣著，眼睛半睜半閉地把衣服囫圇套上，頭髮亂成了雞窩。祁行止伸手，替她撫平。

她臉上紅潮褪去，皮膚白皙，摸上去暖暖的，像剛剝了殼的雞蛋。

祁行止喉嚨滾動一下，收回手，「妳先洗漱，我去把早餐擺好。」

陸彌洗漱完出來，人就澈底醒了。

她安安靜靜地吃完粥，啃了一個糖三角，最後接過祁行止剝好的茶葉蛋，蛋白吃了，蛋黃丟回他碗裡。

祁行止失笑，「這麼大人了還挑食？」

陸彌：「噎。」

祁行止不再說什麼，兩口把那個蛋黃吃乾淨。

兩人一直安安靜靜的，沒人提接下來要去的地方，也沒商量要不要買花或者其他東西。

祁行止收好餐盒，叫了輛車，才從電視櫃旁拿出剛買的一束馬蹄蓮。

陸彌這才注意到房間裡有束花。

潔白的花苞，綻放在挺秀翠綠的粗壯根莖上，一朵一朵小小的簇在一起。

她怔了一下，「什麼時候買的？」

「剛剛。」醫院附近，賣花的很多。

「只有菊花和馬蹄蓮，我選了這個。」祁行止說：「妳要是覺得不適合，我們下去再買一束。」

陸彌搖搖頭，「不用了，挺好的。」

她上前接過花束，抱在懷裡。右手仍舊挽著祁行止的臂彎。

永祥墓園離市區很遠，開車也要一個多小時。

陸彌靜靜地坐在後座，窗外景色變幻，她開了點窗，冬日的空氣清冽，她隱約聞到馬蹄蓮的清香。

墓園門口的小亭子裡有個管理員，裹著軍大衣，揣著袖子在小太陽前烤火。

陸彌找他登記，說了蔣寒征的名字。

管理員狐疑地上下打量她一眼，嘟囔道：「……沒見過妳。」

陸彌抿抿唇，沒說話。

「這人是當兵的吧，來看他的人好多。」管理員絮絮叨叨的。

「每年也有個女孩子，跟妳一樣捧朵花。不過她那個好像是菊花，妳這挺少見的，是什麼花？她也總是一個人來。」

陸彌猜他說的是夏羽湖。

管理員登記好她的名字，抬起頭，這才看見她身邊還有個人，著補一句：「哦，不是一個人啊。」

這管理員有點話多，而且他自己似乎不覺得尷尬。

陸彌抽了三支香，說了句「謝謝」，對他的那些嘟囔不作回應。

祁行止看她一眼，朝墓園裡面努努下巴，「去吧，我在這裡等妳。」

來的路上，陸彌其實一直在想要不要和他一起。如果叫上他，似乎很奇怪；如果不叫，好像有點傷人，她自己都會覺得自己沒良心。

沒想到祁行止主動說他就在外面等。

陸彌點點頭，轉身進了墓園。

這是她第一次來這裡，腦海裡不斷重播剛剛在登記簿上看到的號碼才準確找到位置。

當年在醫院，她連他的遺體都不敢看。

火化的時候，也只是在殯儀館外面守著，沒有跟到墓園來——也許是因為蔣媽媽不讓，也許是因為她不敢。

現在，蔣寒征的笑容定格在一張黑白照片上，這是她和他時隔五年的再見。

他還和以前一樣，笑起來爽朗開懷，露出一排整齊的大白牙。

陸彌盯著那照片看了一下，也被感染了似的，輕輕笑出來。

和蔣寒征在一起的時候，雖然心裡裝著許多無法釋懷的事，可她經常笑。蔣寒征總是逗她笑。

她蹲下身，拿手拂了拂他碑上的灰塵，把那束花平放在碑前。

「買了馬蹄蓮給你，希望你不要覺得矯情。」她輕笑著說，想起蔣寒征的大男子作風，他覺得一切花草都「娘們兮兮」，可要是她喜歡，他也會買，也會彆扭地在行人的注目禮下捧著大束花朵走一路。

潔白的花朵靜靜地躺在他的笑容下，風一吹，花瓣便向一個方向舒展，像馬蹄奔騰，像他的鐵馬金戈。

這花很適合他，陸彌忽然覺得輕鬆了一點。

她站起身，仍看著那照片。

「我回來了。」

「當了老師，還有幾個學生挺喜歡我……你以前還說我這種脾氣肯定不招小孩喜歡……」

她說著說著，發覺自己竟然有些翻舊帳的意思，苦笑了一聲，不說了。

她只是想和蔣寒征分享一些近況，像以前蔣寒征習慣的那樣。可在腦海裡想來想去，能和蔣寒征說的，就這麼幾件事。當年他們在一起，滿打滿算不到四個月，對對方生活的參與度，其實並不高。

陸彌和蔣寒征分享過的，不過就是大學裡的課業，和當老師的夢想。這麼幾件小事。

笑容凝滯在眼角，陸彌頓了頓。

「……對不起。」她還是只能說這一句。

照片上的人還是笑著。

「我以後……會來看你。」她低頭又說。

冬風又吹起來，襯得墓園裡更加寂寥。

陸彌好像沒有更多話可以對他說了。

她又看了他一下，笑起來，輕聲道：「我走啦，以後都會來的。」

往後挪了兩步，她忽然停住。

「蔣寒征。」她囁嚅著開口，叫他的名字，「我喜歡過你，全心全意。」

風把馬蹄蓮的清香吹向遠方。

那個正直的少年像從前一樣，笑得爽朗燦爛，溫暖如陽。

從墓園出來，陸彌看見祁行止站在路邊。

他挺拔地站著，目視前方，一動不動，除了鼻尖被凍出一點通紅，幾乎像個雕塑。

那個話多的管理員眼神在他們之間逡巡了好幾遭，也沒猜到這兩人是什麼關係。一個進去祭拜，一個在外面一動不動地等著？這情況可少見。

陸彌登記完離開時間，他忍不住問：「哎，那是妳家司機啊？」

他朝祁行止努努下巴。

「……」這都什麼跟什麼？

陸彌沒理他，腳步匆匆地走向祁行止。

祁行止這才回過神似的，語氣裡似乎有點驚訝，「怎麼出來了？」

陸彌看他通紅的鼻子，心裡有點發酸，緊緊挽著他手臂，「說完了。」

「那現在回去？」

陸彌將腦袋靠著他肩膀，點了點頭。

祁行止伸出另一隻手，揉了揉她髮頂，他的手很涼。

「祁行止。」陸彌又叫他。

「嗯？」

「後天是不是就過年了啊。」她想到剛剛在那個小亭子裡看到的日曆。這幾天日子過得糊裡糊塗，居然快到除夕了。

祁行止點頭，「是。」

「我們……陪三伯過年好不好？」她嘗試跟著他喊祁方斌「三伯」，開口臉上還是有點發燙。

祁行止僵了一秒，好像在反應她說的「三伯」是誰。

但他有點反應不過來。

「……嗯？」陸彌輕輕搖一下他的手臂，「三伯有沒有空？他要去醫院忙嗎？」

「……不忙。」祁行止好久才找到自己的聲音，低聲說：「他今年應該在家。」

「好，那我們回家。」

飯店還剩一天，兩人趁機休息了一下。第二天，收拾了行李，又一同去和林立巧告了別。

陸彌之前說過，她會負擔林立巧之後的醫療費，但傅蓉蓉回來後，她不會再來見她。並非難以釋懷，只是有些人只適合留在回憶裡。強行圓滿，去處理一段交雜著好感和芥蒂的關係，太為難她了。

林立巧坐在病床上朝她笑，說：「好小彌，妳過妳自己的日子，不要再記掛我。」

傅蓉蓉似乎有些忿忿，欲言又止了半天，在祁行止過於冷的目光下，只小聲說了一句：「妳要是有空，也可以來看看的……」

「我不來了。」陸彌回答得很乾脆，「錢我會轉到妳的戶頭。」

林立巧仍然訥訥地搖頭，「不用，不用。」

陸彌不和她多說，又道：「育幼院如果還在，我也會儘量幫忙一點。但也只能盡力而為，我沒多有錢。」

林立巧不搖頭了，紅著眼眶忍眼淚。

「我走了，妳好好養病。」陸彌最後說。

沒有怨憤，沒有不捨，她淡淡地同林立巧告了別。

這世上，大部分人之間的關係都是這樣的。曾經或依賴，或信任，或怨恨的人，也能變成過客。時間會稀釋所有濃烈的情感，最後能好好地告個別，就已經算圓滿了。

回到老巷子，經過育幼院的時候，門口玩鬧的小蘿蔔頭都換了一撥，她幾乎一個都不認識了。

沒看見熟悉的面孔，陸彌也沒有停留，挽著祁行止的手往巷尾走。

拖著行李箱，還拎著包，居然有種「夫妻雙雙把家還」的感覺。

想到這，陸彌不禁笑了聲。

祁行止聽見，也不說什麼，轉頭看她一眼，也淡淡地笑。

「你笑什麼？」陸彌問。

祁行止不再看她，「也許跟妳一樣。」

進了家門，祁方斌在午睡。陸彌不想打擾他，先去祁行止的房間裡坐著。

祁行止的房門像是個任意門，一推開，時光就倒回六年前。

房間裡的一切陳設都沒變，門邊的籃筐、籃筐下的垃圾桶，大排櫃裡一定放著許多模型，就連那架老電風扇，都還兢兢業業地立在牆角——儘管現在是大冬天。

祁行止下樓去做飯，讓陸彌自己休息一下。他上樓前瞥了餐桌一眼，就知道祁方斌一個人在家什麼也沒吃，老頭總覺得自己年紀大了，吊口仙氣就能活。

祁行止書桌前有兩把椅子，一把是和桌子配套的靠背椅，另一把是從樓下拿上來的餐桌椅。後者，是當年陸彌幫他補課時坐的。

沒想到還放在這。

陸彌坐上去，好像又看見當年的小祁同學認認真真地坐在這裡聽聽力、寫作文，大夏天熱得耳廓通紅——不過現在看來，也不知道這紅究竟是因為什麼了。

這裡摸摸那裡看看，又欣賞一下祁行止的模型，她拿出手機打開銀行帳戶。

在夢啟度過了消費極低的半年，薪水加上剛發的年終獎，還有這些年的積蓄，剛剛好好十二萬。

陸彌想到之前問醫生，林立巧的病後續治療大約需要多少錢。

醫生說得並不委婉，大意是——「看她能活多久」。

如果一直堅持著，儀器、化療，還有各種雜七雜八的費用，肯定不便宜，畢竟是癌。

陸彌咬咬牙，轉了十萬到林立巧帳上。

可憐她二十五的人了，國內國外打工經驗何其豐富，然而出走半生，歸來存款剛破萬。

祁行止簡單炒了兩個菜上樓，剛好聽見她一聲長長的嘆息。

祁行止在另一張椅子上坐下，把她轉到自己面前，好笑地問：「怎麼了？」

陸彌愁眉苦臉：「小祁，我破產了。」

祁行止忍著笑，「哦。」

陸彌對他隨意的態度很不滿：「哦？」

祁行止起身，從自己包裡抽出一張提款卡遞給她，「沒關係，我可以養妳。」

陸彌不屑地彈了彈那張卡片，祁行止還是個學生，能有多少錢？大概還不如她呢。

雖然態度端正值得褒獎，陸彌還是不以為意地問了句：「幾個零啊？」

「五個。」

陸彌漫不經心地笑了聲，才反應過來，五個零——那就是六位數？

祁行止笑道：「三十二萬。」

陸彌驚了：「你哪來這麼多錢？」

祁行止如實交代：「從小到大的獎學金和壓歲錢，還有版權費、獎金這些。」

陸彌一時沒說出話來。

好傢伙，深藏不漏啊。

「都給我？」她明知故問。

「嗯，都給妳。」祁行止點頭。

陸彌玩笑：「不怕我捲錢跑了？」

祁行止不理她。

陸彌腳一蹬椅子又轉回去，幽幽道：「拿錢跑路，隨便去哪，找不到我你哭都沒處……」

她的話被掐滅在喉尖。

祁行止騰地站起身，掐住她的下巴俯身親她。沒有章法，沒有技巧，舌頭長驅直入攪亂她的呼吸，直到他自己也喘不過氣了才放開。

「不能開這種玩笑。」他盯著她的眼睛說。

陸彌被他突然而猛烈的吻攪得頭暈，舌根也疼下巴也疼，本來有點想發火的，看見他的眼睛，心又軟下去了。

她揚眉一笑，勾住他脖子仰臉親回去。

「放心，我目光很長遠的。這才三十二萬，誰跑誰傻。」

祁行止對她這個回答似乎不太滿意，狠狠地親回去，手還在她腰上掐了一把。

陸彌被他掐得一顫，坐不住了，情不自禁地起身貼緊他。

祁行止卻很克制地和她隔開了距離，看著她，目光表示不滿。

陸彌有時候覺得他的耐心和自制力好得過分，怎麼什麼時候都能忍？前天晚上是，現在也是。

她還就不信邪了，又沒羞沒臊地上前纏他。

祁行止卻抓著她手臂又讓人站好，認真地說：「重新說。」

「……」這可真是個祖宗。

沒辦法，她只好說：「好好好，不跑不跑。」

祁行止這才顏色緩和。

陸彌卻多了壞心，又不親他了，兩手抱臂站著，慢悠悠地上下掃他一眼，故意說：「祁行止，我有時候覺得你可能有點問題。」

「……」祁行止無語地掀起眼簾看她一眼。

陸彌上前一步，貼近他，卻不動作，只是貼在他耳邊輕聲說：「年紀輕輕就這麼能忍，這還沒問題？」

話音剛落，她手腕就被抓住，祁行止掐著她的腰往上一提，她便被抱到書桌上坐著。

他勁瘦而堅硬的身體將她的兩腿分開，以強勢的姿態向她貼近。

陸彌本能地用雙腿纏住他的腰身，抱著他的後頸回應他綿長的吻。

潮熱急促的喘息中，她分出一些理智，「……三伯還在。」

祁行止的手已經摩挲到她腰腹以下，在小腹和大腿之間來回逡巡著。有過一次經驗後他突飛猛進，順利地剝掉了她的大衣，灼熱的手掌已經探進貼身毛衫裡去。

他的撫摸輕重有度，引起陣陣電流般的酥麻，從腿間直達腳心。

陸彌情不自禁地呻吟出聲，但還是抓著他的肩膀往外推距了一下，「三伯……就在樓下。」

祁行止這才分出神來回答她：「已經走了。」

「走了？」陸彌很驚訝。

「嗯，我剛做菜的時候。」祁行止親吻她的嘴唇，手下動作也不停，「說是醫院急call，有手術。」

陸彌：「……你怎麼不攔著。」

「攔不住。」

祁行止目前的心思並不在這個問題上。他似乎對陸彌的顧左右而言他不太滿意，一邊吮咬著她頸側的肌膚，一邊手指找到最後的目標，穿過她的叢林，拂亂一池春水。

他故意用很小的力氣，似有若無地拂過，折磨得陸彌幾乎喘不過氣，瀉出幾聲輕喘，全身都在顫抖。

「等等……」陸彌最後一絲理智提醒她還在書桌上。

而且是她曾經給祁行止上課的書桌。身後就是窗戶，儘管拉著窗簾，但也有光亮漏下來，總讓陸彌覺得會有人正在窺視。

「換個地方。」她輕喘著說。

「就在這裡。」祁行止的聲音是啞的，卻很堅定。

他用另一隻手掌住她的後腦勺，眼睛通紅，湧動著不加掩飾的情欲和侵略欲。

他就要在這裡。

如果她知道他曾在這裡做過多少令他懊惱羞恥卻又意猶未盡的夢，她就會知道，為什麼他一定要在這裡。

這一刻，祁行止甘心向自己的惡劣和卑鄙臣服。

「陸彌，就在這裡。」祁行止聲音愈發低啞。

陸彌臉紅得要滴血，可推距的話再也說不出口了。

腿間濡濕的熱意讓她無法口是心非，她心裡很清楚，她對於他的渴望，一點不比他對她的少。

她沒有說話，但是靜靜地望著他，望著那對細長好看的眼睛。然後，輕輕地吻上去。

陸彌不知道自己為什麼這麼喜歡這裡，只是每一次意識沉淪的時候，她都不由自主地去找那雙眼睛。

她的手也並不示弱，摸索著往下，隔著褲子描摹，堅硬、滾燙，呼之欲出。

他渾身顫了一下，不再給陸彌適應時間，抓著她的手解開了自己的皮帶，讓她僅僅隔著一層薄薄的布料更加靠近他的渴望。

沸騰的血液在全身亂跑，衝破祁行止最後的理智。

陸彌被觸及的溫度和大小嚇得往回縮了一下，片刻後卻又忍不住再觸上去，她克制不住自己的欲望，她想把它握在手裡。

祁行止任她動作，兀自把她的牛仔褲一下脫了。

看見灰色布料中心深色的那一片，他腦子裡幾乎炸開一聲，最原始的欲望衝破牢籠，他一下抓住她還纏在他後腰的小腿，搭在自己肩上，將她完全打開後，挺身而入。

陸彌只漏出細碎的幾聲，而後她便被高速的快感沒頂，再也說不出話來了。

她把手指伸進他柔軟的頭髮裡，情不自禁地抓著。起先抓得不算很重，祁行止沒什麼感覺，忽然有一下他頂得太深，陸彌手上用力，抓得他痛了，悶哼一聲。

快速的動作停下來，祁行止不動了。

陸彌得以休息片刻，歇了一口氣後卻又覺得空空的不滿足，問：「……抓痛你了？」

祁行止埋在她肩窩裡，嘴唇似有若無地親吻著。聽她這麼問，低笑一聲搖頭。

揪頭髮能有多痛，不過是那一下，讓他短暫地回了神，怕她被弄得太疼。

見他搖頭，陸彌咬著牙吐出一句：「那你動啊。」

這一句話像個煙花炸在他耳邊，祁行止覺得自己要瘋。

他握著她的腰，緩緩退出大半，然後不等她反應，再次猛地全送進去。

陸彌仰起頭，發出混雜著難受和愉悅的呻吟，她不顧後果地喊他的名字，抓他的頭髮，

「祁行止……」

靜謐的閣樓裡，只剩身體相撞的聲音，和細碎的呻吟喘息。

二〇一八年的除夕夜，陸彌到晚上六點多才清醒過來。睜開眼的時候天都黑了，看見熟悉的閣樓和書桌，想到剛剛和祁行止在這裡做的事，還是沒能戰勝自己的羞恥心，唰地燒紅了臉。

他們幾乎瘋遍了每一處，從書桌，到衣櫃，最後又到床上……

祁行止耐性好得過分，前兩次那麼猛烈的衝撞之後，他又把她抱回床上，完全換了一種方式，緩慢地探索她的身體。他幾乎是細心地研磨，並且觀察她，觸及哪裡，她會蹙眉；行到哪處，她會叫出聲……

他對她充滿永無止境的好奇心。

最後結束，陸彌幾乎已經睡過去了。祁行止小心地打了水替她擦洗好，看著她身上的處處紅痕，也後知後覺地紅了臉。

畢竟，那是她當年教學的書桌。

他預感陸彌會有些生氣，於是未雨綢繆，覺也沒顧上睡，下樓打算多炒兩個菜。

雖然有些道貌岸然，但賠禮道歉，沒什麼比食物更熨帖的了。

好在前兩天來照顧祁方斌的時候補充了些食材，不然大過年的，他上哪去做無米之炊？祁行止翻出麵粉和芝麻，上網查了查食譜，勉強捏出了一籠像樣的糖三角。

陸彌下樓的時候，撲鼻而來的就是麵的清香，還有甜甜的糖味。

再一看餐桌上已經擺好的四個菜，三菜一湯，中間還有個小鍋咕嘟咕嘟煮著。心裡那點彆扭，還沒來得及到祁行止面前耀武揚威一圈，就已經煙消雲散了。

她就著祁行止的手咬了一口剛出籠的糖三角，被燙得齜牙咧嘴，捨不得嘴裡的甜味，呼呼兩聲全吞了。

祁行止：「……」

陸彌豎大拇指給他，表示對他這位麵點師傅十分滿意。

祁行止繼續觀察她神色，看她似乎不氣了，才放心地笑了笑。

陸彌問：「三伯不回來吃飯？」

她發現人還是要厚臉皮比較快樂，比如現在，她大大方方地喊祁方斌「三伯」，心裡居然有些甜絲絲的。

祁行止搖頭，「他每年都去醫院跟病人過。」說著，他拿起微波爐上的紅包，遞給陸彌，「他包了紅包給妳。」

陸彌握著紅包，感受到那個厚度，愣了一下。

這是她人生中第一次收紅包。小時候在育幼院，林立巧也會象徵性地發幾塊錢給每個小孩，但晚上等他們睡了，又都會收回去。

「謝謝三伯……」她傻愣愣地說了句。

祁行止笑了：「等他來了妳當面謝他，別謝我。」

陸彌撇撇嘴，有些臉紅。

「所以你每年也不回家過年？我還以為你是有什麼心理陰影呢……」陸彌揪著桌布一角。

「怎麼會。」祁行止輕輕笑了。

「那今年就是我們兩個過年？」陸彌眨眨眼，忽然有點興奮。她很久沒有過過年了，今年一回來，居然就是和他一起。

這種圓滿，她以前想都不敢想。

「嗯，謝謝陸老師賞光。」祁行止點點頭，看著她的眼睛認真地說。

「那我……也謝謝小祁同學捧場！」陸彌笑著應他。

窗外大雪不知什麼時候又飄起來，一片一片，羽毛似的。

餐桌上的小火鍋發出咕嘟咕嘟的聲音，祁行止從熱氣氤氳中看見陸彌有模有樣地評價他做的每一道菜，笑得眉眼彎彎。

他忍住想起身吻掉她嘴角那枚芝麻的衝動，笑著剝好一隻紅蝦給她。

第二十八章　薄情

大年初一一大早，祁行止被一通視訊電話吵醒。

陸彌和他一起擠在他的小床上，手腳並用扒著他，睡得很沉。祁行止費了些時間才坐起身，把她安頓好。視訊被自動掛斷一次，又鍥而不捨地打進來。

一接通，一顆碩大的腦袋，肖大少爺氣得毛都炸了。

『你快給我回來！』肖晉鏡頭一晃，祁行止看見他身旁還有向小園和雷帆。

他問：「他們怎麼沒回家？」

一說這個肖晉就氣不打一處來，本來過年期間見不到林晚來他就夠難受的了，還莫名其妙替祁行止接下了送孩子回家的任務。

結果好嘛，一個到了機場都敢溜回來，另一個很有主見地表示自己不用回家，拖得他也不得不留在夢啟，一大二小訂了一桌外送，大眼瞪小眼地過了個沒滋沒味的年。

祁行止聽著也覺得頭疼，眼神向他表示了同情。

雷帆不肯回重慶這個他還能理解，畢竟這小子跟老雷是真不合；向小園不肯回爺爺家是為什麼？

肖晉看了身側的向小園一眼，走出了房間，在走廊裡小聲和祁行止解釋：『她怕她爺爺把她送回那家去，碰到她繼父。』

祁行止絞眉，情況似乎比他之前想的還複雜一些。

『你別隔著網路擔心了！趕快！搭飛機回來！我撐不住了！』肖晉在鏡頭裡咆哮。

祁行止不滿地瞥他一眼，「你小聲點，陸彌還在睡。」

肖晉火更大了，『你什麼意思？就你有老婆？』

祁行止懶得和他進行這種年齡不到三歲的對話，應了聲：「我儘快回去。」

俐落地掛了電話。春節機票緊缺，好在他們是從小城市逆流回北京，祁行止順利地訂到了晚上的機票，頭等艙。

他不確定陸彌需要休息多久，但條件好點總是沒錯的。

陸彌睡到天光大亮，起床找不到人，聽到叮叮咣咣的聲音，猜祁行止又是在樓下做飯。

她越發覺得自己是撿到寶了，好像每過一段時間、碰到一個生活場景，祁行止就解鎖一樣新技能。從賽車到拆蚊香到做飯，他好像什麼都會。

哪裡找這麼好的田螺姑娘喲。

陸彌美滋滋地下樓，剛踩到最後一級階梯，聽見門鎖「咔嗒」一聲，祁方斌捶著腰走了進來。

陸彌腳步一下子頓住了。

隔著個大客廳，一老一少尷尬對望，唯一的連接人祁行止先生還在廚房忙得頭也沒抬。

陸彌先回過神來，笑著朝長輩低了低頭，叫道：「三伯。」

一開口她又有點後悔了，第一面就叫三伯，會不會讓老人家覺得她太不矜持？

誰知祁方斌笑得很和藹，點點頭道：「哎，小陸。」甚至看她這副剛睡醒的模樣，還非常親切地關心了一下：「睡得怎麼樣，習慣嗎？」

雖然知道長輩只是單純地關心她的睡眠品質，但心虛的陸彌還是想歪了……

她咳了一聲才道：「挺好的。」

然後非常狗腿地跑上前接了祁方斌的公事包，在鉤子上掛好。

祁行止端著一鍋粥出來，看見的就是笑得一臉慈祥的祁方斌，還有侷促臉紅的陸彌。

他倒是很淡定，一抬眼淡淡說了句：「剛好一起吃早飯。」

「謔，這就洗手做羹湯了？」祁方斌像個老頑童似的，斜眼笑道。

祁行止面不改色：「挺愉快的，您下次可以嘗試一下。動手又動腦，預防老年癡呆。」

祁方斌「呵」一聲，不再和他打嘴仗，轉身擺手招呼陸彌趕緊來吃飯，自己先坐下，沿著碗沿嘬了一口熱乎的白粥。

祁方斌豎起大拇指，「不錯！有潛力！」

祁行止：「……」

吃得差不多，他和祁方斌交代：「我們今晚就回北京去了。」

祁方斌還沒反應，陸彌先驚了：「今晚就回？」祁方斌還在家呢，難道要老人家自己過大年初一？

祁行止點頭，「嗯，向小園和雷帆沒回家。」

祁方斌呵呵一笑，「去吧去吧，不用擔心我，我吃完飯瞇一下就回醫院了。」

意料之中，祁行止點點頭，「你自己注意腰上的傷。」

「早就沒事了，別擔心。」祁方斌說：「醫院裡那麼多醫生護士，哪個不比你專業？擦個藥都笨手笨腳的。」

「……」

陸彌噗哧一聲，輕笑出來。

祁方斌時間排得緊，吃完飯打了不到一個小時的盹，又急匆匆地出門了。祁行止在巷口送他上車，還是叮囑他注意腰上，被他嫌棄談了戀愛的人就是囉嗦。

陸彌看著遠去的計程車，不禁感嘆：「三伯真的是個好醫生……」

祁行止苦笑：「他大概覺得只要自己不停，就誰都能救。」話音落下，他默了一陣，看了看陸彌，低聲說：「他一直遺憾……當年沒能救回蔣寒征。」

其實祁行止後來瞭解過，當年蔣寒征的槍傷就在胸口，即使先行手術的是他，救回來的可能也微乎其微。

陸彌輕嘆：「怎麼能怪他。」

祁行止沒說話，他無法告訴陸瀰，祁方斌遺憾的不只是一個年輕警察的生命，還有不告而別的她。在祁方斌看來，如果他救回了蔣寒征，陸瀰就不會離開，和所有人不聯絡。

但現在一切都過去了，他不想再提。

陸瀰緊了緊握著的手，小聲說：「小祁，我們以後多回來看看三伯吧。」

祁行止笑了，「好。」

房間的門被一把推開，「嘩」的一聲窗簾也拉開，夏羽湖被日光刺著眼睛，不耐煩地哼唧了幾聲，蒙上被子。

母親把她的被子掀開，大聲道：「都幾點了妳還不起床！說了今天要去拜年的，人家小李醫生好忙的，妳趕緊！」

夏羽湖身上一涼，抱著手臂縮成個蝦米繼續睡，聲音倒很清晰：「我不去。」

大三那年開始，父母就不斷張羅著給夏羽湖介紹對象。其實以他們的傳統程度，本不會這麼著急要她戀愛的，可看著她三天兩頭從學校跑回南城，就為了去照顧醫院裡那個和她八竿子打不著的老太太，他們也坐不住了。

父母的想法很簡單——談戀愛了，就沒心思管閒事了。他們很瞭解自己的女兒，她就是拗，從小當好學生當慣了，不能接受「冷漠薄情不負責任」的自己，所以連照顧前男友媽媽的責任也要扛到自己肩上。

他們甚至不知道，蔣寒征並不是她的前男友。

可夏羽湖完全沒有這個心情。從大三一直到現在，她畢業兩年了，托家裡的關係在教育局找了個閒差，父母安排的相親對象，不是放鴿子不去，就是拿「我男朋友死了」的話嚇唬對方。

這次這個，是軍醫院的醫生，年輕有為，父母早亡，沒什麼家底，但勝在自己有出息能賺錢——對於夏羽湖這種長相不錯、學歷不錯、家境不錯還守著鐵飯碗的小城女生來說，是最佳選擇。

小李醫生對夏羽湖的條件也挺滿意，因此大年初一就說要來拜訪。父母怕夏羽湖在家更肆無忌憚口無遮攔，所以老早就下了命令，要她打扮得體，大年初一去跟醫生吃個飯。

「妳敢不去！」母親一枕頭拍在夏羽湖腦袋上，「這次這個，妳要是還敢跟我糊弄，妳就別回家了！」

說著，把提前挑好的衣服往她身上一撂，枕頭被子全收走，「砰」的一聲關上了門。

夏羽湖蜷在床上，冷得瑟瑟發抖，麻木地躺了半天，終於坐起身來。

看了母親幫她配好的衣服一眼，藏藍色針織裙，米白色傘字大衣，一條厚度適中的緊身黑色褲襪。

瞧，多端莊，多適合娶回家。

母親仍在外頭扯著嗓子催她：「妳給我趕緊！不准拖！今天這個不去也得去，多難得的緣分，妳不要太天真，身在福中不知福！」

尖銳的聲音一下下刺激她的耳膜，夏羽湖難受地閉了閉眼。好像從那個暴雨的夏天起，一切都變了。連她的一向溫和高雅的母親，也漸漸變成了聲音尖利的潑婦。

夏羽湖慢騰騰地起身，去洗手間梳洗完畢，聽話地穿上了母親準備的衣服。

去就去，去了她也有辦法讓那人嚇得跑都來不及。

可當她拎著保溫壺到醫院，眼睛懶散無神地搜尋著照片裡看過的那位小李醫生的尊容時，先看見的，卻是祁方斌喜氣洋洋地發紅包給年輕醫生護士們的場景。

她很久沒見過祁方斌了。除了知道他是當年做決定先救那名犯人的醫生外，便是蔣媽媽剛確診時，她收到過一筆轉帳。數額不小，解了燃眉之急。

夏羽湖對祁方斌沒什麼特別的印象，她後來找醫生鬧過，醫院給出的報告給明確——根據手術指標決定手術順序，符合規定。而且，即使先手術的是蔣寒征，生還希望也微乎其微。

就是個只知道拿手術刀的死板醫生而已。

可現在，那邊的熱鬧對話傳進她耳朵裡——

「哇祁醫生今年這麼大方哦，有什麼喜事說出來我們也開心開心呀？」

「沒什麼大事！我姪子談戀愛了，我高興！」

「小祁談戀愛啦？哪個女孩子這麼好命喲，小祁長得又帥又有本事的……」

「就是他以前的學姐，還幫他上過課的嘞。兩個孩子不曉得有多合適，結婚了我再包更大的！」

「……」小祁。學姐。上過課……

夏羽湖的眉毛絞起來。

她知道當年在殯儀館外給陸彌撐傘的人是祁醫生的姪子，而現在直覺告訴她，那個「女朋友」，就是陸彌……

她居然談戀愛了？還是跟當年那個男生？

他們……

她沒有辦法不往齷齪的方向想。在夏羽湖看來，沒有人比陸彌更薄情。

「哎，夏小姐！」小李醫生拿了大紅包笑嘻嘻的，左顧右盼，驚喜地看見她來了。

他笑著朝她招手，小跑過來，「夏小姐，來了怎麼不打我電話……」

看到夏羽湖的表情後，他自動住了嘴，有些不安地喊她：「……夏小姐，怎麼了？」

原本甜美的臉龐上結了一層冰，夏羽湖冷冷地盯著那邊喜氣洋洋笑聲不斷的場景。

她看也沒看小李醫生一眼，黑著臉轉身走了。

第二十九章　向小園

祁行止和陸彌牽著手出現在夢啟的教室裡，看見的是三張表情迥異但各自精彩的臉——肖大少爺帶孩子帶得頭都油了，瞪著一雙原本英氣十足但現在連人氣也沒有幾分的死魚眼，臉上飄過一行字幕——「老子這輩子沒這麼無語過」。

雷帆照例笑得賤兮兮，眼珠子在他們之間來回轉，意思很明顯——「我就知道小祁哥心懷不軌」。

向小園則是一如既往的平和淡定，只對著陸彌輕輕勾了勾嘴唇——「春風得意馬蹄疾呀」。

祁行止先收拾雷帆，上前問：「為什麼不回家？」

雷帆聳聳肩躲避他的眼神逼迫，「回家也是跟我爹吵架。反正今年你不在，我替你守著囉。」

肖晉聞言咆哮——「是我！是我替他守著！你除了惹禍還幹什麼了！」

雷帆縮縮脖子，「昨天的外送不就是我下去拿的……」

肖晉氣不打一處來，扛上包拖著行李箱就走了。

「哎，大過年的你去哪啊？」祁行止問了句。

「找我老婆！」肖晉留下憤怒的宣言。

祁行止笑了聲，隨他去了。

向小園和陸彌對視一眼，也忍不住笑了。林晚來不在身邊的時候，平時人模人樣的肖大少爺就像隻暴躁哈士奇似的。

祁行止瞧見，同樣嚴肅地看了向小園一眼，「妳還笑？」

向小園一秒噤聲，嘴巴閉得牢牢的。

「為什麼不回爺爺家？」

向小園一言不發，她不想說的，誰也問不出來。

「不要不說話。說好的，碰到任何麻煩，都可以跟老師講，不記得嗎？」

一大一小僵持著，氣氛有些不對勁。

陸彌出來打圓場，上前摟著向小園的肩對祁行止說：「這麼晚了，明天再說。年都還沒過完呢。」

祁行止沉了一口氣，他知道這麼僵持著什麼也問不出來，於是點點頭，下樓放行李。

祁行止在夢啟沒有宿舍，陸彌又不好把他留在自己房間，畢竟是學校，於是打發他去和雷帆擠一擠。

祁行止幽幽看了她兩眼，委屈兮兮地走了。

陸彌好笑地望著他孤單的背影消失在走廊盡頭，想了想，又去操場上找向小園。

果然如她所料，小女孩一如既往的勤奮刻苦，哪怕是大年初一，也裹著大外套在冷風裡背英語。

陸彌走過去，都感覺到她一身的寒氣。

「不怕冷？」她問。

向小園被她嚇了一跳，「妳幹嘛突然出聲。」

「是妳自己太專注。」

向小園不說話了，繼續小聲地念著課文。她讀的還是中秋時陸彌送給她的那套書蟲，《愛麗絲夢遊仙境》那一篇。

小女孩聲音細細柔柔的，發音標準、吐字流暢，聽起來是種享受——如果不是這大冬天夜裡實在太冷的話。

陸彌看了眼她嘴裡不斷呼出的白氣，說：「太冷了，回屋去讀吧。」

向小園：「冷才好，太舒服了精力不集中。」

「……」真是個狠人。

陸彌欲言又止，還是忍不住問：「過年為什麼不同爺爺家？」

回北京的飛機上，祁行止已經和她簡單解釋過，向小園九歲的時候跟著再嫁的母親住進繼父家，但因為與繼父繼兄不和，常常偷跑到爺爺家去。後來她被爺爺送來了夢啟，通過考試之後，這兩年一直在夢啟住，爺爺偶爾會來看她。

去年過年，祁行止親自送向小園回爺爺家。可剛過初二，向小園就回來了，謅了個十分站不住腳的理由，說爺爺做飯不好吃。

涉及到小女孩的隱私，祁行止並沒有明說任何細節，但陸彌心裡已經大概明白了——才九歲的小女孩，又那麼聰明懂事，會怎麼和家人「不和」呢？而且「不和」的對象，還是兩個大她許多的男人。

陸彌不想做太多骯髒的猜測，然而親身經驗和聽過見過的太多現實都告訴她，向小園經歷的，大概和她曾經經歷過的一樣。

她唯一覺得慶幸的是，看祁行止的意思，向小園也和她當年一樣，沒有受到最終傷害。可這些仍然無法解釋向小園為什麼不肯回爺爺家過年，畢竟她爺爺和她母親繼父早就沒有聯絡了。

陸彌等了一下，見向小園不說話，心中默默嘆了口氣。

她有點後悔自己嘴快，也不想再問了。她知道被人盤問是什麼滋味。

「我爺爺也沒那麼喜歡我。」

向小園的讀書聲不知什麼時候停了，陸彌正想扯開話題，她忽然淡淡地說了這麼一句。

陸彌頓了一下，一時沒反應過來她是什麼意思。

「他會保護我，會把我送到這裡來，但他也不想帶著我這個拖油瓶。」向小園的聲音很冷靜，不悲不喜，「我都知道，也能理解。」

「如果我是個男孩，可能會不一樣；或者我更乖一點，聽他的話讀完國中就去打工、早點嫁人。」她冷靜地剖析著自己爺爺的心態，擺事實、做假設，條理明晰得像在說別人的事，「但我不是男的，我也不想不讀書。」

陸彌聽著聽著絞起眉，大腦窒息般一片空白，不知該說什麼。

向小園足夠冷靜和淡然，好像不需要任何人的回應和安慰；可陸彌知道，怎麼會有人不需要安慰呢？既然說出來了，就是希望能被安慰啊。

陸彌想了想，有些心疼地說：「有很多人喜歡妳的。」

向小園笑出聲：「妳的安慰好爛。」

陸彌頓了一下，笑得有些心虛，她安慰人的技術，還是一如既往的爛。

她決定垂死掙扎一下，「我說真的！」她眨眨眼睛，竭力展示自己的真誠，看著向小園皮笑肉不笑的表情，忽然福至心靈，說：「妳從名字開始就很討人喜歡啊！」

向小園靜靜地看著她。

「妳知道妳的名字是什麼意思嗎？」

向小園輕嗤一聲：「能有什麼意思，我爸媽亂取的。」

陸彌煞有介事地搖搖頭，「知不知道林逋的《山園小梅》？」

向小園皺眉，她對詩詞什麼的興趣不大，憑微弱的記憶吐出一句：「……疏影橫斜水清淺那個？」

「對！」陸彌好像在哄幼稚園的小孩子，表情和語氣都誇張極了，「這是那首詩最出名的一句，很多人用這個取名字！但我覺得寫的最好的是上一句，『仲芳搖落獨暄妍，占盡風情向小園』。正好是妳的名字！」

向小園愣了一下，從她活潑的動作和語言裡細細拆出自己的名字——

仲芳搖落獨暄妍，占盡風情向小園。

讀起來好像，很押韻，很有韻味。

她忍不住勾起唇角，但很快又刻意壓回去，嗤笑一聲道：「您還挺能扯。」

「本來就是！」陸彌很認真地說：「我剛認識妳就覺得了，這小女孩名字好好聽，很有感覺。」

「占盡風情向小園，怎麼會不招人喜歡？」陸彌覺得自己論證充分，很得意地總結。

平素高冷的小女孩終於有些臉紅了，僵硬地忍下笑意，淡淡道：「哦，名字好聽就招人喜歡啊。」

「當然！」陸彌不惜把自己拖下水，「總比我這種好吧，亂取個單字，還是個沒什麼人用的字。」

向小園笑一聲，不說話了。

然而她心裡仍然忍不住默念那句詩——仲芳搖落獨暄妍，占盡風情向小園。

她想到自己的爸爸，他是個鄉村教師。雖然他很早就離開了，還來不及告訴向小園她名字的意義。但現在向小園忍不住想，爸爸幫她取名的時候，會不會真的是想著這首詩的？

應該是吧，他可是國文老師。

而且，這個名字這麼好聽。

向小園、向小園。

她在心裡重複了兩遍，嘴角一彎，輕輕朝陸彌笑了。

夏羽湖在大年初二的早上抵達北京，她只買到最後一張紅眼班機機票。

調查陸彌在哪裡並不難，雖然她已經和所有老同學都斷了聯絡，但這個年代人和人之間在社群網路上存在千絲萬縷的關聯，加上祁方斌在醫院裡高高興興地說起自己姪媳是個老師，夏羽湖沒費什麼力氣就找到了夢啟。

她下了地鐵，沿著空曠的街道往前走，心裡不斷重播著新得知的種種，祁行止在夢啟做了多年的志工、陸彌就是走他的後門得到了工作、他們從六年前就關係親密……

六年前，那是陸彌還和蔣寒征在一起的時候。

夏羽湖心頭碾過陣陣寒意。

蔣寒征對陸彌那麼好，陸彌卻早就忘記了他，背叛了他。也順手毀了她原有的希望。

很快她看見夢啟的足球場和教學大樓，雖然不算氣派，但是整潔、安靜。陸彌有什麼資格在這裡教書？有什麼資格過平靜的生活？

夏羽湖停下腳步。

她需要冷靜。昨天她和父母大吵一架，到現在她也沒辦法相信，「倒貼」、「不值錢」之類的字眼會從她的知書達理的母親嘴裡說出來，而且是對自己的親生女兒。

夏羽湖定定心神，她要把對父母的怨氣和對陸彌的討伐分開來。

一碼歸一碼，她想。

她對陸彌沒有恨，她想。

她只是要替蔣寒征討回公道、幫那個被蒙蔽的祁行止認清陸彌的真面目。她和陸彌不一樣，她篤定，她和陸彌不一樣。

夏羽湖盯著手機裡存好的電話號碼，一遍又一遍地告訴自己。

而在她身後，一高一矮兩個男人躲在大片廢棄的共享單車後，已經偷窺多時。

大冬天冷風直往褲管裡鑽，毛小川看著忽然出現在夢啟門口的女人，躲在毛亮身後小聲問：「爸，這是誰啊？」

毛亮駝著背，身上的棉襖散發出濃濃的霉味，他吸了吸鼻子說：「不曉得，不就是這裡的老師。」

他又探頭往夢啟門裡看了看，還是一點動靜也沒有。

「他媽的，姓向的死老頭子不是說那小婊子沒回家，他敢誆老子？」毛亮不耐煩地罵了句。

「應該不會吧……」毛小川回想著除夕那晚向老頭被他老爸打得連連求饒的模樣，嚇得縮了縮脖子，「他被打了。」

毛亮哼一聲：「老子諒他不敢！」

毛小川又左顧右盼了幾下，扒著他爸的背說：「爸，我害怕……」

「算了個屁！被發現了怎麼了？我在大街上走路也有人管？」毛亮一甩膀子，凶道：「再說了，我接自己女兒回家過年，有什麼問題？」

毛小川唯唯諾諾地點頭。

毛亮看他這副慫樣就生氣，罵道：「還不都是你不給老子爭氣？上次多好的機會，一個小丫頭你都怕，你怕成什麼樣了？」

「剪刀……她剪刀都抵脖子上了……」

「慫貨！她還真的敢死？」毛亮一巴掌呼在他脖子上。

毛小川連連喊疼，縮脖子時餘光卻瞥見剛剛那個女人回頭，奇怪地看了他們一眼。他連忙心虛地撇開眼神。

夏羽湖回身，拿起手機撥號，看見街邊兩個衣著破舊的男人，沒有多想，直接走開了。電話接通，她先出聲叫道：「祁行止。」

祁行止？

毛亮耳朵一動，目光追著那女人看。

毛小川好像聽見熟悉的名字，也後知後覺地反應過來，小聲道：「爸，祁行止！祁行止！」

毛亮沒說話，目光緊緊跟著夏羽湖。

「爸？」毛小川緊張地拉他衣袖。

毛亮盯著那女人大衣腰帶勾勒出的姣好曲線，忽然想到什麼，自言自語般問道：「川兒，你說這大過年的，除了那姓祁的，一個老師都不在……這女的，來幹嘛的？」

毛小川沒反應過來。

「她跟姓祁的……是什麼關係？」毛亮陰笑著說。

毛小川恍然大悟：「哦！」

毛亮想起中秋那晚他跟蹤向小園，被祁行止壞了好事，看見祁行止和一個女的聊了好久的天。

姓祁的應該是有馬子的……八成就是這女的。

就算這女的不是他馬子，至少也是這裡的老師，跟他總有點關係。

毛亮吸吸鼻子，心裡有了主意。他不無得意地嘬著嘴舔舔後槽牙，姓祁的多管閒事，總要讓他吃點苦頭。

毛小川聽了他爸的主意，嚇得連連搖頭，「這不行！爸，這真不行！萬一他報警了呢，警察會來抓我們！」

毛亮瞪他一眼：「沒用的東西！那婆娘還指著老子活命呢，她女兒怎麼可能敢報老子的警？」他左右觀察了幾眼，「再說了，誰讓你在這動手，等等我們就跟著她，這裡是郊區，總有監視拍不到的地方！」

毛小川心裡仍害怕，但他不敢忤逆毛亮的意思，只好點了點頭。

電話裡突然傳來陌生的女聲，然後是突兀的自我介紹『我是夏羽湖』，祁行止愣了幾秒沒接上話。

對方倒很有耐心，似乎享受他的沉默。

回過神來，祁行止說：「嗯，妳有事？」

『有事。』夏羽湖語氣篤定，『有空見面說嗎？』

「沒空。」

夏羽湖不急也不怒，反而輕笑一聲道：『女朋友管得嚴？』

「沒什麼事我就掛了。」祁行止把手機從耳邊拿開。

『關於陸彌的事！』夏羽湖忙說。

動作滯了一秒，祁行止還是重新拿起手機，說：「關於陸彌的事我不需要任何人告訴我。夏小姐，妳還是過好自己的生活吧。」

『你別被……』

沒說幾個字，電話已經被掛斷。

祁行止掛了電話，有些疲憊地沉了口氣，把手機放回大衣口袋裡。抬起頭，陸彌和向小園在操場那一頭堆雪人。

雪都還是昨晚下下來的積雪，好在沒人踩踏，都還潔白無瑕，同新雪一般。他看得入迷，冷不防從背後被偷襲，雪球砸中他的夢，雪屑子濺到他脖子上。

一回頭，雷帆得意洋洋地團起另一個雪球。

祁行止眼疾手快，蹲下身撈了一大把雪，迅速團成了個結實的雪球，搶在雷帆之前出手。

「祁哥欺負人！」雷帆嗷嗷亂叫，手上動作卻加快。

一場滑稽的雪仗就這麼開始了。

四個人瘋玩半個多小時回屋裡，每個人的手指都發紅發癢。祁行止拿毛巾浸在熱鹽水裡，擰乾了拿出了，給向小園和雷帆一人分了一條，又自己幫陸彌擦手。

口袋裡手機又振動起來，祁行止沒工夫理會。

夏羽湖迷迷糊糊轉醒，只覺得腦袋天旋地轉的，想吐，但吐不出來，過一陣子才反應過來自己嘴上被貼了寬膠帶，手腳也被綁住了。

視線裡有個邋遢的瘦子，個子很高，長條形筷子似的，怯生生地看她。見她醒了，連忙朝門外喊：「爸，她醒了！」

他聲音壓得很低，好像很害怕。

夏羽湖艱難地把頭抬高了點，看見一個矮胖的駝背男人叼著菸走進來，手裡拿著她的手機，罵罵咧咧的。

「給你一個鐘頭，帶著那小丫頭和十萬塊錢來，不然我就打死這個女的！」他朝手機裡吼一聲，又頓了幾秒，似乎是在聽電話那頭的回覆。

「你敢！我告訴你，反正我現在沒錢沒工作，活了這麼大歲數了也沒別的指望。」毛亮看向夏羽湖，陰惻惻地一笑，「就算我把她弄死了，去蹲局子又能怎樣？我小川還好好的，我們家不會放過那個小丫頭！」

電話那頭沒有聲音，半秒後便掛了。

毛亮放下電話，朝夏羽湖走來。

夏羽湖劇烈地驚叫起來，膠帶封著她的嘴，她只能發出「嗯嗯啊啊」的聲音。

毛亮走上前去「刺啦」一聲撕開她嘴上的膠帶，夏羽湖疼得大叫，看著面前邋遢醜陋的中年男人叫道：「你們是誰！想幹什麼！」

「嘖嘖，這小臉，都憋紅了。」毛亮伸手摸了把夏羽湖的臉蛋，感受到手下女孩止不住的顫抖，好整以暇地收回了手，說：「妳放心，我不會把妳怎麼樣。等我拿到想要的東西，自然會放妳走。」

毛小川仍然害怕，試探著問：「爸，警察很厲害的……萬一、萬一他報警怎麼辦？」

毛亮眉一皺，啐聲罵道：「沒種的東西！我是那個小丫頭的爹，手裡還有這個女的，他們敢報警？」

毛小川沒有被說服，忐忑道：「萬一報警了，警察一來……」

「滾滾滾！」毛亮踹他一腳，「警察來了，我就拉這個女的墊背，一起死！沒你的事！你就記著，一定給我把那個小婊子收了，老子養她那麼多年，她說跑就跑？我們老毛家不能絕後！」

毛小川囁嚅著，不敢說話了。他一聽他爸說什麼「一起死」就害怕。

兩個學生在教室裡寫作業，十分專注。

走廊上，陸彌看著眼前的祁行止，語氣堅定：「不能去。直接報警。」

祁行止說：「當然要報警，但也要考慮到一些風險。」

陸彌抬頭問：「能有什麼風險？手機一定位就知道他們在哪裡，讓警察去，該抓的抓該救的救，有什麼問題？」

祁行止看出她眼裡的恐懼和故作鎮定，伸手握住她的肩膀，說：「我們都不知道毛亮究竟是什麼性格，他忽然綁架夏羽湖，到底是激情犯罪，還是蓄謀已久。如果他真的有撕票的膽量……」

陸彌打斷他，「不會的。再說了，這些是警察該考慮的事情，不是我們。」

祁行止苦笑，勸她道：「陸彌……」

陸彌不聽他說的，徑直道：「難道你真要帶小園去？」

祁行止：「當然不能帶她。我一個人去就行了。」

陸彌倒吸一口涼氣，「祁行止！」

祁行止搖搖頭安慰她，故作平靜道：「現在報警，我不會比警察早到很久。我只是穩住他，放鬆他的警惕，保證大家都沒事。」

陸彌冷笑一聲：「你保證誰沒事？夏羽湖跟我們有什麼關係？」

「她跟我們沒有關係，但是陸彌……」說到這裡，祁行止頓了一下，似乎在猶豫，兩秒之後，他沉聲挑明：「陸彌，如果夏羽湖真的在北京出了什麼事……妳心裡能放下嗎？」

陸彌怔住，無言以對。

她不知道夏羽湖為什麼忽然出現在北京，又為什麼被向小園的繼父綁架了。她原本以為早丟在腦後的人再次出現在她的生活裡，還和這裡的人扯上亂麻般的關係。

這種感覺她討厭極了。

就像祁行止說的，如果、僅僅只是如果，哪怕只有萬分之一的可能，夏羽湖在這裡出了什麼事……那她又會背上怎樣的罪名？

明明什麼都沒做，事情卻變得一塌糊塗。

這種滋味，她不想再經歷一次了。

祁行止輕聲說：「陸彌，我不要妳有心結。」

我要妳心情愉悅、坦蕩闊達，永遠不必背上任何不該妳承擔的包袱。

我要妳永遠身段輕盈，自由飛行。

陸彌木木地看著他說：「我也不想你有危險。」

祁行止笑出聲：「怎麼會？加起來也就毛亮和他兒子兩個人，妳要對我有信心。」

「萬一還有同夥呢？萬一他有武器呢？」陸彌反駁他，「你自己都說了，我們誰都對毛亮不夠瞭解。」

「不會的。」祁行止搖搖頭，「不過，以防萬一……我需要妳的幫忙。」

祁行止拿出手機，打開錄音功能。

破舊的爛尾樓裡呼呼灌風，毛亮把手揣在袖子裡，癱在舊沙發上，指揮毛小川撿舊報紙和木頭來生個火。

夏羽湖的嘴巴又被封上，但她仍然不停地掙扎著。

毛亮剜她一眼，「別鬼叫了！人來了我就會放妳走！」

話音剛落，空蕩蕩的爛尾樓樓下傳來腳步聲。

毛亮得意一笑，「妳看，人不就來了。」

他迅速從沙發上躍起，示意毛小川把刀子橫到夏羽湖脖子上，自己擋在夏羽湖身前，等待著樓下的腳步聲慢慢往上走。

祁行止拎著一個公事包出現在樓梯口。

毛亮臉色一變：「那個丫頭呢？」

祁行止很配合地把雙手一攤，「小孩子不敢上來，我讓她在樓下等。」

毛亮罵道：「你別給老子耍花樣！」

他話音剛落，樓下傳來小女孩的聲音：「小祁哥哥！」

毛小川聽見，喜上眉梢，激動道：「爸，是小園！是小園！」

祁行止看著他的表情，眸光一暗，好像明白了什麼。

毛小川乍一看是個又高又瘦的男孩子，不缺胳膊不少腿，甚至還很健康。但現在，他張著嘴，發出「嘿嘿」的聲音，目光呆滯。

大概有點問題。

毛亮回頭凶他一聲：「閉嘴！把人看好！」

毛小川被他一嚇，一哆嗦，手又抖著握緊了小刀。

「你把包打開給我看看，然後放地上！」毛亮又對祁行止說。

祁行止毫不反抗，依言照做。

毛亮看見錢，放了點心，一邊牢牢盯著祁行止，一邊後退，直到抓住夏羽湖的肩膀。

「你下去接那個小丫頭。」他吩咐毛小川。

毛小川神色大喜，「好！」

「不行。」祁行止沉聲阻止。

毛亮瞇起眼：「你想幹什麼！」

祁行止笑了笑，有商有量道：「錢你也拿了，人你也帶走，我怎麼保證你會放了她？」

毛亮盯著他，不說話。

「你不要耍花招！」他警告道。

祁行止聳聳肩，姿態輕鬆，「同時吧。你們下樓，我過去，很公平。」

樓下又傳來向小園的聲音：「小祁哥哥？」

聽起來小女孩是一個人待久了害怕了。

毛小川一聽見，便嘿嘿笑起來。

毛亮沉思幾秒，「好！」

「老子數數，一二三，我們走到你那個位置，你才能動！」

祁行止：「沒問題。」

「一……」

「二……」

「三！」

毛亮抓著毛小川，走到樓梯口，眼疾手快地拿起公事包，迅速往樓下跑。

祁行止同時大步向前，三下五除二解開夏羽湖手上的繩子。

毛亮飛奔到樓下，看見水泥地上那支手機，才反應過來上了當。

與此同時，警笛響起。

「操你媽！」毛亮渾身一僵，破口大罵起來。

警笛和毛亮的怒吼把毛小川嚇得驚叫起來，他抓著自己的頭髮，發出連續大聲的尖叫，眼睛失焦，卻不受控制地四處轉頭亂看。

「小川！小川！」毛亮試圖控制住他，「快跑！跟爸跑！」

不知毛小川聽到了什麼，他沒有跟著毛亮從廠房後面逃跑，反而大力地甩掉了他的手，沿著樓梯又跑上二樓去。

祁行止看見警察迅速下車包圍爛尾樓，放心了大半。現在只需要等待毛亮和毛小川被抓，他們收到訊號再下樓去。

好在毛亮果真只帶了毛小川一人。

其實陸彌問他的時候，他是沒有多大把握的。他只能根據之前瞭解到的向小園的家境，以及和毛亮的幾次見面，推斷這是一個既沒有經濟能力、也沒有人緣和人脈去組織縝密的聯合犯罪的社會邊緣人。

綁架夏羽湖，很可能只是湊巧、不過腦子的激情犯罪。

但他畢竟只知道那麼一點片面的消息——萬一呢，萬一毛亮比他想得更厲害呢。

他不敢想，只能裝作篤定地向陸彌保證。

還好，他賭贏了。

可一口氣還沒鬆完，就看見毛小川大叫著、幾乎是「手舞足蹈」地跑上樓來。他表情十分怪異，手指也蜷曲著，用一種難以說清是跑還是跳還是拐的姿勢上了樓。

夏羽湖驚呼一聲，想要跑。

祁行止鎮定地抓住她的手腕，「他不會傷人。」

怕的是毛亮為了追兒子也跑回來。

祁行止攥緊了拳頭，轉身迅速地在房間裡查看一眼，抄起角落廢棄木材裡的一根木棍。

毛小川像是沒看到這裡還有兩個人似的，又瘋又叫地踢翻了剛剛生好的火盆，然後，他像看不見路似的，瘋癲癲地往沒封牆的樓邊走，一踩空，整個人掉了下去。

祁行止甚至沒來得及上前抓住他。

「啪」，乾脆俐落的一聲巨響。

「啊！」

夏羽湖驚叫一聲，捂緊了嘴巴。

一個人，一個活生生的健康高大的人，居然就這麼掉下去了。

祁行止背上也起了一身冷汗，拳頭仍然緊緊攥著，然而他沒有心思去管毛小川的情況——眼前已經燃起火光。

毛小川剛剛踢倒的火盆濺出火星，沿著一地的木屑、廢紙箱，還有那個破舊的布沙發，迅速蔓延起來。

眼看著樓梯口就要被火線攔住，祁行止當機立斷，抓起夏羽湖的手腕向前衝去。

陸彌和警車一同到達，跳下車的那一刻，她看見破舊爛尾樓的二樓，火舌探出沒封牆的窗口。

眼淚是在一瞬間逼上眼眶的，像某種生理反應。

她用模糊的視線慌張地搜尋，卻怎麼也找不到那個想見的身影。

第三十章　全新的自己

市醫院。

晨光很好，透著暖黃色的窗簾照進房間裡。祁行止躺在病床上，享受難得的安寧。

——如果床邊的女朋友能給個好臉色就更完美了。

陸彌坐在ＶＩＰ單人病房的床邊，面無表情地削著一個蘋果。祁行止醒來快一個小時了，她正眼也沒看他一眼。

她削蘋果的技術不太熟練，斷斷續續的，最長的那條蘋果皮也不過手指長，都掉進她放在膝蓋上的那個小盤子裡。

祁行止默默看了半天，腦子裡也不知道怎麼想的，說出一句：「……我其實不餓。」

陸彌動作一頓，涼涼地看他一眼。

「……妳想吃？」祁行止試圖彌補，一開口發現自己又說錯話了。

這腦震盪雖然輕，對他的智商似乎有著極大的威脅。

「我來削吧。」祁行止又說，撐著手掌想坐起來。

剛動一下，陸彌剜他一眼，語氣微涼：「老實躺著。」

「……」

祁行止一洩氣，又躺回去了。

祁行止有些無奈，盯著天花板默默嘆了口氣。

說起來實在是滑稽，他不過是被驚慌失措的夏羽湖失手從半樓高的地方推下去，有些皮外傷和輕微腦震盪，還有手臂上那麼小小一塊的燒傷而已，怎麼就享受上ＶＩＰ單人病房的待遇了呢？

這要是被肖晉知道了，不知道要笑多久。

一個蘋果出現在他眼前，祁行止笑著接了，目光看過去，陸彌還是那張冷冰冰的臉。

「咳……」憋不住了，祁行止開口道：「妳和她聊什麼了？」

剛醒來的時候，他看見夏羽湖穿著病服走進病房，把陸彌叫了出去。

陸彌冷冷地瞥他一眼，不說話。

「起衝突了？」祁行止問。

陸彌：「沒有。」

祁行止略微放心，「她……沒說什麼吧？」

陸彌又看他一眼，「你閉嘴。」

「……」

祁行止垂下眼眸，有些無力，他發現他還是不太會哄女朋友。比如現在，陸彌生氣了，原因很明顯，他不知道是該和她講講道理，還是撒嬌蒙混過關？

他在兩者之間權衡著的時候，一張蒼白的臉上仍然沒有多少血色，看起來有點委屈。

陸彌輕咳了聲：「說點別的。」

「……嗯？」祁行止有點沒聽明白。

陸彌凝視著他，「你應該對我，說點別的。」

雙目對視，祁行止明白過來。

他苦笑一聲，揪著被子：「對不起。」

半晌，陸彌輕笑一聲：「祁行止，我第一次覺得你也不是很聰明。」

祁行止：「……」

「這感覺挺新鮮的，所以可以原諒。」陸彌說：「但下不為例。」

祁行止乖乖躺著，「哦」了聲。

「下不為例。」陸彌又說了一遍。

祁行止這次看著她，很認真地答應：「嗯，下不為例。」

這次蘋果被切下一小塊，插著牙籤送到他嘴邊。

「祁行止。」陸彌一邊把蘋果切小塊，一邊又叫他。

「嗯？」

「我們什麼時候去重慶吧。」她說。

「好啊，」祁行止聞言展顏，「妳想什麼時候去都可以，我陪妳。」

「過段時間。」陸彌輕描淡寫地說：「你現在臉上有傷，好醜，拿不出手。」

「……」

「馬上也要開學了，暑假去吧。」陸彌說。

祁行止點頭，「好。」

門外傳來急促的腳步聲和女人的驚呼，「妳這個孩子！怎麼這麼不聽話！」

祁行止看見夏羽湖和一對中年夫妻的身影一晃而過。

他下意識地去看陸彌，卻發現她彷彿沒聽見這動靜似的，仍舊專注地切著蘋果，然後用牙籤一塊一塊地插好。

她專注的時候，臉頰微微鼓起來，可愛得像動漫裡的小孩。

「欸，陸老師。」祁行止沒忍住，笑著叫她。

「嗯？」陸彌抬頭，又塞了一塊蘋果給他。

「其實……這蘋果有點酸。」祁行止吃了第六塊，終於忍不住，酸得呲牙咧嘴。

陸彌一驚，連忙把碗放回床頭櫃上，「那你還吃？」

祁行止笑了，「看妳削得太辛苦，不吃可惜。」

陸彌瞪他一眼，心裡暗罵，醫院旁邊果然買不到什麼好水果！

門外那陣嘈雜的聲音漸漸遠去，再也聽不見了。

陸彌自己生著吃了虧的悶氣，祁行止倚在床邊，似笑非笑地看著她。

窗外，陽光正好。

半個小時前。

夏羽湖把陸彌叫出來，在陽光和煦的走廊上，她看著陸彌一貫沒有表情的臉上出現了不耐煩和怒意，居然有點不習慣。

「……他怎麼樣？」夏羽湖問。

陸彌掀起眼簾，毫不掩飾眼裡的厭惡，「關妳什麼事？」

夏羽湖自知理虧，但這個言辭厲害的陸彌更讓她不習慣。她下意識地想站回自己的制高點，深吸一口氣，冷笑一聲說：「他救了我，我會記得，會感謝他。但一碼歸一碼，妳別以為我欠了他的，就跟妳也扯平了，妳做過……」

「夏羽湖。」陸彌冷冷地打斷了她。

「能不能麻煩妳，有多遠滾多遠？」

夏羽湖神色一怔。

「妳跟誰演獨角戲呢？」陸彌難掩厭煩，「演了幾年還不夠，以為自己能感動誰？」

「以前我不拆穿妳，是因為我不想隨便談論蔣寒征的乾親。」陸彌不屑地嗤笑一聲，「妳非要人明白地告訴妳，即使沒有我，蔣寒征也不會喜歡妳？」

夏羽湖瞳孔皺縮，臉上澈底沒了血色。

「我和蔣寒征在一起的時候全心全意，蔣寒征他媽生病我也盡了情分，而且這些是我和他之間的事，要怪也該他和他媽媽來怪我，輪得到妳打抱不平？」

這話陸彌是第一次說，她說得很平靜，但語氣帶著少見的冰冷和狠厲。

「我在國外打工妳檢舉我，回國妳去我學校鬧事，還不夠？妳還要發多久的瘋？」陸彌克制著自己的怒意，「我不知道妳為什麼要到北京來，但妳最好趕緊離開，不要再打什麼主意。」

「祁行止受傷的帳，我不會忘的。」

「妳要是敢再來騷擾我們，我會直接報警。」

陸彌說完最後一句話，頭也不回地轉身離開了。

夏羽湖怔在原地，似乎不敢相信一向沉默的陸彌居然一口氣說了這麼多話。

她想起爛尾樓裡她失手把祁行止推下去的那一刻，聽見陸彌驚恐的叫聲，看見她幾乎奪眶而出的眼淚。

那一瞬間她忽然明白了，她這幾年所做的種種有多無力。

她居然想替蔣寒征討回公道……可愛哪有公道可言。她以為自己和陸彌不一樣，可說到底，她也是為了自己那一點未被掐滅的幻想而偏執到了現在。

有些事情沒有道理可講，就像她過去六年裡變得不像她自己……她早該明白的。

尾聲

二〇一九年夏，重慶。

工作日的晚上，洪崖洞依舊人滿為患。陸彌看著馬路對面那片黑壓壓的人頭，腦袋一陣發麻，心道這地方難道就沒有一天是清淨的……

祁行止買了紅豆冰棒，遠遠地朝她走過來。

他把紅豆冰遞給她，指了指身後問：「要不要進去？」

陸彌搖頭，「太擠了。」

「那就在江邊吹吹風？」

陸彌點點頭。

江水同晚風一樣不急不緩，徐徐吹過，陸彌啃著香甜的紅豆冰棒，看見眼前的洪崖洞燈光閃爍。

和一年前一模一樣。

陸彌不免感嘆，好像有些東西永遠都在那裡，永遠都不會變。

她看見馬路牙子上仍舊隔幾步就站著個攝影師，有的生意火爆，被遊客圍住，快門按個不停；有的拿著iPad，賣力地推銷著，滿腦門子都時汗。

而一年前最受歡迎的那個，正在她身旁啃冰棒呢。

陸彌拿肩膀撞了撞他，下巴往那邊努，調侃道：「哎，你不去拍兩張？把我們的火鍋錢賺回來。」

祁行止垂眸看她，笑了笑，不接茬。

「幹嘛？挺好的主意！」陸彌來勁了，「去年我看你可受歡迎了，拍一個晚上，怎麼樣都能賺個一千吧！」

祁行止失笑：「缺錢了？」

「多多益善嘛。」陸彌撇嘴。

「陸彌。」祁行止想了幾秒，輕輕開口道。

「嗯？」陸彌啃完冰棒了，習慣性地抱住他的手臂。

「其實去年，我不是湊巧在這裡的。」他低頭，說起這事有點不好意思似的。

「……嗯？」陸彌呼吸亂了半拍，她好像猜到祁行止要說什麼，又覺得這猜測有些不切實際。怎麼可能呢？

祁行止看著她，笑得有些赧然，「我知道妳要回國。」

「然後呢？」她有工作、有同事，也有社交媒體，連夏羽湖都能找到她的郵箱，祁行止知道她要回國，並不太讓她意外。

「可我不知道妳會回哪裡……北京還是南城，或者是別的城市。」祁行止聲音低沉，「但我看到妳點讚了重慶的旅遊和美食攻略，就想試一試。」

祁行止在洪崖洞外做了半個多月的街頭攝影師，拍了無數張燈樓前的人像，她們有的姿態嫺熟，對著他的鏡頭擺出各種效果絕佳的姿勢；也有的害羞，不好意思做表情動作，卻忍不住地對著鏡頭後的他暗送秋波。

可他相機裡的最後一張，是一個女生坐在路邊欄杆上，眼神空空，像迷途的鹿。

那也是他最後留在相機裡的唯一一張。

陸彌驚訝得瞪圓了眼，「就因為我點讚了重慶攻略？」

現在想起來，祁行止也覺得自己行事真是馬虎，有些赧然地點點頭，「嗯。」

「那要是我沒來呢？或者就算來了，就算到洪崖洞了，這麼多人，沒看到你呢？」陸彌覺得不可思議。

「那就……等夠一個月，打道回府？」祁行止笑道。

「……」陸彌心裡說不清是什麼滋味，是驚還是喜？總之說不出話來。

祁行止揉揉她腦袋，「就算在這裡沒遇到，之後也會遇到的。」

「為什麼？」陸彌不信，「我最擅長裝鴕鳥了，如果不是巧合，也許我永遠也不會去找你呢？」

這話雖然是千帆過境後的玩笑，祁行止聽了，還是有一瞬的心疼。

他怎麼會不知道？

以陸瀰從前的狀態，她就算被心裡的負擔拖死了，也不會去找任何人求救。

他展顏笑開，把她被風吹亂的頭髮捋到腦後。

「所以我努力創造了很多巧合。」他說。

陸瀰瞇眼審視他，「難道第二天在南山碰到你畫畫也是巧合？還有我租車去仙女山的路上，碰到你和肖晉，那也是巧合？」

祁行止失笑，「那倒不是，我又不是神仙。」

陸瀰皺眉：「那是什麼？」

祁行止賣關子：「妳猜。」

陸瀰撇嘴，「故弄玄虛。」

祁行止笑了，不再說話。

在重慶重逢，送她去北京，她通過了夢啟的面試並接受了offer……這些到底算不算是他創造的巧合呢？他自己也說不清楚。

平行世界裡還有很多種可能，比如她回國但沒有去重慶，比如她看到夢啟的招聘郵件但沒有投簡歷，又比如她找到了比夢啟更好的工作，任何一個可能發生，他都不能像現在這樣抱著她。

可如果沒有他最開始向她走了第一步，這些可能，就連可能都不是了。

所以，到底是巧合還是人為呢？祁行止也不知道。

愛是巧合還是人為呢？也沒人說得清楚。

然而祁行止始終是個溫柔的實幹派，他知道有些事情無法預料、無法計算，它們的發生只是因為人心裡有念想。

而這麼多年，他的念想始終只有一個。

他要和她在一起。

他們逆著千廝門大橋的人流走回家。

陸彌的心情尤其好，牽著他的手一晃一晃的。

「喂，小祁同學。」陸彌喊他。

「嗯？」

「我一直想問，你幹嘛總是連名帶姓地叫我呀？」陸彌問出口，好像又覺得自己的問題幼稚，笑了聲才繼續說：「人家情侶之間不都是有暱稱的嗎？哪有你這樣每次都叫大名的啊。」

這問題陸彌的確想問很久了，不過總是忘。在一起之後，祁行止偶爾還是叫她「陸老師」，但大部分時候都連名帶姓地喊她——「陸彌」。

這和她的認知不太一樣，她還以為親密的人都會喊小名呢。比如以前林立巧叫她「小彌」，和蔣寒征在一起的時候，他叫她「小陸」、「小彌」，甚至「彌彌」，什麼都有。

「妳不喜歡？」祁行止問。

「也不是，」陸彌搖搖頭，其實她還挺喜歡的，主要是祁行止聲音好聽，喊什麼她大概都會喜歡吧，「就是覺得有點奇怪，太正經了點。」

祁行止：「妳名字好聽。」

「好聽？」陸彌皺皺眉，不太理解。

她的名字沒什麼特殊的含意，是林立巧亂取的。

姓陸是因為她是馬路上撿來的，那時候林立巧不知道馬路的路本身就能作姓用，於是幫她取了「陸」這個字；彌則是林立巧閉著眼睛翻字典，看到的第一個字。

就這麼湊成了她的名字。

「嗯，好聽。」祁行止捏了捏她的手，笑道。

「彌是滿的意思，圓滿。」他認真地說：「古體字裡的彌和『弭』一樣，就是右邊小耳的那個字，是平息的意思。不論哪種，都是很好的寓意。」

一切不幸、錯誤和悲傷都會平息。

妳不是孤兒、不是棄子，對這世界上的某個人來說，妳是唯一的圓滿。

陸彌聽著他沉靜的聲音，眼裡漸漸蓄起了淚。

從來沒有人告訴她她的名字有這樣的寓意，也沒有人說過她的名字好聽。

祁行止見她眼眶發紅，少見地調笑道：「感動了？」

陸彌低頭不答話。

祁行止嘆息一聲，扣著她的後頸把她攬進懷裡。

「妳不要這麼容易感動。」

「……嗯？」

「妳感動的門檻高了，才可以督促我做得更好。」祁行止笑說。

陸彌悶了很久，應聲道：「沒感動。」

雖然聲音甕甕的，沾得他胸口也一片濡濕，但還是要嘴硬說，沒感動。

祁行止笑著點頭，不拆穿她。

「知道了一個冷知識比較激動而已，畢竟我是這麼好學的一個人。」一到他懷裡，她就像個小孩子似的了，滿嘴跑火車也絲毫不覺得心虛，說得有鼻子有眼的。

「嗯，有道理。」祁行止表示贊同。

「祁行止，我也告訴你一個冷知識吧。」陸彌埋在他胸口一陣亂蹭，鼻子眼淚都蹭乾淨了，抬起頭來水汪汪的一雙眼睛看著他。

「好，請陸老師指教。」祁行止配合極了。

「據說……人身體裡的細胞每七年會完全更換一次。」她眨眨眼睛，說得認真極了，「也就是說，每過七年，你就是一個新的自己。」

祁行止聽得也很認真，還煞有介事地點點頭，「哦，是這樣。」

陸彌靜靜凝望著他，好像還有話沒說完。

人的細胞每七年更換一次。

過去七年裡，我新陳代謝成一個全新的自己。

這個我不再怯弱，不再冷漠，也不再拖著往事生活。

這個我很愛你，以從未有過的勇氣和坦誠愛你。

陸彌摟著他腰，抬頭盯著他，「你知道我要說什麼的吧？」

祁行止會心地點點頭：「當然。」

陸彌莞爾一笑，從他懷裡掙脫出來，繼續牽著他的手，一晃一晃的，向前方走去。

——《妳好，陸彌》全文完——

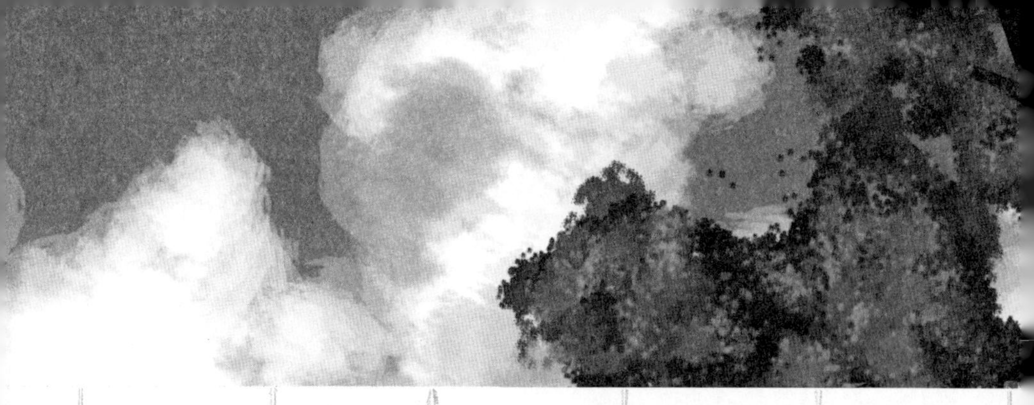

高寶書版集團
gobooks.com.tw

YH 180
妳好，陸彌（下）

作　　者　林不答
責任編輯　吳培禎
封面設計　虫羊氏
內頁排版　賴姵均
企　　劃　何嘉雯

發 行 人　朱凱蕾
出　　版　英屬維京群島商高寶國際有限公司台灣分公司
　　　　　Global Group Holdings, Ltd.
地　　址　台北市內湖區洲子街88號3樓
網　　址　gobooks.com.tw
電　　話　(02) 27992788
電　　郵　readers@gobooks.com.tw（讀者服務部）
傳　　真　出版部(02) 27990909　行銷部 (02) 27993088
郵政劃撥　19394552
戶　　名　英屬維京群島商高寶國際有限公司台灣分公司
發　　行　英屬維京群島商高寶國際有限公司台灣分公司
法律顧問　永然聯合法律事務所
初　　版　2025年01月

國家圖書館出版品預行編目(CIP)資料

妳好,陸彌 / 林不答著. -- 初版. -- 臺北市：英屬維京群島商高寶國際有限公司臺灣分公司, 2025.01
　面；　公分. --

ISBN 978-626-402-168-5(上冊：平裝). --
ISBN 978-626-402-169-2(下冊：平裝). --
ISBN 978-626-402-170-8(全套：平裝)

857.7　　　　113020330